VIDA PREGRESSA

SÉRIE POLICIAL

Réquiem caribenho
  Brigitte Aubert

Bellini e a esfinge
Bellini e o demônio
  Tony Bellotto

Bilhete para o cemitério
O ladrão que achava que era Bogart
O ladrão que estudava Espinosa
*O ladrão que pintava como
Mondrian*
Uma longa fila de homens mortos
O pecado dos pais
Punhalada no escuro
  Lawrence Block

O destino bate à sua porta
  James Cain

Nó de ratos
Vendetta
  Michael Dibdin

Edições perigosas
Impressões e provas
  John Dunning

Máscaras
  Leonardo Padura Fuentes

Correntezas
Jogo de sombras
Tão pura, tão boa
  Frances Fyfield

Achados e perdidos
Uma janela em Copacabana
O silêncio da chuva
Vento sudoeste
  Luiz Alfredo Garcia-Roza

Neutralidade suspeita
A noite do professor
Transferência mortal
  Jean-Pierre Gattégno

Continental Op
  Dashiell Hammett

O jogo de Ripley
Ripley debaixo d'agua
O talentoso Ripley
  Patricia Highsr

Uma certa justiça
Morte de um per
Morte no semin
Pecado origino
  P. D. Jame

Música fúnebre
  Morag Joss

O dia em que o rabino foi embora
Domingo o rabino ficou em casa
Sábado o rabino passou fome
Sexta-feira o rabino acordou tarde
  Harry Kemelman

Apelo às trevas
Um drink antes da guerra
Sobre meninos e lobos – Mystic river
  Dennis Lehane

Morte no teatro La Fenice
  Donna Leon

Dinheiro sujo
Também se morre assim
  Ross Macdonald

É sempre noite
  Léo Malet

Assassinos sem rosto
Os cães de Riga
A leoa branca
  Henning Mankell

O homem da minha vida
O labirinto grego
Os mares do Sul
O quinteto de Buenos Aires
  Manuel Vázquez Montalbán

O diabo vestia azul
  Walter Mosley

Informações sobre a vítima
Vida pregressa
  Joaquim Nogueira

Aranhas de ouro
Clientes demais
A confraria do medo
Cozinheiros demais
Milionários demais
Mulheres demais
Ser canalha
Serpente
  Rex Stout

Casei-me com um morto
A noiva estava de preto
  Cornell Woolrich

JOAQUIM NOGUEIRA

VIDA PREGRESSA

Companhia Das Letras

Copyright © 2003 by Joaquim Nogueira

Projeto gráfico de capa
João Baptista da Costa Aguiar

Foto de capa
Edu Marin Kessedjian

Preparação
Maria Cecília Caropreso

Revisão
Renato Pontenza Rodrigues
Carmen S. da Costa

Os personagens e as situações desta obra são reais apenas no universo da ficção;
não se referem a pessoas e fatos concretos, e sobre eles não emitem opinião.

Dados Internacionais de Catalogação na Publicação (CIP)
(Câmara Brasileira do Livro, SP, Brasil)

Nogueira, Joaquim
Vida pregressa / Joaquim Nogueira — São Paulo:
Companhia das Letras, 2003.

ISBN 85-359-0437-9

1. Ficção policial e de mistério (Literatura brasileira)
I. Título.

03-5986   CDD-869.93

Índice para catálogo sistemático:
1. Ficção policial e de mistério : Literatura brasileira   869.93

<u>2003</u>

Todos os direitos desta edição reservados à
EDITORA SCHWARCZ LTDA.
Rua Bandeira Paulista 702 cj. 32
04532-002 — São Paulo — SP
Telefone: (11) 3707-3500
Fax: (11) 3707-3501
www.companhiadasletras.com.br

VIDA PREGRESSA

1

Encostei o braço no balcão do pequeno boxe. A recepcionista sorriu em nossa direção. Só eu retribuí, pois Márcia, minha companheira, continuava séria como se estivesse em um velório. Escolhi um quarto pequeno, sem hidro, e a mulher me pediu um documento. Achei que minha carta de motorista seria suficiente. Quando puxei do bolso da jaqueta, onde havia outros papéis, todos caíram no chão. A credencial voou para mais longe, tive de catar no canto da parede. Ouvi uma voz de homem:

Você é da polícia?

Endireitei o corpo:

Sim. Sou. Viu pela credencial?

Ele me estendeu a mão, sorrindo.

Meu nome é Anatole France. Sou o dono do motel. Muito prazer.

Virou-se para Márcia, mas não lhe estendeu a mão, apenas sorriu — tinha um sorriso bonito, a boca franca, dentes grandes e perfeitos, talvez por isso saía por aí sorrindo para todo mundo. Entreguei a carta de motorista à recepcionista e ela enfiou no escaninho com o número do quarto 303. Anatole France pegou de volta o documento e me devolveu, explicando que eu não precisava daquilo, era polícia e como tal não tinha que ficar por aí deixando documentos em motéis.

Achei que era minha obrigação explicar certas coisas:

Eu não dou bola para esse tipo de detalhe. Na rua me comporto como qualquer homem do povo. Aliás, eu sou um homem do povo. Quando estou na delegacia, o papo é diferente. Na delegacia...

Em que distrito trabalha?

No 38º DP.

Conheço, fica pros lados do Horto Florestal. Na semana passada teve uma fuga de presos lá. Saiu nos jornais.

Foi. Uma fuga braba. Um colega meu, investigador do plantão, quase se fode na mão dos presos. Se não fosse pelo...

Parei de falar. Tinha usado uma palavra errada, forte demais para a ocasião e para aquelas pessoas, e não queria continuar. Anatole passou batido por esse ponto. Tocou em meu ombro como se tentasse firmar uma intimidade entre nós. E disparou de novo aquele sorriso matreiro — imaginei o número de mulheres que não conquistava com aquele macete.

Como é seu nome mesmo?

Venício.

Um nome muito bonito. Eu gostava muito do Vinicius de Moraes.

Eu também gostava. Agora, pare de ofender a memória dele. Eu e ele não éramos xarás. Meu nome é Venício, não Vinicius.

Ah, desculpe.

Fui saindo, empurrando Márcia com o ombro, de leve, para que ela tomasse a direção da escada. Anatole deu um passo à frente:

Aqui no Deneuve policial tem desconto. Costumo dar trinta por cento para investigadores, mas eu gostei de você, vou te dar cinqüenta. Está bem?

Eu disse que estava. Márcia falou pela primeira vez:

A gente não precisa, porque o Venício pode pagar o preço total. E se ele não puder, eu posso. Agora dá licença.

Anatole ficou na dele, parecia o tipo de cara que não se abala com pouca porcaria. Talvez donos de motéis não saiam por aí se abalando com pouca porcaria. Despejou de novo aquele sorriso encantador e me piscou um olho como se dissesse que estava tudo bem, ele compreendia. Na verdade, era o mínimo que podia fazer. Aparar e amortecer o golpe. Eu e Márcia pegamos a pequena escada composta de dois lances. No primeiro andar os quartos eram numerados de 200 em diante, logo, tínhamos que continuar subindo.

Como professora você deve manjar o escritor Anatole France.

Manjo, já li. E você, conhece?

Não. Na biblioteca do Colégio Andrade, onde eu fiz o segundo grau, tinha os livros dele, mas nunca me interessei. Acho que na biblioteca da faculdade tinha também. O cara foi um dos grandes da França.

O pai dele (do dono do motel) deve ser um intelectual. Ou a mãe.

Vou perguntar a ele... na próxima vez que a gente vier aqui.

Dificilmente vai haver uma segunda vez, disse ela.

Desde o começo da noite você tá mal-humorada. Estou tentando relevar, fazer vista grossa, mas vai ficando difícil. O que foi agora?

Você é de amargar, Venício. Aceitar oferecimento de um cara desses. Não era você que andava pela cidade alardeando ser honesto e incorruptível?

Aceitar descontos em motéis não tem nada a ver com honestidade, retidão de caráter. É um procedimento rotineiro, de menor importância. Corrupção é receber vantagens para deixar de cumprir a lei.

É a mesma coisa. Aceitar dinheiro de estranhos é o mesmo que se corromper. Amanhã ou depois ele vai te pedir alguma coisa. Alguma coisa ilegal, claro.

Eu recuso. Não vou cometer ilegalidades só porque um gajo qualquer me deu desconto em algum lugar.

Esse é que é o seu código?

Esse é que é o meu código.

Diante do 303, empurrei a porta e acendi a luz, em seguida entramos silenciosos e cautelosos como um casal de ladrões. Era um quarto razoável. Cabiam perfeitamente a cama, o criado-mudo e a televisão. Com sorte podíamos cavar espaço suficiente onde colocar os sapatos. Márcia entrou no banheiro, acendeu uma lâmpada forte, a claridade saiu pela porta e jorrou pelo interior do quarto. Ela olhou tudo em volta, saiu, puxou a cortina de plástico diante da janela. Espiou para a frente, para os lados e para baixo.

Vai tomar banho?, perguntei.

Já tomei, em casa. Mulher não sai para encontros sem tomar banho.

E ela sentou na cama, com roupa e tudo. Peguei a embalagem com a toalha, abri o plástico, estendi no colchão, tirei minha roupa e pendurei no cabide, coloquei arma, algema e celular no criado-mudo. Márcia olhava para cima com atenção, como se procurasse manchas e rachaduras no espelho do teto. Arranquei o plástico de um par de chinelos — eram pretos, imaginei que se destinassem aos homens; o outro par era azul — e fui ao banheiro, tomei um banho rápido.

Quando voltei, Márcia continuava na mesma posição, sentada na cama, as costas apoiadas na cabeceira, vestida dos pés à cabeça. Sentei-me a seu lado, tomando cuidado, logo em seguida, de botar a toalha sobre o colo — não queria que ela visse minha arma, a outra, antes de estar preparada para entrar em ação. Fiquei pensando no que eu podia fazer, na atitude mais adequada para quebrar o gelo da parceira. A fim de atiçar a imaginação — que nunca foi nem muito boa, nem muito grande, nem muito eficiente —, acendi um cigarro. Ela virou a cabeça na minha direção:

Vai fumar aqui?

Vou. Tem algum problema?

Acho o quarto muito pequeno para absorver fumaça de cigarro.

Pressionei um dos botões no painel às nossas costas, um ventilador explodiu em algum canto, mais forte e mais acintoso que um DC 10. Continuei fumando. Márcia ainda olhava para a frente, parecia uma policial de campana num quarto de hotel esperando a entrada do bandido. Liguei a televisão. Passava um programa de auditório. Tinha um homem de terno escuro, com um microfone na mão, ao lado dele uma mulher jovem e bonita, uma saia preta curtíssima e um bustiê estreito e sensual como a parte superior de um biquíni.

Embaixo na tela estava escrito Atriz Pornô Vai Revelar Nome de Ator Famoso.

Tira daí, ela disse. Deve ter outro canal com coisa melhor.

Girei o botão para um lado e outro até aparecer um telejornal, devia passar de dez horas e eu imaginei que eles podiam ter notícias quentes — o marido chegou em casa e encontrou a mulher com outro, a menina se desiludiu com o namorado e se matou —, esses fatos tristes e desesperados que os policiais tanto curtem. Apareceu um homem bem-vestido e bem barbeado, com o nó da gravata impecável, falando sobre a cotação do dólar e a queda da Bolsa de Valores.

Por não ter dólares nem ações na Bolsa, logo perdi o interesse no noticiário. E mesmo que tivesse interesse, não podia ir muito longe: houve um clique no lado do quarto contrário à cama e, em seguida, um ruído estranho, de algo sólido batendo levemente contra uma superfície dura. Caminhei até o armário de madeira por onde os garçons entregam bebida, cigarro, almoços executivos e camisinhas para os hóspedes. Tinha dois copos. Um de uísque e outro de martíni. E um cartão em alto-relevo: COM OS CUMPRIMENTOS DE ANATOLE FRANCE CASTANHEIRA.

Com os copos na mão, andei de volta até a cama, parando do lado em que Márcia estava. Só então me dei conta de que tinha deixado a toalha no meu lado do colchão. Bem, não era um problema tão grave assim, considerando o tipo de lugar em que estávamos. Estendi o copo de martíni:

Imagino que seja pra você, o meu deve ser este aqui, de uísque. Provavelmente importado.

Estendi também o cartão sofisticado:

O pai ou a mãe do nosso anfitrião pôde batizar o filho com um nome nobre, mas não pôde se livrar do sobrenome. Olha aí, Castanheira.

Não é um sobrenome tão ruim assim. Pior é ele ficar insistindo nessa merda.

Que merda?

Essa de querer nos cooptar. O que esse tal de Castanheira está querendo? Comprar você... e a mim também... com um desconto vagabundo e duas doses de bebida, que devem ser vagabundas também?

O cara só está querendo ser gentil, Márcia. Deixe de ser tão ranheta.

Ranheta é a mãe. E pare de andar nu pela casa.

Isso aqui não é uma casa, é só um quarto de motel!

Coloquei a dose de martíni no criado-mudo e voltei para o meu lado da cama. Tomei meia dose de uísque ainda de pé — contrariando a previsão da parceira, era de boa qualidade — e também larguei o copo no criado-mudo. Márcia tinha mesmo me enchido o saco. A noite estava irremediavelmente perdida, e se eu fico mais tempo por ali, a amante também estaria. Peguei minhas roupas no cabide. Depois de vestido, o cano no coldre, na cintura, as algemas penduradas na presilha da calça, por trás, o celular pendendo do cinto, dei um ultimato.

Vamos embora.

Até que enfim!, ela disse aliviada.

13

2

Acordei estremunhado no meio da tarde, o quarto aquecido levemente pelo sol de julho. Abri a janela do apartamento e olhei a rua lá embaixo. Poucas pessoas passavam. O mês caminhava para o fim, e os moradores simples do bairro já tinham pago suas contas, tinham feito as compras de supermercado, saíam menos de suas casas. Fechei a janela e caminhei para o banheiro.

Depois da barba e do banho, me troquei, vestindo roupas limpas — em tudo parecidas com a roupa do dia anterior, calça jeans, camiseta, jaqueta de brim, tênis. Peguei o revólver sob o colchão e enfiei no cós da calça, pendurei o par de algemas e o telefone celular, que tinha deixado carregando à noite. Para minha surpresa, estava funcionando. Se não fosse um modelo antigo, teria relógio e informaria também as horas. Algo me dizia que era perto das três. Abri a porta do apartamento, tomei o corredor, andei com passos ainda vagarosos e inseguros para a escada. Então ouvi uma porta se abrindo e em seguida uma voz de mulher.

Uma voz que eu conhecia bem — que eu conhecia desde que havia mudado para aquele prédio, no tempo em que ainda era casado com Sônia. Era Mitiko.

Oi, Venício. Tudo bem?

Agora ela estava bem perto de mim. Não usava nenhuma maquiagem e havia puxado os cabelos para trás. Como a gueixa que às vezes ela tentava ser. Estava tão próxima de mim que eu podia sentir o calor do seu corpo.

O Mário não voltou pra casa ontem de noite, ela disse.

Isso acontece com muitos maridos por aí. Acontecia comigo quando eu era casado. Eles ficam cansados de madrugada, ou bêbados, entram em hotéis e caem no sono. Ou ficam trabalhando na empresa. Ou pegam um avião e vão dar cursos e seminários em outra cidade.

Venício, você está ficando idiota, agora que começa a envelhecer?

Eu só tenho quarenta e dois anos, Mitiko. Acha possível alguém começar a envelhecer aos quarenta e dois anos?

Algumas pessoas começam até com vinte.

Tá certo. Tá certo. Vamos fazer de conta que eu acredito. De qualquer forma, mesmo que seja o meu caso, mesmo que eu esteja envelhecendo com esta idade, ainda restariam dúvidas quanto à possibilidade de eu estar ficando idiota. Logicamente, você pode ter argumentos apontando em outra direção.

Desculpe, eu sou mesmo uma grossa. E uma boba também, por ficar me preocupando com um marido que não se preocupa comigo.

Talvez o Mário tenha viajado, quem sabe o chefe dele tenha lhe dado uma ordem irrecusável, uma espécie de ultimato, pegue o avião e vá pro Canadá, nós precisamos desse contrato assinado amanhã de manhã.

Pô, Venício...

Tchau, Mitiko. Fica fria, o Mário está por aí, daqui a pouco ele chega em casa. Ou pelo menos telefona. Eu vou descer e tentar comer alguma coisa. Quer descer comigo?

Não, respondeu ela secamente, parecendo irritada, como se em vez de fazer um convite eu tivesse lançado uma grande ofensa.

Dei as costas e caminhei para a escada, ela deu as costas e caminhou para seu apartamento.

Cheguei à rua. Parei junto à calçada e cheirei o ar, percorri com o olhar os carros estacionados e chequei as pessoas debruçadas nas janelas. Tudo normal. Tudo igual. Como se tudo e todos tivessem estado sempre ali, tivessem nascido junto com a cidade, no tempo dos índios e dos bandeirantes. Dobrei a esquina, caminhei até a banca de jornal. Ficava ao lado da padaria, em cuja porta principal, naquele momento, estranhamente, tinha um morador do condomínio com um copo na mão. Como se estivesse imaginando o que fazer com ele — beber ou jogar na sarjeta. Na banca não tinha ninguém, exceto o dono, naturalmente. Como sabia o jornal que eu costumava ler, apanhou um em uma pilha e me entregou.

Depois de pagar, caminhei para o bar do Luís. Ele estava em seu posto, firme e forte, usando umas bermudas horrorosas, que lhe chegavam aos joelhos cabeludos, e uma camiseta que já fora marrom — agora tinha uma cor indefinível, parecida com lama ou cocô. Suas roupas me lembraram Mitiko. Mas era um erro. Ela e ele estavam de bermuda e camiseta, mas nem de longe se pareciam. Atirei-lhe um cumprimento trivial e ele me jogou outro, eu procurei uma mesa, sentei e abri o jornal. Logo ele estava bem ali do meu lado.

Trabalhou ontem de noite?

Trabalhei.

Como foi?

Macio. Um plantão macio, light. Os bêbados de sempre, as vadias de sempre, os acidentes de trânsito comuns. Nada de muito grave, nenhum flagrante. E os presos dormiram a noite toda, como é próprio dos homens de bem. Agora eu queria comer, se você não se importar.

A comida acabou, mas o seu prato está guardado. A Cármen guardou. Vou buscar. É o de sempre. Bife, saladinha...

Me poupe, meu velho. Eu sei que prato é. Traga a cerveja, falou?

Abri o jornal sobre a mesa e fui passando as páginas. O noticiário era mesmo vagabundo, tudo notícia de segunda, denúncias de corrupção, declarações da prefeita, comício do candidato tal em Catanduva, coletiva de imprensa convocada pelo vereador líder da oposição. Luís chegou, largou a cerveja e o copo, disse que iria pegar a comida e eu nem respondi, porque nós dois já conhecíamos bem o nosso papel. Que era simples, comum e corriqueiro.

Lá pela quinta ou sexta página, dei com uma notícia *muy* interessante. Um preso fora morto na carceragem do 45º DP. Tinha um nome estranho e inconfundível. Anatole France Castanheira.

Cacete! Minha voz percutiu entre as mesas e foi bater nas garrafas da prateleira, lá atrás.

Li a matéria até o fim, prestando toda atenção. E mesmo assim era difícil de entender e acreditar. Na tarde anterior, uma tarde modorrenta de domingo, segundo o jornalista, os presos da Vila Santa Maria estavam reunidos no pátio, o carcereiro distraído, conversando com o tira e o escrivão no plantão. Ali pelas cinco e meia um detento se aproximou da grade que separa as celas da sala do carcereiro e deu um aviso:

Seu Oliveira, tem um problema aqui!

Constava da matéria que o carcereiro — devia ser muito querido ou muito temido pelos presos, caso contrário eles não o tratariam de "seu Oliveira"— voltou à carceragem. Um dos presos jazia numa poça de sangue — também nas palavras do autor da matéria — degolado. Oliveira o conhecia. Embora o presídio tivesse mais de 150 hóspedes, ele conhecia todos. O morto se chamava Anatole France Castanheira. Era evidente que fora assassinado por outro presidiário, mas até o momento em que o jornalista fechara a matéria nenhum deles tinha assumido a autoria do crime. Ele sabia, porque tinha acabado de telefonar à delegacia. Era o que dizia o final do artigo.

Dobrei o jornal e fiquei pensando em Anatole, o homem com aquele nome famoso, dono de motel, moreno e bonito, de cabelos negros e ondulados, a pele perfeita como a pele de um bebê. E aquele sorriso encantador como o sorriso de uma estrela de cinema — daquelas antigas, bem entendido. Caramba, reconheci. Castanheira não existia mais. Estranho: um cara que estava em plena atividade no mês anterior, dirigindo seu negócio, sorrindo de bem com a vida, mal haviam transcorrido trinta dias já estava num presídio de cadeia distrital... e morto? Que o preso assassinado e o dono do motel eram a mesma pessoa, me parecia claro.

18

Em um mesmo país era impossível duas pessoas com aquele nome.

Ocorreu-me telefonar ao motel Deneuve. Tentei usar o celular, mas ele estava com preguiça, não queria trabalhar. Nada a estranhar, ele já tinha me dado problema antes. Aliás, o colega que havia me vendido o aparelho, o investigador Marenostro, do 38, equipe E, fora bem claro — coisa inusitada em se tratando do Marenostro.

Tem dia que o telefone dá problema, ele me disse. Você tem de discar de novo, outra vez, mais uma... agora, isso acaba se tornando uma vantagem, logo você memoriza o número desejado. Depois, eu estou vendendo baratinho. Só porque eu comprei um aparelho mais moderno e sofisticado. É pra você ir se virando enquanto não compra um melhor. Porra, Venício, tá na hora de você ter um celular.

Consegui falar com o Deneuve lá pela terceira ou quarta tentativa. Fui atendido por uma mulher.

Meu nome é Venício. Eu sou da polícia, investigador, e amigo do Anatole. Que droga que aconteceu com ele, hein?

A gente não sabe, disse ela. Ele desapareceu no dia vinte de junho. Nós até pensamos que ele tinha comprado outro motel em algum lugar ou voltado pra terra dele, mas...

Qual era a terra dele?

Paraná. Era do Paraná. A cidade eu não sei.

Vocês aí leram o *Diário da Grande São Paulo* de hoje?

Não, a gente não leu. Quer dizer, *eu* não li.

Não sabe que seu patrão foi morto ontem à tarde na carceragem do 45º DP?

Morto? Seu Anatole?

* * *

A rua onde ficava o motel — oficialmente, Deneuve Hotel — não tinha trânsito, mas ainda assim era proibido estacionar, talvez porque fosse estreita e os carros encostados no meio-fio dificultassem o escoamento. Eu não queria descer até o estacionamento no subsolo. Não ia ao motel como cliente, para transar e pagar, portanto seria injusto ocupar uma vaga. Considerando inexistir guarda por ali, encostei o fusca na calçada e entrei. Falei com a mulher de plantão na portaria.

Meu nome é Venício, telefonei agora há pouco...

Fui eu que atendi. O senhor é investigador, né? A gente aqui não sabe nada desse negócio do seu Anatole ter sido morto numa prisão.

Por que você diz "a gente aqui"? Andou falando com outras pessoas?

Andei. Aqui somos dezoito funcionários. Sem contar o gerente, seu Sávio. Eu não podia deixar de falar com alguns colegas.

O que seu Sávio tem a dizer sobre isso?

Ele não está. Tentei falar com ele pelo celular, mas tá desligado. E as meninas daqui... ninguém...

Oquei, ninguém sabe nada, não precisa repetir. Me diga uma coisa: e a família do Anatole? Falou com eles?

Bem, até onde eu sei (a funcionária era informada, falava melhor do que muito deputado) ele não tem família. Quer dizer: uma família assim, como todo mundo, pai, mãe, filho... O senhor sabe o que eu quero dizer. Seu Anatole vive, ou vivia, eu nem sei mais como falar, com uma namorada. Que se chama Suzana. Mora, ou morava, num condomínio da Moreira de Barros. Eu já falei com a Suzana, disse a ela o que o senhor me informou por telefone. Ela também não sabe de nada. Quer dizer: só sabia que o namorado tinha desaparecido no dia vinte do mês passado... quer dizer, tinha saído de casa no dia vinte e não voltou mais.

Ele saiu de casa com a intenção de vir trabalhar?

Isso eu não perguntei a ela. O senhor quer o telefone da Suzana?

Não. Eu vou no apartamento deles, aí conversamos pessoalmente. A Moreira de Barros é perto. Me dê o número.

Ela começou a anotar a informação na folha de um bloco, mas nisso o telefone tocou. Parece que do outro lado tinha gente interessada nos serviços, confortos e preços do motel. A recepcionista começou a relacionar o que havia nos quartos — televisão em cores com cine privê, ar-condicionado e, nos quartos mais caros, banheira com hidro. A conversa não me interessava. Era perda de tempo xeretar. Vi uma garrafa térmica de café sobre um aparador e me servi uma dose com açúcar. Depois do café acendi um cigarro e voltei ao boxe, justo no momento em que a funcionária colocava o fone no gancho.

Me entregou o papel. Anotei mentalmente o número do prédio e do apartamento e enfiei o papel no bolso da jaqueta.

O senhor vai investigar o caso?

O crime aconteceu no interior de uma delegacia de polícia, provavelmente o próprio delegado titular vai chefiar a investigação. Vim aqui porque conhecia o seu patrão. Porque uma noite... você não estava de serviço, ele... bem, deixa pra lá. Vim aqui porque vim aqui. Agora, tchau.

Ela me olhou um tempo com estranheza e curiosidade, seu olhar estranho e curioso me acompanhou enquanto eu saía para a rua.

Entrei no carro, tomei a Cruzeiro do Sul e desci até o primeiro cruzamento, onde virei à direita a fim de tomar a direção da Moreira de Barros. A tarde morria plácida e maneira, camarada, o sol atípico de inverno caindo obliquamente sobre os prédios, carros e pessoas, estendendo seu manto protetor sobre os corações de boa vontade. Uns vinte minutos depois cheguei ao condomínio indicado pela recepcionista — conjunto de três prédios novos, um azul, outro marrom, outro creme; o playground construído entre eles era todo verde. Para animar a meninada, claro.

Parei na calçada oposta à portaria. Como era permitido estacionar, tranquei as portas e atravessei a rua. O porteiro firmou o olhar na minha direção. Adiantei meu nome e o nome da pessoa que pretendia visitar, ele apertou um botão numa caixa de metal que havia sobre um balcão também de metal.

Dona Suzana? Tem um homem aqui querendo falar com a senhora... O quê? Ah, sim. Um momentinho.

Virou-se na minha direção:

Ela quer saber quem é o senhor e qual o assunto.

Tirei minha credencial do bolso e levantei na altura do rosto dele.

Diga que sou da polícia. Investigador Venício. Quero falar sobre a morte do companheiro dela, Anatole.

Ele retomou o assunto, passou as informações para Suzana, pôs o fone no gancho e voltou-se para mim, pedindo que eu esperasse "uns cinco minutinhos", ela iria me atender. Oquei. Eu iria esperar. Nesse momento parou um carro ali, na entrada, um pára-lama quase batendo nas minhas pernas. O motorista era uma mulher. Disse ao porteiro que iria visitar uma pessoa no bloco três, apartamento cinco, e o empregado lhe entregou uma identificação de plástico, na qual estava escrito bloco três, apartamento cinco. Também lhe passou instruções. Só podia ficar quinze minutos.

Ela pareceu detestar. Lançou ao empregado um olhar que só não furou o rosto dele porque antes teve de atravessar o vidro do carro e o da portaria. Vendo que o porteiro continuava ileso, ela seguiu frustrada para o interior do condomínio, e o porteiro voltou a me dar atenção.

Meu nome é Fernando. Bem, pro senhor, que é polícia, acho que eu tenho de dizer a verdade, antes que o senhor descubra e fique suspeitando de mim. Meu nome mesmo é Ferdinando, mas eu digo que me chamo Fernando por...

Houve um ruído no aparelho pelo qual ele falava com os condôminos e uma luz vermelha piscou sobre um número. Depois de atender, o porteiro tornou a me dar atenção.

Já pode subir. É aquele prédio creme, no meio dos outros. Se quiser levar o carro, pode também. Eu dou uma autorização pra botar no pára-brisa.

Aí eu vou poder ficar quinze minutos.

Não, não. A polícia tem direitos, regalias.

Eu disse "valeu" e caminhei em direção aos prédios.

No térreo, tomei um elevador e subi ao sexto andar. Não precisei procurar pelo apartamento de Suzana porque havia uma porta aberta e, junto dela, de pé, uma mulher jovem e bonita, loura, os traços delicados e a boca carnuda, os seios pequenos e firmes — era possível "ver" através da blusa. Embaixo ela usava uma calça comprida, também de seda — bem, poderia ser de um tecido parecido com seda; não sou muito hábil em definir tecidos. Ela havia chorado. Seus olhos ainda estavam úmidos e as faces um pouco vermelhas.

Estendi-lhe a mão, que ela apertou com dedos quentes e delicados.

Por favor, vamos entrar.

E afastou o corpo para que eu pudesse passar. Enquanto eu caminhava rente a seu ombro, fui envolvido por uma onda de perfume suave e penetrante.

Parei no meio da sala e admirei o ambiente. Moravam bem, aqueles condôminos. Com certeza, muito melhor do que eu. A sala era do tamanho de uma quadra de vôlei, os móveis todos de couro, um bar a um canto, longe da janela de madeira e vidro — os móveis ficavam bem afastados uns dos outros, como no gabinete de um político ou de uma autoridade policial importante. Havia quadros nas paredes, mas não pareciam de boa qualidade; eram apenas quadros para impressionar os visitantes. O resto não tinha grande importância. Lustres comuns, tapetes comuns, descartáveis, como se os donos soubessem que iriam ficar pouco tempo ali.

Suzana sentou numa das poltronas, indicando a mais próxima dela.

Senta.

Depois que eu sentei, nos encaramos:

O motivo da minha visita é que eu conhecia o seu companheiro. Estive no Deneuve uma noite com uma amiga e ele, quando viu que eu era da polícia, me ofereceu um desconto. Pegou mal. Minha parceira ficou uma fera — quer dizer, já estava meio fera, na verdade

— e minha noite no motel foi pro brejo. Mas gostei do Anatole. Me pareceu um cara esperto e inteligente.

Porque te ofereceu desconto...

Todos os motéis oferecem desconto a policiais. Eles sabem que funcionam ilegalmente, que nos quartos corre droga e tem menores fazendo sexo, então procuram agradar a polícia. Não foi por isso que simpatizei com o Anatole. É que ele me pareceu bom, generoso, amigo...

O Anatole tinha essa facilidade, agradava as pessoas, quebrava o gelo logo de cara. Talvez porque tivesse aquele sorriso inocente e puro como o das crianças. No fundo era mesmo uma criança.

Explorando motel e tudo?

Suzana cruzou as pernas e olhou na direção da janela, com certeza viu o céu escurecendo, puro e límpido. Depois de um tempo, mirou o bar, o que pareceu lhe dar novas idéias. Perguntou se eu queria beber alguma coisa. Taí um oferecimento que eu quase nunca recuso. Aceitei, ela caminhou senhorilmente até o bar, despejou duas doses de uísque em copos baixos e arredondados, de um vidro verde e grosso. Passou por mim com os copos na mão:

A empregada só vem nas terças, quintas e sábados.

Tomou um corredor e seus passos se perderam lá no fundo. Ouvi portas batendo. Pareceu uma longa espera até ela voltar à sala. Estendeu o copo na minha direção. Agradeci. Chequei o uísque, era de boa qualidade, talvez da mesma marca que Anatole mandara ao nosso quarto aquela noite.

Quem é que vai investigar o crime?, perguntou, sentando-se.

Quando se trata de homicídio de autoria desconhecida, quase sempre a responsabilidade é da Homicídios, mas nesse caso acho que vai ficar mesmo na delegacia. Talvez até já tenha sido esclarecido.

Em tão pouco tempo?

O crime se deu ontem, no final da tarde. Estamos também no final da tarde. Quer dizer, já se passaram umas vinte e quatro horas. Muitos presos já foram interrogados, tomaram uma prensa, você compreende, de modo que o crime pode até já ter sido esclarecido.

Como é que a gente vai ficar sabendo?

Bem, posso telefonar para o 45º DP...

Por favor, Venício...

Havia um telefone sobre uma mesinha branca, quadrada, com tampo de mármore, ao lado do sofá. Sentei-me para fazer a ligação. Não sabia o número da Vila Santa Maria, tive que telefonar ao centro de comunicações da Polícia Civil, CEPOL, e perguntar. Em seguida liguei para a chefia de investigação do 45. O chefe dos tiras era o Adaílton. A gente se conhecia, mas nunca tínhamos trabalhado juntos. Quando eu lhe disse meu nome, a receptividade foi fria.

Então é você, disse ele. O investigador Venício. O matador de tiras...

Deixei passar um tempo, tentando assimilar o golpe. Um ano antes eu havia trabalhado numa investigação estranha, a morte de um colega, Toninho, no fim da qual sofri uma emboscada e, pra tirar o meu da seringa, precisei alvejar dois investigadores, um certo Valdo e um certo Rodrigues. Achei melhor evitar o assunto com Adaílton. Era o que aconselhavam nossas poucas afinidades e nossa nenhuma intimidade. Fiquei em silêncio com o fone junto ao ouvido. Depois de algum tempo, ele se mancou.

Vamos lá, Venício, a gente é colega, apesar de tudo, e eu tenho que te dar atenção. O que você quer?

É sobre o crime que aconteceu na cadeia daí, ontem. O cara que foi assassinado era amigo meu. Anatole France Castanheira. Estou agora na casa dele com a viúva e queria saber notícias. Vocês já racharam o caso?

Porra nenhuma. Interrogamos alguns presos, mas na cadeia, como você sabe, impera a lei do silêncio. Ninguém abre o jogo. E também a gente não se interessa muito. Temos uma porção de coisas pra fazer, levar presos no PS, no fórum, trocar lâmpadas queimadas, tampar goteiras no teto... não vamos sair por aí espremendo o cérebro a fim de esclarecer morte de vagabundo.

Esse Anatole..., perguntei, o que foi que ele fez? Digo, pra entrar em cana?

Você não era amigo dele?

O fato de eu ser amigo do cara não quer dizer que eu soubesse de suas vocações, de suas taras.

Tá bem. Vou te informar. Estupro.

O corpo ainda deve estar no IML, suponho, dado o tempo decorrido do crime.

Se ninguém da família reclamou, está lá. Tem de estar.

Agradeci as poucas informações e ajuda, depois do que ambos desligamos ao mesmo tempo. Voltei à minha poltrona, tomei outro gole de uísque, aí me deu vontade de fumar, puxei o maço de cigarros do bolso. Caso Suzana tivesse algo contra, seria o momento de reclamar. Ela, porém, se manteve de boca fechada. Até pegou um cinzeiro sobre uma mesinha oval e o colocou no assento, ao lado da minha coxa. Depois de tirar uma baforada longa, contei a conversa no telefone, omitindo o fato de Anatole ter cometido estupro. Ela recebeu as informações numa boa.

Perguntei: Quando Anatole saiu de casa no dia vinte do mês passado, notou alguma coisa estranha nele?

Nada, era o mesmo homem de todos os dias, saindo de casa como em todos os dias.

Ele ia pro motel trabalhar?

Não sei, não conversamos sobre isso. De manhã eu fico muito sonolenta, muito mole, a cabeça funciona devagar... quase nunca fazia muitas perguntas quando ele estava saindo.

Depois do dia vinte, ele deu algum telefonema?
Nenhum.

E os parentes dele? Vocês mantiveram algum contato?

Não conheço ninguém. O Anatole era do Paraná — antes que você me pergunte a cidade, eu não sei, ele nunca disse —, eu nem sei como os parentes se chamam.

Fale sobre os amigos dele.

Também não conheço. Nunca ninguém veio aqui, nunca ninguém telefonou, e os telefonemas que o Anatole dava em casa eram feitos em voz baixa, como se a conversa sempre girasse sobre grandes segredos. Agora que aconteceram essas coisas, Venício, agora que você me faz essas perguntas... acho que o meu namorado era um bocado esquisito. Pensando bem, ele nunca falava sobre o passado nem sobre o futuro, não dizia quanto o motel rendia, não falava de encontros nem de amantes... bem, isso aí ele não iria falar mesmo.

Ela tomou outro gole de bebida, estalou os lábios, ficou olhando o fundo do copo. Ainda havia muito líquido nele, que ela parecia pouco entusiasmada a terminar. Olhou outra vez pela janela, para o céu bonito e leve, e disse que não adiantava muito a gente ficar se perguntando esse tipo de coisa. Eu concordava. Nem precisei responder. Minha resposta era tão óbvia que nem respondi. Levei a conversa para ângulos mais práticos.

Vai precisar ir ao IML, reconhecer o corpo, retirar e sepultar (ou cremar, se for do seu agrado), essas coisas. Quem devia fazer isso eram os parentes consangüíneos de Anatole, ou a esposa, mas como a gente não conhece eles você mesma vai ter que quebrar esse galho. Falar em esposa, há quanto tempo vocês mantinham esse caso?

Três meses.

O que você fazia antes disso?

Contrariando minha impressão anterior, ela tomou com disposição outro gole de uísque. Depois, pareceu decidir que era mesmo momento de parar e depositou o copo na mesinha de centro.

O problema é que eu não entendo nada dessa burocracia, não sei onde fica o IML, não sei o que dizer aos funcionários, não sei onde fica o serviço funerário, se é preciso pagar... O Anatole pediu pra eu guardar um dinheiro dele, mas disse que era especial, que eu não devia gastar em hipótese nenhuma, e eu queria fazer a vontade dele. Além do mais, eu sou do interior, sabe? De Lins. Cidade pequena é muito diferente, tudo é mais fácil... Será que você...

Eu o quê?

Estava pensando se não podia ir comigo ao IML.

Sem problemas. Eu vou.

Ela se levantou, alisando a calça comprida com as mãos, e pegou de novo o corredor, imaginei que iria ao quarto do casal. Continuei no meu canto, fumando, até que o cigarro acabou e eu comecei a me entediar, caminhei até a janela e olhei para fora. Dali era possível ver o outro prédio do conjunto, o playground lá embaixo, algumas crianças ainda brincando. E a rua. Carros passando pela rua. E dois homens e uma mulher conversando na calçada. E outros prédios ao longe, algumas casas, um pedaço de rio estreito com uma ponte magra e insegura. Os motoristas que passavam por ali talvez nem se dessem conta de que atravessavam um rio.

Suzana voltou à sala com outra roupa, uma saia marrom, a barra acima dos joelhos, uma blusa bege de mangas compridas de muitos botões, sapatos altos. Tinha retocado a maquiagem. Algum produto que passava nos cílios deixava seus olhos maiores e mais redondos. O tal de Anatole tinha bom gosto. Não devia ter saído de casa por vontade própria. Eu, se tivesse uma amante enxuta e gostosa como Suzana, não sairia de casa nem pra tomar chope na esquina

Descemos, caminhamos até a portaria, onde Ferdinando continuava com seu trabalho. Paramos na calçada esperando uma oportunidade para atravessar a rua. O perfume que Suzana usava era mais fraco ali, permitia que eu me concentrasse no que estava fazendo. Por entre os prédios e árvores soprava uma brisa suave, leve, que tornava leve e suave o morrer do dia. Entramos no meu velho fusca e eu manobrei para tomar o sentido da avenida Rebouças.

* * *

Chegamos ao IML já era quase noite. Tive alguma dificuldade para estacionar, de modo que ao entrar no prédio era noite mesmo. Passamos por alguma burocracia, falamos com funcionários em vários postos, minha acompanhante teve que dar explicações e eu precisei mostrar minha credencial, até que finalmente chegamos ao salão onde ficavam as vítimas — de crimes, de acidentes, da vida. Um funcionário todo de branco levou Suzana até uma geladeira.

Do lugar em que eu estava, perto de uma escrivaninha, quase junto à porta, vi-o puxando uma gaveta enorme com um vulto em cima. Ele ainda tentou fazer uma gracinha:

Habeas corpus, disse com voz divertida.

Perto de Suzana, pensei, muito homem ficava tentado a fazer gracinhas, mesmo aqueles que trabalhavam com os mortos.

A voz dela ecoou por todo o ambiente:

Mas esse não é o Anatole!

Dada a ênfase de suas palavras, me aproximei também da geladeira. Suzana tinha razão. O homem deitado ali, de olhos abertos como se examinasse o teto, nem de longe lembrava Anatole. Era branco, magro, cabelos ruivos e ralos, e metade da sobrancelha esquerda fora arrancada. Aquilo poderia ter sido feito no 45º DP, claro, presídios são lugares onde acontecem coisas originais e estranhas, mas o resto do corpo falava por si só. Não se tratava de Anatole. Era tão certo como a morte mesma.

31

Ainda no começo da noite entramos num bar da avenida Rio Branco. De longe parecia bonito, novo e limpo, mas dentro a impressão era outra. O balcão estava sujo e com manchas, as mesas eram sujas e tinham manchas, os dois homens entre o balcão e a prateleira pareciam sujos e com manchas. E aqueles caras jogando sinuca naquela mesinha ridícula.

Acho que me enganei, eu disse. Pensei que o lugar fosse melhor. Quer sair e procurar outro?

Suzana ficou fria:

Já estamos aqui, vamos ficar.

Puxou uma cadeira, sentou-se, eu tratei de sentar também. Um homem se debruçou sobre a sinuca, assestou o taco e mirou a bola, enquanto os outros ficaram olhando Suzana, direto em seu rosto e em seus predicados. Ela fez que não viu. Mulheres são muito hábeis nesses momentos.

Odiei aquele delegado, disse ela. O diretor do IML.

Ele não tem culpa. Na polícia não existe inamovibilidade, como ocorre no Judiciário e no Ministério Público. Acontece de o delegado estar num posto bom, dirigindo uma delegacia ou uma divisão, vem uma ordem e ele tem de tirar o rabo da cadeira, ir trabalhar em outro lugar, numa delegacia do outro lado da cidade, no gabinete de uma autoridade mais alta ou mesmo no IML. Esse delegado com quem a gente conversou, o doutor Anacleto, eu não conheço ele... Só estou dizendo que pode ter acontecido isso.

Ainda tenho a impressão que é preguiçoso e negligente e não quer nada com o samba. A gente nem devia ter ido falar com ele.

Acho até que ele foi muito claro e direto. Não sabe de nada, desconhece a verdadeira identidade da vítima e os motivos pelos quais foi assassinada, não é função dele descobrir etc. e tal. Vai mandar um ofício ao 45º DP falando da nossa visita e das nossas informações, e pedindo providências. É tudo o que ele pode fazer, Suzana. Se eu estivesse na cadeira dele, era o que faria também.

Ela discordou:

Tenho certeza de que ia fazer algo mais.

O garçom caminhou ao longo da prateleira até uma parede nos fundos, onde começava a cozinha, contornou o balcão, andou até nossa mesa e perguntou o que íamos querer. Suzana declarou — como se precisasse dar satisfações a alguém — que estava com fome. Pediu refrigerante e misto-quente. Eu não sentia fome. Tinha almoçado tarde, a comida do Luís era pesada, meu organismo não tivera tempo de digerir direito, iria levar ainda umas duas ou três horas para eu sentir fome. Pedi uma garrafa de cerveja e um copo alto. Ela retomou o assunto que nos interessava:

Na sua opinião, o que aconteceu com Anatole? Como é que aquele cara foi aparecer com os documentos dele numa delegacia de polícia?

Acho que está morto. Antes de ser preso, o cara que foi assassinado no 45 pegou os documentos do Anatole, ou encontrou em algum lugar, falsificou, assumiu a identidade dele. Aí cometeu um crime... na verdade, foi um estupro... deu azar e entrou em cana. Pode ser que tenha assaltado o Anatole, depois matou, roubou o dinheiro e os documentos dele... teu namorado tinha carro?

Tinha. Um Tempra verde-claro, ainda novo, conservado.

A cidade tem muito desmanche irregular, criminoso. Como se não bastasse, o Paraguai tem sido um bom mercado de automóveis ultimamente. Não me parece que o pessoal de lá se preocupe muito com documentos, licenças, procurações, pagamento de impostos, essas tolices de país civilizado.

Se o Anatole estivesse morto, haveria uma investigação, a polícia teria que chegar ao motel, ao nosso apartamento, me intimar para depoimentos, essas coisas. Não é não?

Caso a polícia tivesse certeza do crime, certamente. Vamos supor que o cadáver esteja por aí, soterrado, no mato, imerso no mar, em Santos, no fundo do rio Tietê.

O que eu posso fazer?

Tem uma delegacia especializada em desaparecimentos. Fica no centro da cidade. Se quiser, te levo lá.

Não quero. Odeio polícia... Desculpe, Venício, não quis ofender.

Não me ofendeu. Muita gente odeia a polícia, e eu não perco o sono por causa disso.

O garçom se aproximou de novo da nossa mesa, trazendo a cerveja e o copo alto, o sanduíche e o refrigerante. Depois de nos servir, perguntou se queríamos mais alguma coisa. Como não queríamos, ele retornou a seu posto atrás do balcão, passando de novo rente à mesa de sinuca. Um dos homens o pegou pela manga e ambos conversaram, virando de vez em quando a cabeça na nossa direção. Acintosamente. O lugar era assim. Os empregados participavam do deboche geral.

Você podia fazer isso pra mim, ela pediu.

Isso o quê?

Procurar o Anatole. Venício, eu preciso saber o que aconteceu. Não é nem uma questão sentimental, não, é uma questão prática. Eu morava com ele, tem o apartamento, aluguel e condomínio pra pagar, água e luz, telefone, a grana que ele pediu pra eu guardar, essas coisas. Não posso ficar em casa de braços cruzados, esperando que a informação me caia no colo.

Eu não trabalho na investigação, trabalho no plantão. Tenho minhas tarefas próprias.

O plantão não é todo dia, é?

Se fosse, não seria plantão. Quando a gente trabalha de dia, folga naquela noite e no dia seguinte, pega o turno da noite que entra. Quando trabalhamos de noite, folgamos três dias, e no seguinte entramos de manhã outra vez.

É muito tempo entre um plantão e outro... você podia fazer alguma coisa. Se quisesse, é claro.

Continuei bebendo e fumando, pensando na frase "Se quisesse, é claro", tentando decidir se eu queria ou não. Tenho o coração mole e vagabundo, não sei recusar pedidos, e quando se trata de pedido de mulher, especialmente jovem e bonita como Suzana, ele enfraquece e baqueia mais ainda. Ela insistiu. Botou a mão sobre a minha, me cravou seus olhos pequenos e castanhos, mas potentes, tornando a dizer "Dá tempo de você fazer alguma coisa... Se quiser".

O problema não é só de tempo, Suzana. Tem despesas também. Eu ganho mal, sabe, como todo funcionário público de baixo escalão, e tenho muita coisa pra pagar, aluguel do apartamento onde moro, restaurante (chamar o boteco do Luís de restaurante era uma desfaçatez, mas enfim...), a manutenção do carro.

O que isso tem a ver?

Tem a ver que pra sair por aí fazendo perguntas vou precisar pôr gasolina no carro, talvez dar gorjetas, pagar multas de trânsito ou subornar policiais de trânsito...

Eu pago, ela prometeu, firme.

Abriu a bolsa, uma bolsa minúscula, metida a fresca, de couro, o fecho de metal dourado, e tirou umas notas lá de dentro. Empurrou na minha direção por cima da mesa. Só fiquei olhando. Achei que era muito. Suzana disse que eu fosse gastando, mais tarde "a gente se acerta", e como se quisesse encerrar a conversa naquele ponto dedicou-se a comer o sanduíche e a tomar o refrigerante. Quando acabou, chamou o garçom e pediu a conta.

Eu paguei. Seria absurdo deixar o encargo com minha acompanhante, se o dinheiro que me dera se destinava a cobrir despesas do trabalho.

Ferdinando fora embora. Em seu lugar estava um sujeito menos jovem e menos loquaz. Orientado por Suzana, levei o carro até o estacionamento, tomamos o elevador ali mesmo no subsolo. No sexto andar, tivemos uma surpresa. Diante do apartamento de Anatole estava uma moça morena, muito maquiada, com um decote enorme, a lapa de peito aparecendo e escandalizando. Ela avançou rindo em nossa direção, os olhos fixos em Suzana:

Suzy, sua cadela!

Se abraçaram. Suzana parecia constrangida, não riu nem demonstrou emoção e, sobretudo, não chamou a amiga de cadela. Tratou rápido de fazer as apresentações.

Venício, essa é a Míti. Míti, esse é o...

Demos as mãos, Míti me olhando meio divertida, com curiosidade, Suzy explicando que eu era policial e estava ali para investigar o desaparecimento de Anatole. Míti fez uma pergunta tola:

Ele não apareceu ainda?

Suzana nem respondeu. Entramos no apartamento. Míti tratou de sentar na ponta do sofá.

Onde o Anatole guardava suas coisas?, perguntei a Suzy. Chaves do carro, documentos...

Ela me levou a um dos quartos, pequeno, apenas uns nove metros quadrados, mais comprido que largo, quase sem móveis. Explicou que não sabiam o que fazer com ele. A empregada tinha pedido para usar, mas Anatole era cabreiro com empregados, tinha medo que ela se sentisse "dona do pedaço", recusou, a mulher que guardasse suas tralhas na lavanderia. Junto a uma parede tinha uma escrivaninha. Na outra, um armário embutido. Mais nada. Exceto o carpete, claro. Dei uma busca pela escrivaninha. Contas a pagar, do apartamento e do motel, avisos, prospectos, ofertas maravilhosas de cruzeiros e cartões mágicos de crédito.

Documentos, não havia nenhum — nem mesmo uma reles cópia sem autenticação. Encontrei uma multa de trânsito. Referente a um carro Tempra.

Suzana continuava na porta, escorada, os braços pendendo ao longo das coxas.

37

Vou guardar essa multa comigo, eu disse. Só estou levando isso, inclusive porque aqui não tem mais nada mesmo. Nada que valha a pena.

Eu sei, Venício, estou vendo. E confio em você.

Voltamos à sala. Míti continuava no mesmo lugar, sentada na ponta do sofá, as pernas cruzadas, os peitos privilegiados balançando, subindo e descendo no ritmo da respiração. Perguntei à Suzana o número do telefone deles e antes de responder ela me perguntou se eu precisava de papel e caneta para anotar. Saquei meu telefone do cinto. Segundo Marenostro, a agenda do celular comportava até noventa e nove números, capacidade absolutamente inútil, eu não viveria o suficiente para encher aquele espaço todo. Joguei o número de Suzana na memória do celular, depois forneci a ela meu próprio número. Míti abriu a bolsa, tirou uma agenda minúscula e uma caneta esferográfica pequena como um palito de fósforo, e anotou os algarismos para a amiga. Levantou os olhos na minha direção:

Posso anotar seu número pra mim também?

Claro.

Telefone de polícia é sempre bom, ela disse.

Avancei um passo no rumo da porta. Suzana indagou se eu queria outra bebida, eu recusei. Míti perguntou se eu queria café, recusei também. Saí pensando uma maldade. Vai ver, ela me fizera o oferecimento só porque eu era polícia. Talvez pensasse: Dar cafezinho à polícia é sempre bom.

Toquei a campainha junto ao portão e fiquei esperando. Uma luz se acendeu na sala, a janela se abriu e uma mulher apareceu — certamente não era Márcia. Era Paula. Caminhou pela calçadinha que levava à rua. Usava um pijama de moletom, velhinho e esgarçadinho, que a deixava mais frágil e ingênua. Gosto de mulheres frágeis e ingênuas de noite na intimidade de trajes caseiros.

Oi, Venício. Tudo bem?

Tudo. E com você?

Ah, eu vou legal.

Dava a impressão de estar desanimada, o "Eu vou legal" mais parecia frase feita. Perguntei por Márcia. Ela disse que a mãe não estava, tinha saído para o colégio, pois havia reunião da diretoria. Ainda segurando o portão, perguntou como estava nosso caso, e então foi minha vez de responder de forma insegura: "Mais ou menos". Era uma frase só para fins sociais, para tirar o corpo.

Entra, convidou ela. Daqui a pouco começa a esfriar.

A previsão tinha razão de ser, naqueles tempos incertos. Tranquei o carro e acompanhei Paula de volta à sala. Depois de ela fechar a porta, nos sentamos nas cadeiras simples que rodeavam a mesinha de centro. Perguntei por Pedro, o marido dela. As notícias eram desanimadoras. Ele ainda não tinha conseguido emprego, embora saísse todo dia a fim de procurar. Paula achava que as locadoras de vídeo estavam em baixa.

Talvez não estejam alugando muito filme agora, ela disse. O dinheiro anda curto pra todo mundo, e a televisão faz muita concorrência, passando filme de manhã, de tarde, de noite, de madrugada.

Os filmes que a televisão passa são muito ruins. As locadoras deviam estar alugando mais.

39

Talvez os filmes alugados nas locadoras sejam do mesmo nível.

Ficamos em silêncio por alguns momentos, trocando olhares tímidos e vagos. Lembrei que ela trabalhava no fórum de Guarulhos.

Como vai o trabalho?

Vai bem. É chato às vezes, mas no geral dá pra levar numa boa.

Dirigi a conversa para o campo familiar. Como as coisas estavam indo? Ela estava se sentindo bem por ter ido morar na casa da mãe?

Péssima. Estou me sentindo péssima. A coisa aqui é barra, Venício. A gente nunca se entende. Quando um quer pizza quatro queijos, o outro quer marguerita; quando alguém quer ir num shopping, aparece alguém para dizer que shopping é programa de índio, bom mesmo é ir ao cinema assistir filme de aventura ou de fantasia. Quase todo dia sai briga. Por causa de grana, de comida, do banheiro. É incrível. Quando eu estou no banheiro, sempre tem alguém apertado... muito apertado, nas últimas.

Tem um banheiro pequeno nos fundos, na edícula, se bem me lembro.

Mas ninguém quer usar. Todo mundo prefere o banheiro interno e acha que ao chegar à porta ela tem de estar aberta. O boxe tem de estar seco e o vaso sanitário cheirando a desinfetante. Ah, Venício, se arrependimento matasse...

Seria melhor você e Pedro terem continuado naquele apartamentinho da zona leste...

Fizemos outro silêncio grande, depois ela se lembrou das regras da boa educação e perguntou se eu queria tomar alguma coisa. Recusei, e nem sabia por que estava recusando. Ela ofereceu café, recusei também, agora por motivos conhecidos. O dia seguinte ao trabalho noturno é complicado, o estômago não funciona direito, a cabeça menos ainda, o café tinha de ser módico, caso contrário podia causar problemas. A lembrança do café me levou a pensar em cigarro, que eu também queria evitar.

Eu não queria nada exceto ficar ali olhando Paula e seu pijama íntimo, seu rosto infantil — sempre achei que não se parecia com os pais, embora a pele do rosto fosse moreno-clara como a pele de Márcia e os cabelos encaracolados lembrassem o cabelo de Toninho. Ela pareceu sentir o silêncio. Acrescentou que, para piorar a situação, o marido, o inacreditável Pedro, tinha comprado um carro e agora não podia pagar as prestações. Tentei suavizar o drama:

Isso é temporário, é temporário. Teu marido ainda é novo, é decidido, logo ele acomoda o traseiro de novo.

Novo ele é, mas decidido... Bem, ele só é decidido na hora de gastar dinheiro.

Falar de carro me fez lembrar do Tempra de Anatole. Tirei do bolso a multa e saquei meu telefone celular. Para variar, ele não funcionou. Estava indisposto, inoperante. Era seu costume: informar que estava "Pronto", sem que eu soubesse para que estava pronto. Percebendo meu aborrecimento, Paula me ofereceu o aparelho da casa. Estava ali perto, no canto da parede, na prateleira de uma estante de madeira. Disquei o número do 38º DP. Quando consegui ser atendido, depois da quinta ou sexta tentativa, informei que precisava falar com o investigador Marenostro. Fiquei surpreso ao saber que ele estava na delegacia. Sempre fico, ao descobrir na delegacia policiais de serviço.

Grande Venício! O que anda fazendo, meu? Coçando o saco na cama, aproveitando a folga do plantão?

Trabalhando. Trabalhando. Uma amiga pediu que eu investigasse o desaparecimento do amante, eu prometi fazer alguma coisa, estou tentando fazer alguma coisa.

Já descolou a primeira pista?

Não descolei nada, e se dependesse desse telefone que você me vendeu, eu estaria pior ainda.

O telefone é bom, cara. É bom. Só leva algum tempo até vocês se acostumarem um com o outro.

Vai tomar, Marenostro. Escuta: preciso de um favor. Pode me levantar uma placa?

A placa do carro do homem desaparecido?

Não tem nada a ver. É um carro do meu cunhado. Ele vendeu há seis meses e agora vem recebendo multas, quer saber aonde foi parar o carro. Pode me quebrar essa?

Posso, mas vai levar um tempo, porque o sistema saiu do ar. Quando voltar, faço a pesquisa e te telefono.

Marenostro perguntou a placa do Tempra. Depois, o número do meu telefone. Ele deveria saber, pois o aparelho tinha sido dele um dia, mas perguntou assim mesmo. Assim que desligamos, eu e Paula tentamos retomar a conversa, mas foi impossível, nem eu nem ela tínhamos mais saco para continuar falando dos Pedros e Márcias da vida. Levantei e caminhei para a porta. Ela nem me convidou a ficar. Antes de sair, achei que devia dar um conselho:

Vai com calma. Vai com calma. É natural que vocês passem por esse desentendimento, são três adultos, mas a experiência de viverem sob o mesmo teto é nova, com o tempo tudo vai entrar nos eixos.

Era um conselho cretino, eu e ela sabíamos disso, mas Paula fingiu levar a sério, fez que concordou e disse "Só espero que esse tempo não seja muito longo". Foi comigo até o portão. Embora fosse evidente que ambos queríamos evitar o assunto Márcia, ela acabou me perguntando por que eu fora até ali procurar sua mãe. Esclareci que eu e ela tínhamos conhecido um cara chamado Anatole — ocultei o fato de que o encontro se dera em um motel. Anatole havia desaparecido e eu queria falar sobre ele com Márcia. Paula estranhou:

Mas o que mamãe tem com isso?

Nada mesmo, na verdade. Exceto o fato de que antipatizava com Anatole... Por isso eu queria dar a notícia a ela, saber o que ela diria a respeito. Nada mais. Uma tolice, dessas que a gente faz o tempo todo, entende? Tchau.

Larguei o carro na rua, diante do meu prédio, tranquei e andei até o bar do Luís. Ele estava lá. E a mulher dele também. E mais uns vinte ou trinta desocupados jogando dominó e baralho. Ninguém mais jogava sinuca, óbvio, pois a mesa fora vendida e a taqueira desmontada, o que foi uma bênção, já que ela dificultava a passagem para o banheiro. Sentei junto a uma mesinha com tampo de metal e propaganda de cerveja e logo Cármen estava bem ali perto de mim.

Pedi um sanduíche de carne e queijo, mais uma garrafa de cerveja. Comi e bebi pacificamente, olhando o prédio onde eu morava, olhando os prédios em que outros babacas moravam, olhando a rua e os buracos da rua, espiando a padaria do outro lado da esquina. Os homens batiam pedras de dominó no tampo das mesas e diziam palavrão, Luís metia bronca, Ei, cambada, minha mulher está de serviço hoje!

Significava que nas folgas da Cármen a cambada podia dizer palavrão à vontade.

Assim que entrei no meu apartamento, tocaram a campainha. Abri a porta e lá estava Mitiko no corredor, o rosto ansioso que é sua marca registrada, um vestido soltinho de listras, cuja bainha lhe batia no meio das coxas. Como se ela tivesse se produzido para sair. Até imaginei que Mário acabara voltando para casa, lar doce lar, e eles estivessem de saída para comemorar. Ela pareceu adivinhar que eu pensava em seu marido:

Ele não voltou. O Mário continua fora de casa. Não sei mais o que fazer.

Telefonou pra empresa dele?

Telefonei. O doutor Ariosto falou que a última vez que viu o Mário foi no sábado, durante uma reunião. Depois disso, adeus.

Recebeu algum telefonema estranho?

Não. Nada.

E os parentes dele? Moram pros lados da Lapa, se bem me lembro.

É uma gente complicada, o pai esclerosado, a mãe semi-analfabeta, o irmão trabalha no jóquei anotando corrida de cavalo. São todos uns pirados. Ninguém sabe de nada e ninguém tá se importando com nada. O irmão perguntou se eu já falei com a outra... Além do mais, são grosseiros.

Amanhã vou pensar nisso, tá bem, Mitiko? Vá pra casa e não faça nada, nada estranho e arriscado, você entende, tome um aperitivo e jante... Falou?

Vou seguir seu conselho... em parte. Entro em casa e tento não pensar mais no assunto. Amanhã cedo venho bater na tua porta de novo. Tá?

Eu disse que "tava", entrei no apartamento e dormi. Ouvi um telefone tocando em algum lugar. Cheguei a pensar que era o telefone do plantão, até me dar conta de que o ruído era diferente, se tratava do meu celular. Levantei trôpego da cama e caminhei até a cômoda, herança de Sônia, onde eu deixava o aparelho carregando. Era Marenostro.

E aí, Venício? Te acordei?

Acordou, mas não tem a menor importância. Fala.

Aquela placa que você pediu... Eu puxei durante a madrugada, quando o sistema voltou, mas não quis te incomodar. Tem papel e caneta pra anotar os dados?

Esqueça papel e caneta, e fale assim mesmo.

Marenostro disse então que o Tempra estava registrado em nome de Anatole France Castanheira, que morava, na época do licenciamento do carro, na rua Aurora, no centro da cidade. Ele era de Maringá, Paraná, e o dono anterior, Sílvio Lopes Ximenes, morava no mesmo endereço da rua Aurora. O carro não tinha queixa de furto ou roubo, estelionato ou apropriação indébita, receptação, não registrava multa nem guinchamentos. Por receio de esquecer o número da

45

rua Aurora, pedi a Marenostro que repetisse duas vezes.

Falou, meu caro, eu disse. Bom descanso pra vocês aí da equipe.

Obrigado. Vou transmitir aos colegas. Té mais.

Desligamos. Como faço todas as manhãs, abri a janela para olhar o dia. Estava claro e animado, não havia sol, talvez por ser ainda cedo, e nenhuma ameaça de chuva ou frio. Fui ao banheiro, fiz o que tinha de fazer, voltei ao quarto, fiz o que precisava fazer. Barbeado, lavado, de roupa limpa, arma na cintura, algemas e celular engatados no cinto, abri a porta e saí. Toquei a campainha de Mitiko. Levou algum tempo até a porta abrir. Não usava os trajes caseiros em que eu costumava vê-la, por isso perguntei se iria sair.

Tenho que pagar umas coisinhas por aí.

E o Mário?

Telefonou durante a noite. Não voltou pra casa, mas telefonou. Disse que precisou ir ao interior visitar uma afilhada que sofreu um acidente de moto.

Deve gostar muito da afilhada.

Com certeza. Demais. Pensei em tocar a tua campainha e te contar, mas já era um pouco tarde e você devia estar ferrado no sono. Sei que na noite seguinte ao plantão noturno você tem muito sono.

Mitiko sabia tudo da minha vida, talvez mais do que eu mesmo.

Quando ele volta?

Dentro de uns dois ou três dias... Depende do amor que tem pela afilhada, lógico. Vai telefonar antes de vir.

Toda aquela conversa sobre telefonemas me deu uma idéia. Pedi para usar o aparelho dela. Dei as explicações mínimas: queria fazer uma ligação interurbana, no celular era caro, além do mais meu aparelho não funcionava direito, os olhos e o sorriso de Mitiko cintilaram de compreensão e amizade. Abriu totalmente a porta e me autorizou a entrar. Enquanto eu caminhava para o telefone, ela se afastava para a cozinha. Precisei falar com duas pessoas da companhia telefônica até descobrir o número que eu queria.

É da delegacia de polícia de Maringá?

É. Qual o problema?

Tem algum investigador por aí?

Eu sou o investigador que tem por aqui. Itamar. Qual o problema?

Passei meu nome, o nome da delegacia em que trabalhava e o cargo que ocupava, o policial do outro lado pareceu muito satisfeito em falar logo de manhã com um colega de cidade grande. Informou que conhecia São Paulo porque sua mulher tinha uma loja de confecções e uma vez eles vieram aqui fazer compras na rua Oriente, na 25 de Março e no Bom Retiro. Se hospedaram no hotel Bassani. Eu conhecia? Respondi com uma negativa, acrescentando que em São Paulo havia centenas de hotéis que eu ignorava. Tratei de entrar no assunto que me interessava:

Itamar, é o seguinte. Eu fui intimar uma testemunha ontem, ela se mudou, é uma testemunha importante, eu sei que ela é de Maringá...

Qual o nome?

Anatole. O nome do cara é Anatole France Castanheira. Maringá não deve ser uma cidade tão grande assim... talvez o colega pudesse fazer alguma investigação por aí... investigação mínima, não precisa vasculhar a cidade inteira... ver se localiza a família do cara, se consegue alguma informação que possa me ajudar. Eu tenho um outro endereço da testemunha no centro de São Paulo, mas se receber alguma informação de Maringá é melhor.

Itamar era um otimista:

Com esse nome aí deve ser fácil conseguir alguma informação. Me dê o número do seu telefone.

Passei o meu número e o número de Mitiko, acrescentando que ele poderia chamar a cobrar, naturalmente, e Itamar disse: "Mas é claro, quando eu ligar vai ser a cobrar, aqui não tem verba pra interurbanos, não". Agradeci antecipadamente pelo trabalho e nós desligamos. Mitiko estava tomando café na mesa comprida e estreita da cozinha, envernizada em tom escuro. Levantou a voz:

É uma testemunha mesmo ou você enganou seu colega?

Enganei o colega... infelizmente. Ontem já tapeei um tira chamado Marenostro dizendo que precisava puxar a placa do carro do meu cunhado, quando na verdade se tratava do cara que estou procurando... o mesmo cara que eu pedi pro investigador de Maringá procurar. Isso é chato. Fico meio envergonhado. Mas é assim. No nosso meio é assim.

Que meio, hein?

Se o investigador de Maringá te ligar a cobrar, por favor aceite a ligação. Pegue as informações com ele. Quanto ao dinheiro, depois eu me acerto com você, falou? Me ligue.

Caminhei até a porta. Estava girando a chave na fechadura, quando ela se aproximou de mim por trás.

Ficou tão próxima que se eu me voltasse bateria com o nariz em seus cabelos. E meu corpo bateria em outras partes do seu corpo também. Ouvi um suspiro, continuei abrindo a porta, ela colou o bico dos seios nas minhas costas, um calafrio me percorreu de cima a baixo... Jesus, até quando eu iria resistir àquela pressão? Consegui passar ao corredor. Aí ficamos cara a cara. O olhar dela, intenso, me queimando os olhos.

Legal, Mitiko. Você é uma amiga muito legal.

A rua Aurora congestionada. Como sempre. Táxis encostavam no meio-fio, no ponto que lhes pertencia, enquanto carros particulares lutavam na corrente de tráfego. O número que Marenostro me havia dado correspondia a um prédio sujo, descorado, baixo e quadrado, velho como o mar Morto. Procurei uma vaga onde estacionar, não vi nenhuma, tive mesmo que bancar um estacionamento. Ainda bem que Suzy tinha posto algum na minha mão. Caminhei até o prédio.

Quando ia girar o trinco da porta, ela se abriu. Uma mulher ficou parada ali me olhando. Estendi o olhar até o interior do edifício. Não vendo portaria nem porteiros, apelei para o senso de responsabilidade da mulher:

Polícia... Você mora aqui?

Moro.

Onde fica o apartamento do síndico... ou do zelador? Ou de qualquer pessoa que responda pelo prédio e que possa dar informações sobre os moradores?

Não veio prender nenhuma de nós, veio?

49

Baixei os olhos pelo corpo dela, percorrendo inteiro, do rosto até os tornozelos. Sua roupa dizia tudo. Era fácil descobrir o que significava aquele "nenhuma de nós".

Putas já não são presas há muito tempo, eu disse.

Ainda bem, né, seu tira?... Posso informar o apartamento da Carminha, é ela que toma conta do prédio. Oitavo andar. Tem uma placa na porta.

Dei um passo atrás para que ela pudesse descer à calçada, seu ombro bateu no meu, ela me sorriu sem muita convicção, devolvi o sorriso com a mesma distância.

Ainda bem que a lei mudou, seu tira.

E ela rebolou pela calçada, provavelmente em direção ao bar onde costumava tomar café.

Entrei no saguão. Falar do elevador seria perda de tempo, ninguém ganha nada ouvindo ou lendo descrições sobre lixo. Tentei ficar longe das paredes e dos palavrões rabiscados nas paredes. A caixa de metal e madeira se arrastou para cima à mesma velocidade que uma moradora cansada e malpaga levaria nas escadas. Ninguém parou o elevador no percurso. Saltei no oitavo andar são e salvo e lépido como um coelho. Assim que toquei a campainha do apartamento, a porta se abriu, era como se Carminha ficasse ali perto, de sentinela, pronta para receber queixas e resolver ocorrências — mais ou menos como nas delegacias de polícia.

Mostrei minha credencial. A mulher ficou na dela. Se as rameiras novas já não se abalam ao ver a identidade de um policial, por que as velhas se incomodariam?

Veio prender alguém aqui no prédio?

Não.

50

Veio interrogar? Intimar para depoimento? Eu tenho muita boa vontade. Sou muito legal com a polícia. Agora, não me pergunte o que elas fazem ou onde fazem, ou em que cidade moram os parentes delas. Eu não sei.

É natural que desconheça esse mínimo. Se eu fosse gerente de puteiro também faria questão de ignorar. Escute, Carminha... estou procurando um homem.

Tem alguns por aqui também. Que tipo você gosta?

Se eu mandar você se foder, o que você vai fazer?

Ela abriu totalmente a porta:

Entra. Já vi que você é da casa.

Entrei em uma sala pequena, os móveis recobertos de panos, estampados, sujos e rasgados nos cantos, uma mesa redonda e baixa entre eles. Era tão pequena que mal caberia um maço de cigarros e uma caixa de fósforos. Perto de uma das paredes havia um aquário com meia dúzia de peixes pequenos e vermelhos, cansados e mal-humorados. Compreensível. Não é mole passar a vida dentro de um aquário que fica dentro de uma pocilga como aquela. O ambiente era tão escuro como um confessionário. E continuou escuro mesmo depois de Carminha abrir a janela.

Quem é o cara que você tá procurando?

Anatole France Castanheira. Espero que se lembre dele... É um nome difícil de esquecer.

Anatole... Anatole... France... Castanheira... Droga. Eu me lembro. Eu me lembro. Só preciso de algum tempo.

Caminhei até a janela, olhei um pouco para fora, dando um tempo a Carminha, esperando que a cabeça dela voltasse a funcionar como devia ter funcionado no passado, quando estava na ativa. Dali eu podia ver outros prédios, um hotel grande e novo — como alguém podia ter a coragem de construir um hotel daqueles numa zona tão mal-afamada? Nos quartos de janelas abertas não vi ninguém parecido com hóspede. As mulheres que passavam de lá para cá deviam ser meras arrumadeiras. Carminha continuava se esforçando:

Anatole France... O quê mesmo? Seringueira?

Castanheira. O cara se chamava Anatole France Castanheira. Morou aqui. Desapareceu de casa no dia vinte do mês passado e a mulher dele me pediu que eu procurasse. Nos registros do carro dele consta o endereço desse prédio.

Estou quase chegando lá... quase lembrando. Um sujeito moreno, bonito, cabelos negros e ondulados, um sorriso maravilhoso — com aquele sorriso ele podia conseguir qualquer coisa, e acho que sabia disso. Morou mesmo aqui. Dividia o aluguel com outro homem... Um policial chamado Sílvio.

Lopes Ximenes?

Não lembro. O sobrenome não lembro.

Que tipo de policial? Escrivão, carcereiro, tira, soldado...

Investigador. Talvez vocês até se conheçam. Investigador.

Fazia uma meia hora que eu me plantara ali, numa das salas da Delegacia Geral, o tédio começando a bater. Tinha falado com uma funcionária, que me havia mandado esperar. Eu já havia sentado e me levantado várias vezes, havia olhado pela janela, de onde se via o teto da antiga Estação Sorocabana, já havia fumado um cigarro, e lido e relido a capa de duas revistas especializadas em polícia. Finalmente, a mulher alta e ruiva reapareceu, tendo nas mãos uma folha de cartolina, grossa, com anotações a máquina e outras a lápis.

Nós tivemos mesmo um investigador chamado Sílvio Lopes Ximenes, mas ele já saiu da polícia. Foi demitido em junho do ano passado.

Muito interessante, eu disse. Demissão de investigador é sempre muito interessante. O que ele fez de errado?

Meu chefe me proibiu de informar. É sigiloso. Você compreende...

Sim, claro... eu compreendo. Quando eu for demitido, também não quero que os funcionários saiam por aí contando a todo mundo. Pode me dizer onde ele morava? Se for na rua Aurora, não vale.

Ela tornou a olhar o cabeçalho da folha. O endereço de Sílvio ficava na Vila Pompéia, numa rua que eu conhecia, Tucuna, um número fácil de encontrar, no lado par. Achei que era o suficiente. Agradeci, nos demos a mão, eu fui saindo pisando no carpete macio — carpetes como aquele, grossos e macios, só mesmo no prédio central da polícia.

Peguei meu carro e tomei a direção da Vila Pompéia. O trânsito no sentido cidade–bairro estava leve e folgado, permitindo que eu chegasse à rua Tucuna num prazo relativamente curto. O estacionamento era livre dos dois lados. Estacionei diante do número que eu procurava, correspondente a um sobradinho estreito, geminado dos dois lados, sem jardim, a fachada correndo ao lado da calçada. Assim que toquei a campainha, a porta se abriu e uma mulher branca e magrinha de olhos grandes e cabelos encaracolados surgiu na soleira.

Ah, ela falou decepcionada, pensei que era alguma freguesa.

Dei meu nome e o nome da instituição em que eu trabalhava.

Investigador?...

Isso mesmo, investigador, estou procurando um colega, o Sílvio... Sílvio Lopes Ximenes. Ele mora aqui? Já morou aqui?

Entre a porta onde ela estava e o portãozinho de ferro em que eu me escorava, havia uma pequena passagem. Pequena mesmo. Algo em torno de um metro por setenta centímetros.

Ela caminhou por aquele espaço exíguo e me deu a mão, abriu o portãozinho e disse que se chamava Marilúcia. Me convidou a entrar. A sala era um tanto tumultuada, havia os móveis de praxe, poltrona, sofás, uma televisão negra e um aparelho de som igualmente negro, mais uma estante de madeira. Junto a uma das paredes, numa espécie de aparador, onde ficavam uma bacia e algumas toalhas pequenas dobradas, alicates, lixas de unha e uns cinqüenta vidrinhos de esmalte. Eu não precisava perguntar a profissão dela, mas falei assim mesmo:

Manicure?

Manicure, meu filho. Trinta e cinco anos de batente. Senta aí.

Sentei de má vontade, pois a poltrona estava rasgada e fedia ligeiramente a mofo. O único lugar por onde entrava a claridade natural era a janela que dava para a rua — insuficiente para iluminar o interior da casa. Por isso a luz no teto estava acesa àquela hora. Marilúcia sentou no sofá, do meu lado esquerdo. Duas crianças se aproximaram. Uma abarcou as pernas da manicure, a outra sentou do meu lado, enfiou o dedo na boca e ficou me olhando. Passei a mão em seus cabelos. Não sabia se era menino ou menina. Algo me dizia que não eram filhos de Marilúcia. Talvez fossem netos.

Eu sou a mãe do Sílvio, ela disse. Vocês são amigos?

De muito tempo. Já trabalhamos juntos.

Onde?

No DEIC. Não esse novo, que fica na zona norte, na rua Zachi Narchi, mas aquele velho, que ficava na Luz, na Brigadeiro Tobias.

Falar em DEIC tinha sido mancada, uma dessas ratas que eu dou de vez em quando. Queria ser um tira perfeito, só fazer as perguntas adequadas, dar informações seguras, não comprometedoras, como fazem os mocinhos do cinema, das revistas e dos pocket-books, mas não consigo. Se Marilúcia conhecesse bem a vida do filho e ele não tivesse trabalhado no DEIC, eu poderia ser desmascarado e ter de improvisar uma saída de emergência.

Ela entretanto engoliu o engodo. Ou Sílvio tinha mesmo trabalhado naquele departamento como a maioria dos tiras da minha geração, ou ela não conhecia a vida do filho.

Bem, e daí? Ele não mora mais aqui. Eu não tenho visto ele já faz bem um ano... não. Um ano, não. Menos... Não. É isso mesmo. Faz um ano... por aí, assim.

Eu começava a me sentir aflito com aquela procura de exatidão.

Dona Marilúcia, é o seguinte, eu e o Sílvio somos chegadinhos, como eu já disse, trabalhamos juntos, mas agora faz uma cara que não vejo ele e temos um assunto a resolver. Ele me vendeu uma arma, sabe, e ela está me dando problemas.

Eu não tenho nada com isso. Não sei das coisas que o Sílvio apronta. Quando ele morava aqui, a gente discutia todo dia três vezes por dia, menos quando ele estava na rua ou no trabalho, claro, e depois que ele mudou a gente não se viu nem se falou mais. Já que você é da polícia, por que não procura informações lá mesmo nos departamentos de pessoal da polícia?

Ele foi demitido no ano passado.

Ah, bom... Então mandaram ele embora. Bem...

Olhando melhor a criança perto de mim, vi que se tratava de uma menina. Já sentindo uma certa intimidade comigo, encostou a perna na minha coxa e me sorriu.

Parecia tão humilde, tão pobrezinha, talvez a única fonte de renda ali fosse o ganho da manicure, a casa poderia ser alugada... acabei ficando com pena. Tirei uma grana do bolso. Parte do dinheiro que Suzy me tinha dado. Cada vez que sacava aquela grana me lembrava dela. Dei duas notas de pequeno valor para a menina. Ela pegou com mãos ávidas e correu pela casa, procurando um refúgio, pensei, mas Marilúcia intimou que ela voltasse. A menina parecia muito obediente. Talvez imaginasse que não podia esperar coisas boas da manicure, mas ainda assim voltou e se encostou na borda do sofá onde estava a avó.

Marilúcia lhe tomou uma das notas e entregou ao menino. Os dois correram para o interior da casa.

Seus netos?, perguntei.

São filhos do Sílvio. Pra isso ele foi bom... plantar duas sementes naquela quenga da mulher dele. Depois se mandou. Agora é assim, meu amigo. Eles fazem os filhos e largam na casa da mãe.

É normal que os filhos confiem na generosidade das mães. Falar nisso, a senhora tem um retrato do Sílvio por aí? Uma fotografia que pudesse me dar, ou emprestar, pra facilitar meu trabalho?

Ela se levantou de um pulo, a raiva e a suspeita brilhando nos olhos. Compreendi que eu tinha cometido um erro.

Olha aqui, seu... seu...

Venício, dona. Venício.

O que é que você quer com o meu filho? Vai fazer o que com a fotografia dele?

Nada, dona. É só que...

Olhe, meu senhor, eu tenho muito serviço nesse momento. Quer dizer: não tenho muito serviço agora, mas uma freguesa minha está quase chegando, eu queria que o senhor fosse embora. Pode ir embora?

É pra já, dona.

Já dentro do fusca, me lembrei de um operador de telex chamado Minos, que eu conhecia havia trocentos anos. As velhas máquinas de telex tinham sido substituídas por computadores, mas o nome do profissional persistia. Até onde eu sabia, era o melhor, o mais digno e o mais esforçado operador da polícia. Saquei meu impávido telefone e liguei para a casa dele. Sua mãe disse que Minos havia saído cedo para o trabalho, mas me forneceu o telefone da delegacia.

Liguei. Quando soube que era eu, me chamou de Brachola. Na verdade, chamava todo mundo de Brachola.

Minos, sua velha vaca, por onde andas?

Pelos lados do Jardim Robru. Não me pergunte onde fica exatamente, porque eu não sei. Tomo cinco conduções pra chegar aqui. Salto do ônibus, tomo o metrô, desço do metrô, tomo outro, e por aí vai. Se eu tomar uma condução errada no bairro, caio de quatro e os bandidos me matam.

Você não mora no Bom Retiro? Área do 2º DP?

Moro. Por isso *eles* me mandam trabalhar no 54, que fica no cu da zona leste. É o jeito que *eles* têm de dizer que me adoram. Agora me diz: do que você tá precisando?

Passei-lhe os nomes completos de Anatole e Sílvio, mais a placa do Tempra, expliquei que tinha checado dois endereços, na rua Aurora e na rua Tucuna. Este último ainda era quente, pois a mãe e os filhos de Sílvio moravam lá, só que fazia uma cara que ele não aparecia. Pedi a Minos que fizesse uma pesquisa completa. E que me telefonasse... só em caso positivo. Como nossa amizade datava de um tempo anterior à compra do meu celular, passei o número. Ele prometeu me dar uma força. Jamais negava favores aos amigos. Só tínhamos que ouvir coisas tipo:

Té mais, Brachola.

Quando cheguei ao motel Deneuve, era por volta do meio-dia. Eu sabia disso por causa da lanchonete do outro lado da rua, pegada ao posto de gasolina. Todas as mesas estavam ocupadas por trabalhadores — a maioria gente do posto mesmo, a julgar pelo macacão amarelo e azul. Por ser um horário propício a multas, não quis deixar o fusca na rua. Desci a rampa do motel e entrei na garagem, no subsolo. Como havia poucos carros, pude escolher uma vaga à vontade.

Subi a pequena escada e cheguei à portaria. A recepcionista era a mesma da tarde anterior.

Tudo bem por aqui?, perguntei.

Tudo bem. Alguma notícia do seu Anatole?

Como você sabe, ele foi assassinado na carceragem do 45º DP. Depois descobrimos que ele não era ele, o morto não era Anatole.

Isso quer dizer que ele tá vivo por aí?

Quer dizer que ele tá morto por aí, acho. Só que a gente não sabe ainda onde está o corpo... se é que está em algum lugar. Nem conhecemos a identidade do assassino, nem seus motivos, nem vimos os instrumentos do crime.

E o senhor está tentando descobrir...

Isso mesmo. Estou tentando. Agora queria falar com o gerente do motel.

Seu Sávio? Não sei se ele está. Preciso checar.

Cheque. Eu faço um pouco de hora aqui pela portaria até você me chamar. Falou?

Atendi o celular, e a voz masculina e forte chegou com ruídos e chiados. Uma dificuldade entender as palavras. Quando eu perguntei pela terceira vez quem estava falando, ouvi um grito:

Aqui é o Minos! O Minos, porra!

Tá bem. Já entendi. É o Minos. Não precisa berrar mais.

Você tinha pedido que eu levantasse o DVC do ex-tira Sílvio, de um brachola chamado Anatole e pra puxar a placa de um carro. Lembra?... Legal. Acabei de pesquisar. Quando estava na polícia, o Sílvio aprontou uma porção, cheque sem fundos, apropriação indébita, mas deixou o melhor para depois, quando já estava fora das fileiras. Assalto.

O quê? Assalto?

Isso mesmo. O velho e manjado 157. Ele e um carcereiro do 59º DP (na ativa, não estava no desvio como Sílvio) acharam que tinham uma ótima idéia para levantar uma grana, muniram-se de armas e foram para a rua Doutor Zuquim, em Santana. Conhece um prédio azul que dizem era do Ayrton Senna?

Conheço. Agora, não queria ficar falando sobre prédios e Ayrton Senna, estou preocupado com a bateria do meu telefone.

Ah, você está de celular?

Não sabia quando ligou pra mim?

Sobrei nessa aí. Não reparei no prefixo. Venício, é o seguinte: você disse que faz tempo que esse tal de Sílvio não visita a mãe. Nem os filhos. Eu sei por que ele não apareceu. Porque está sendo procurado. É por isso.

É compreensível. Se eu também tivesse alguém no meu encalço, não aparecia nem na igreja, quanto mais na casa da minha mãe. E sobre Anatole e o carro? Na primeira vez que eu pedi esse tipo de informação, soube que não havia queixa de nada contra o carro, furto, roubo, esses baratos. Mas de lá pra cá alguma coisa pode ter mudado.

Negativo para os dois. O brachola não tem ficha criminal e o Tempra não tem queixa. Nem uma simples multa.

Se você em futuras pesquisas encontrar alguma coisa de positivo, me ligue. Mas só em caso positivo, falou? Agora, quanto ao Sílvio, que tem ficha criminal, qual o endereço dele?

Tenho dois, mas você não vai querer nenhum. Um na rua Aurora e outro na rua Tucuna. Onde você já esteve. Mas eu vou ficar de olho. Descobrindo alguma coisa, te aviso. Sabe que pode contar comigo.

Eu sei. Um abraço.

Desligamos. Eu continuei na sala de espera do Deneuve, numa das cadeiras duplas, os motéis sabem o que fazem, tudo é planejado para casais. O tempo passava. Eu já estava pensando em voltar à portaria e insistir com a funcionária, quando vi um homem moreno e de altura mediana de poucos cabelos e testa ampla entrando pela porta. Levantei e dei a mão a Sávio.

Desculpe a demora, seu policial. Eu estava com muito trabalho atrasado. Agora que o Anatole desapareceu...

Chegou alguma informação aqui? Alguma coisa que eu não esteja sabendo?

Só o telefonema da Suzy. Ela disse que o morto na prisão da Vila Santa Maria era um estranho e que tinha pedido a um investigador para descobrir o paradeiro do namorado. Não sei de mais nada. Ninguém aqui sabe de mais nada.

Fale sobre o Anatole. Inimigos, maridos traídos e rancorosos, pais de menores vingativos...

Pais vingativos de menores por quê?

Porque eles vêm ao motel. Porque vocês fazem vista grossa... como em todos os outros motéis da cidade.

Aqui a gente não faz isso, não. Nós somos muito cuidadosos. Mais alguma pergunta? Realmente eu estou com muito trabalho.

Podemos ir conversar no seu escritório. Faço as perguntas enquanto você adianta o expediente.

A gente não tem propriamente um escritório. Apenas pegamos um dos quartos, tiramos a cama e o criado-mudo, colocamos duas escrivaninhas, um telefone, um computador de mesa, e começamos a trabalhar. A idéia foi inclusive minha. Quando o patrão montou esse hotel, nem sabia o que fazer com ele. Eu tinha alguma prática, tinha trabalhado em hotel, no Rio... Quando vi o anúncio no jornal pedindo um gerente, me apresentei, dei idéias, ajudei na montagem. O Anatole queria botar a escrivaninha, o telefone e o computador nesta sala, mas fui contra.

Sávio tentava passar a impressão de ser experiente e um crânio. Sávio, o sábio.

Você é carioca?

Sou. Da gema. Morava na Tijuca, perto da praça Saenz Pena. Conhece?

Eu conhecia, mas queria passar ao largo da cidade do Rio, falar de outras coisas. O sábio Sávio não tinha pegado o espírito da coisa.

Você não tem sotaque.

Faz tempo que vim pra São Paulo. Perdi. E também não peguei o sotaque daqui. Acho que estou falando uma mistura de carioquês com sãopaulês.

Onde Anatole conseguiu dinheiro pra comprar o motel? O que ele fazia antes?

Era vendedor de lotes de cemitério. Agora, para a instalação do motel não foi preciso muito, tudo aqui é alugado, o prédio, os telefones, os computadores, os móveis e o ponto comercial. Ele só precisou de grana para bancar o aluguel de uns dois ou três meses. E mais uma coisinha aqui e ali.

Mesmo assim deve ter sido uma graninha legal. Em que firma ele vendia cemitérios... digo, vendia lotes de cemitérios? Era um escritório de corretagem?

Desculpe, fico devendo essa.

Sabe onde ficava?

Na Serra da Cantareira, lá em cima, já no caminho de Mairiporã, dentro do mato. Eu não sei o nome da firma, nem se era escritório de corretagem, só fui lá uma vez, e mesmo assim num final de tarde, já quase escurecendo. Acho que o cemitério fica por ali mesmo, mas não tenho certeza... Olhe, seu investigador, eu gostaria de ajudar na investigação, gostaria de saber coisas que pudessem ajudar. Mas não sei. Anatole é um cara legal, esperto, inteligente, seu carro é nacional, já usado, não sai por aí exibindo jóias — quando faz programas de noite, nem talão de cheques carrega. Talvez nem tenha talão de cheques. Acho que nem abriu conta em banco. No entender dele, todo banqueiro é por definição um ladrão. Não sei como foram assaltar ele.

Quem falou em assalto?

Bem, foi o que eu pensei. Não ia abandonar sua vida e sua empresa assim sem mais nem menos. Inimigos acho difícil que tivesse. Se fosse seqüestro, alguém já tinha telefonado pedindo resgate. O que mais poderia ser?

Sávio parecia mesmo um tanto despreocupado com as possíveis respostas àquela pergunta. Levantou o braço direito e olhou a hora. Tinha um relógio bonito, de ouro, com mostrador azul de números dourados, redondo e grande como um troféu feminino de tênis. Usar no pulso direito certamente lhe parecia muito avançado e moderno. Pediu desculpas, acrescentando que tinha problemas de tempo, era hora do almoço, na hora do almoço as coisas ficavam agitadas por ali, os casais queriam comer, comer mesmo, realmente, macarrão, carne, fritas, hambúrguer, beirute. E também era troca de turno dos funcionários.

O que vai fazer, agora que o motel está na sua mão?, perguntei. E a grana que entra? E as contas a pagar?

Estou fazendo o mesmo que antes, gerenciando a empresa. Tomando o maior cuidado, é claro, pisando em ovos, porque a qualquer momento o chefe pode aparecer e querer saber de tudo. Ou então algum herdeiro dele. A gente tem que pensar nisso também, não tem?

Não sei. Nunca me vi numa situação dessas. Mas pode ir. Retome suas ocupações. Está claro que eu vou voltar. Lógico que eu vou voltar, concluí com azedume, deixando patente minha antipatia por ele.

Eu estou à sua disposição. Agora, dá licença.

Ah, mais uma pergunta. A última. Você por acaso deu queixa do desaparecimento?

Não. Primeiro achei que era seqüestro, que mais dia menos dia os bandidos fossem fazer contato, depois achei que se alguém devia fazer um boletim de ocorrência, esse alguém eram os parentes do desaparecido. Ou a amante. E depois sempre havia a possibilidade de Anatole aparecer a qualquer momento.

Você pensou num bocado de coisas.

Foi. Pensei. Inclusive no fato de que era possível perder meu emprego. Agora, posso ir?

Se eu quiser ir ao antigo emprego do Anatole, como é que eu faço?

Vá seguindo pela Santa Inês. Lá em cima, mais ou menos no meio do caminho entre São Paulo e Mairiporã, vai encontrar uma construção de madeira, ao lado da estrada, numa espécie de recuo, de clareira. Uma casa com dois andares e um monte de placas na frente louvando as excelências do cemitério... ou dos cemitérios, não sei bem... Posso ir agora?

Cheguei à avenida Cruzeiro do Sul no momento em que o sol escurecia, provavelmente encoberto por uma nuvem maior e mais densa. Atravessei para o outro lado, andei mais um quarteirão e meio, e então estava na porta do restaurante Praia do Sol.

Lá dentro havia meia dúzia de gatos pingados, se tanto. No bufê ao longo da parede, entre a cozinha e o banheiro, tinha aquelas coisas de que os nordestinos gostam — feijão-de-corda, manteiga de garrafa, carne-seca, grão-de-bico, costelinhas e lingüiças. Os preços eram maneiros. Se o cabra quisesse pesar a comida, eles tinham balanças; se quisesse pagar um preço fixo e comer à vontade, podia; se quisesse à la carte, só tinha que ir para a mesa e chamar o garçom.

Parecia razoável. Fiz um prato grande e levei para a mesa. O garçom se aproximou.

Alguma bebida?, ele perguntou em voz baixa, cauteloso.

Pedi uma cerveja grande e gelada. Ele foi apanhar. Quando voltou, eu já enfrentava as primeiras garfadas. A comida era ruim, temperada de qualquer forma, e meio fria — para aquele tipo de gordura, qualquer esfriamento seria fatal. Fui avançando com alguma cautela. Ao me aproximar da metade da jornada, o celular tocou. A cobrar. Era Itamar. Sua voz não parecia vir do Paraná. Parecia vir do Japão.

É o Venício?... O colega Venício?

Sim, Itamar. O colega Venício. E aí, meu? Descobriu alguma coisa?

Algumas coisas. Poucas mas interessantes. Anatole é filho de uma professora de colégio público. Ela é solteira e tem outros filhos, cada um de um pai diferente. Eu não sei quem é o pai de Anatole. Ela não quis informar.

Ela ensina francês? Gosta de literatura francesa?

Isso não sei. Devia ter perguntado sobre seus gostos pessoais? É importante?

De jeito nenhum. O Anatole voltou a morar com a mãe?, quer dizer, se é que morava com ela antes de vir para São Paulo.

Negativo. Desde que saiu de Maringá não voltou mais. Só telefonava no Natal, Ano-Novo e no aniversário da professora.

Falou com amigos dele? Parentes?

Colega, esse tipo de investigação ia demandar algum tempo e algum dinheiro. E mesmo que eu tivesse tempo e dinheiro, ainda ia precisar primeiro voltar ao distrito. Mas posso fazer isso depois. Se você quiser mandar algum...

Pensei na grana que Suzy havia me dado. Não comportava uma divisão com outro tira. E a investigação, pelo menos naquele momento, também não comportava.

Itamar, você é um cara fantástico. Já fez muito. Fica entendido que se eu precisar de novas diligências eu telefono e a gente combina um jeito de eu mandar a grana... Falar em dinheiro, a professora tem meios? Podia financiar a montagem de motel em São Paulo?

Acho difícil. Quase impossível. Nem casa própria ela tem. Mora de aluguel. E provavelmente nunca terá casa própria e caderneta de poupança. É bonita, enxutinha, mas gostando de trepar como ela gosta...

Itamar era um sacana, um língua-solta, imaginei-o um funcionário público de cidade pequena, indolente, falando mal das pessoas com quem antipatiza, "mas gostando de trepar como...". Agradeci o que tinha feito, me coloquei à disposição dele caso precisasse algo de São Paulo ou da minha delegacia, ele completou com um "tudo bem" e desligamos. Voltei a atenção ao prato. Que estava definitivamente perdido. A lingüiça ficara dura e nacos de gordura viajavam tranqüilamente sobre o macarrão. Ainda tentei cortar a bisteca: foi um esforço vão.

Atirei o guardanapo sobre a mesa e chamei o garçom.

Ainda hoje desconheço seu nome verdadeiro. Na plaqueta no canto da escrivaninha só tinha uma indicação A. B. Corretor.

Sentei diante do corretor A. B.

Interessado num lote de cemitério?, perguntou ele. Nós trabalhamos com três, só aqui nas imediações.

Agradeço, mas acho um pouco cedo pra pensar nessas coisas. No momento estou interessado mesmo é nos vivos. Mais precisamente, nos vivos desaparecidos. Escute, seu A. B., estou procurando um cara chamado Anatole. Eu falei que estava interessado nos vivos, mas é força de expressão, é bem provável que o cara esteja morto. Em todo caso, pediram que eu procurasse ele, eu sou da polícia, sabe, e é o que estou fazendo. Sei que ele trabalhou aqui... vendendo cemitérios.

Vendendo lotes em cemitérios, o senhor quer dizer. Realmente, ele trabalhou aqui. É impossível esquecer dele, por causa do nome e sobrenome, Anatole e Castanheira. E também pela sua figura mesmo. Bonitão, com aquele sorriso... Por que ele desapareceu?

Se eu soubesse não estaria aqui falando com o senhor. Continue, por favor.

É, ou era, um tipo difícil de esquecer. Muito alegre, muito falante e atencioso, e aquele sorriso de quem ama a humanidade e o mundo, de quem está de bem com a vida... o tempo todo. Foi um bom corretor. Quando chegou aqui, eu nem botava muita fé nele, devido à falta de experiência, mas depois vi que o cara fazia e acontecia — tinha prometido vender mais terrenos que os demais corretores, e cumpriu com a palavra. Era o tal que matava a cobra e mostrava o pau. Infelizmente nos deixou cedo. Arrumou uma dona pros lados da Casa Verde e se mandou.

Se mandou por causa da dona?

Bem... não exatamente. Não sei. É difícil afirmar com certeza. Mas o fato é que logo depois de conhecer a mulher o Anatole pediu as contas e se mandou.

Tem o nome e o endereço dela?

Devo ter no arquivo. Veio aqui por causa de uma sepultura. Queria construir uma sepultura pra mãe... ou pro marido, ou pro pai, não sei exatamente... e pensou que a gente fazia esse tipo de coisa. Mas não fazemos. Só vendemos os lotes. Eu cheguei a oferecer um no cemitério São João do Bom Termo, mas ela recusou... O amigo gostaria de conhecer?

Seu A. B., se o senhor continuar malhando nessa tecla, vai me deixar deprimido.

Ele se levantou com certa dificuldade. Talvez sua coluna não estivesse em grande forma. Imaginei que a qualquer momento pudesse esbarrar num móvel e cair, mas ele chegou incólume a um dos arquivos de aço no canto da sala, abriu gavetas e vasculhou papéis, retornando com uma ficha de cartolina na mão. Escreveu um nome e um endereço num bloco, arrancou a folha e me passou. A dona se chamava Teresa. Perguntei se ela tinha telefone e A. B. informou que se ela tivesse ele teria escrito junto com o nome e o endereço. Pediu que, se eu fosse procurar Teresa, não lhe dissesse que fora ele a me dar a informação. Eu lhe disse que ficasse tranquilo.

Tem o registro do Anatole?, perguntei. Afinal era empregado seu...

Não temos registro de quase nenhum vendedor. O senhor sabe, eles vêm nos procurar, garantem que sabem vender coisas, a gente dá a indicação dos possíveis clientes, os recortes dos jornais com os anúncios, pomos à disposição deles os telefones e as listas de telefones, e eles começam a trabalhar. A maioria arrepia carreira na segunda semana. Por isso a gente não registra. Seria perda de tempo, e de dinheiro. Acho que o senhor vai perguntar agora se eu conheço alguém da família dele, um amigo... Bem, antes que pergunte, vou logo dizendo, não conheço ninguém das relações dele.

Um empregado de Anatole, Sávio, esteve aqui uma vez, mas é possível que o senhor não tenha visto, pode ser que estivesse ausente do escritório. De qualquer forma, já falei com ele.

Tratei de me levantar. Tinha que agradecer:

O senhor foi ótimo. Obrigado pela ajuda. Fique sabendo que no dia que eu der comigo pensando em morte, jazigo e cemitério, venho lhe fazer uma visita.

A. B. levantou o polegar: Oquei.

Toquei a campainha e fiquei esperando. Um rapaz, vestindo calça de agasalho, sem blusa, abriu a porta e ficou me olhando. Repeti meu nome e meu cargo e toda aquela xaropada que eu vinha falando nos últimos dias. Ele pareceu levar numa boa, como se eu estivesse oferecendo sacos para lixo e espanadores. Ou terrenos em cemitérios.

Gostaria de falar com a dona Teresa, eu disse.

Minha mãe não está.

Como é que eu faço pra falar com ela já, neste momento?

Acho que está trabalhando. Pelo horário, calculo que esteja no trampo. Ela trabalha numa franquia dos correios.

Me dê o endereço e o número do telefone.

Seu policial, é o seguinte: eu não gostaria que o senhor fosse na firma falar com a minha mãe. Ou mesmo telefonasse. Ela não é a dona, é sócia, e chegar polícia na firma... acho que o senhor compreende.

Por ora, então, vamos deixar assim. Faça de conta que eu compreendo. Você conhecia um corretor chamado Anatole?

Infelizmente. O que aconteceu com ele? Morreu?

Desapareceu. Está desaparecido desde o dia vinte do mês passado. Tem alguma coisa que possa informar a respeito?

O rapaz caminhou da porta até a rua, parou perto de mim, ficamos próximos, nos encarando. Pensei que fosse me dar a mão, mas ele não devia gostar de tiras. Nem de falar sobre conhecidos e amigos da mãe. Em vez de me cumprimentar como seria de praxe, esfregou as mãos nos ombros nus, como se sentisse frio, e olhou a rua nos dois sentidos. Esperei que o exame terminasse e voltei a indagar sobre Anatole. O interrogando foi muito objetivo.

É o seguinte, seu detetive. A gente aqui não conhecia muito ele, não. Vinha visitar minha mãe, sentava na sala e conversava, saíam pra comer pizza e tomar bebidinhas, ele me convidava... O cara tava sempre me convidando, queria que eu fosse junto, que estivesse perto na hora de assistir televisão ou ir ao cinema, como se eu fosse um garotinho e ele namorasse a minha irmã... Você manja, né? Sendo polícia, sabe das coisas. Sabe como esses malas se comportam quando querem alguma coisa da gente. Desculpe eu chamar o senhor de você.

Fique à vontade. Agora, continue falando de Anatole, amigos dele, endereço, parentes... enfim, qualquer coisa que possa me ajudar, qualquer lugar onde ele possa estar agora.

Nem minha mãe manjava muito da vida dele. O cara não se abria, não falava coisa com coisa, só ficava pelas beiras, no supérfluo. Sei disso porque depois que se deixaram ela andou procurando por ele aqui e ali e não encontrou. Nem vai adiantar falar com ela.

Como é seu nome mesmo, filho?

Alfredo.

Pois é, Alfredo, é muito bom falar com você, porque vai abrindo logo o jogo, a gente vê que não tem nada a esconder. Foi legal me falar a respeito do caso entre Anatole e a sua mãe. Agora, eu ainda queria falar com ela pessoalmente.

Deixe seu endereço. Ou o endereço da delegacia. Ou o número do seu telefone.

Fiz que entrasse em casa e pegasse papel e caneta. Quando ele voltou, escrevi o número do meu celular. Escrevi também o número de Mitiko. Tem gente que não gosta de ligar para celulares, por causa do preço da ligação, e se Teresa estava tão insegura na empresa, a ponto de seu filho temer a visita de um policial lá, poderia estar precisando economizar uns trocados. Informei também o número da minha delegacia. Ia dar por encerrado o breve encontro, mas aí me deu um estalo.

Nessa pouca amizade que você e Anatole tiveram... Não, desculpe. Amizade, não. Nesse pouco contato, mesmo que ele não tenha falado coisa com coisa do passado dele, nunca deu uma dica de um lugar onde tenha trabalhado, um contato, um conhecido...?

Que eu me lembre, só falou que tinha trabalhado na Câmara. Queria me impressionar, eu acho. Não entrou em detalhes, ele *odiava* entrar em detalhes, mas falou isso, tinha trabalhado na Câmara, sabia como as coisas funcionavam lá, via os vereadores discursando, discutindo projetos pra cidade.

Entendi. Obrigado, Alfredo. Fica firme aí.

* * *

Contornei a praça da Bandeira e subi no sentido da Câmara. Bem junto do prédio um carro estava saindo de uma vaga. Ocupei o espaço. Desci do carro. Caminhei até o prédio. No salão amplo procurei informações com um guarda.

Trabalha aqui há muito tempo?

Três anos e meio. Por quê?

Procuro um homem que trabalhou na Câmara. Um que depois virou vendedor de cemitério... de lotes em cemitério.

A gente tá muito ocupado aqui. Vá logo dizendo quem é o cara. Vereador? Assistente? Funcionário comum, contratado, concursado, guarda de portaria?

Tirei minha credencial do bolso e mostrei. O guarda, sempre altaneiro, como é próprio dos guardas:

Isso não precisa. Diga o nome do funcionário. Se eu conhecer, digo que conheço. Se não conhecer, talvez saiba quem conhece.

Anatole France Castanheira. Devia ser auxiliar de escritório, anotador de telefones, algum cargo importante desses.

Eu não conheço. O senhor faz o seguinte...

E me indicou um roteiro, eu devia subir ao departamento pessoal e... Aceitei as instruções e tratei de me pôr a caminho. Perdi a conta das salas em que entrei e das pessoas que interroguei. Bem, talvez não tenha feito conta nenhuma, afinal. Ao fim e ao cabo, me avistei com uma moça branca e gordinha, o rosto redondo como um queijo-de-minas, os cabelos sem expressão — talvez fossem anelados numa semana, lisos em outra.

73

Regina. Podia não ter muita inteligência, mas era loquaz. Ótimo. Pessoas sem muito brilho e faladeiras são um prato cheio para a polícia.

Esse Anatole trabalhou aqui, informou ela. Pouco tempo. Chegou no começo do ano passado, em janeiro. Ou fevereiro. Mais ou menos isso.

Como assim, mais ou menos? Não têm registro dos funcionários?

Temos. Dos funcionários estáveis, concursados. Mas aqui entra muita gente contratada só verbalmente, sob compromisso, gente paga com verba de gabinete ou do próprio vereador. O senhor devia saber disso, eu acho.

Me chame de você, Regina.

Ele trabalhou um tempo aqui, no gabinete do vereador Laurente.

Laurente com e no final ou com i?

Isso é importante?

Pode ser. Pode vir a ser importante.

Bem, era com e. Laurente com e no fim. O homem que você procura era funcionário oficioso, se eu posso usar essa palavra, passageiro, contratado do próprio Laurente, ficou pouco tempo aqui, uns dois meses, a gente não sabia o que ele fazia... Isso é coisa natural aqui, compreende. Tem muito funcionário aqui que a gente não sabe o que faz. Nem eles mesmos sabem, eu acho. Anatole entrou e saiu, como tantos outros.

Deve ter pessoas na Câmara que saibam mais sobre ele.

Acho difícil. Ele ficou muito pouco tempo mesmo.

Nesse caso, quero falar com o vereador Laurente.

Vai ser impossível. Ele morreu em março do ano passado. Mataram. Foi assassinado bem ali na Sete de

Abril. No dia 24 de março, pra ser mais precisa. Você não soube?

Eu soube, mas esqueci. Agora estou me lembrando. O assassinato do vereador... Não estava me dando conta do nome. Era um cara obscuro, o noticiário saiu num dia, no outro não se ouviu falar mais nada. O jornal nem dava o partido do pinta. Me fale mais a respeito.

Não tem muito pra dizer. O vereador estava na Sete de Abril no dia que eu falei, no final da tarde, depois que ele tinha saído de um prédio. Aí apareceram uns caras... Acho que eu não devia falar isso. Não sei se apareceu alguém, se os matadores estavam por ali, se foi assalto, vingança, acidente, engano... Acho melhor eu evitar esses detalhes. Eu falo demais, sabe, sei que eu falo demais, e às vezes me complico. E também você pode passar sem as minhas informações.

Eu discordo. Preciso delas.

Você está procurando o Anatole e eu aqui falando da morte do vereador. E depois, sendo polícia, você sabe onde conseguir informações melhores e mais detalhadas.

Ela olhou para um lado e outro, gente passava pelo corredor, a caminho dos elevadores, mulheres com suas bolsas, homens com suas pastas, a informante parecia estar ficando preocupada e aborrecida. Achei melhor bater em retirada. Induzir testemunhas a falar nem sempre é uma boa. Às vezes elas falam demais, e nada se pode aproveitar. Além disso, Regina tinha sido muito atenciosa e prestativa, portanto eu devia respeitar suas restrições. Agradeci, nos despedimos, saí do prédio e caminhei pela rua, peguei meu carro e me mandei.

Suzy me conduziu à sala. Sentei na poltrona, ela arriou no sofá em frente, muito à vontade, muito sensual e tudo com aquele negligê azul e transparente, esvoaçante, através do qual via-se a calcinha e, mais acima, o par de seios pequenos, consistentes e empinados. Seu rosto parecia normal, enxuto, as cores certas nos lugares certos. Descobrir que o morto do 45 não era Anatole certamente lhe tinha feito bem.

Aceita uma bebida?, perguntou ela. Quer uma dose de uísque?

Preferia uma cerveja.

Não tem. O Anatole não gostava. Dizia que cerveja engorda e sobe o colesterol. Tem vinho. Aceita?

Concordei, aceitava, ela caminhou graciosamente até o bar, apanhou uma garrafa e despejou duas doses grandes em copos altos. Depois de me entregar um deles, voltou a sentar. Fizemos um brinde e tomamos um gole.

Vim te falar da investigação, eu disse. Algumas coisas que descobri do teu namorado.

É mesmo? Coisas interessantes?

Podem até ser. Escute, ele morou por um tempo num puteiro... Desculpe. Num bordel na rua Aurora. Até onde eu sei, nada de excepcional aconteceu ali. Aliás, nada de excepcional parecia ter acontecido com Anatole. O único fato que me chamou a atenção é que ele dividia um apartamento com um tal de Sílvio Lopes Ximenes. Eram amigos. Anatole chegou a comprar um carro de Sílvio. Que era policial, foi exonerado a bem do serviço público, se meteu em assalto e foi condenado. Agora está desaparecido.

Ou seja: agora você tem dois desaparecidos na mão. Ter dois desaparecidos na mão é uma contradição, em termos. Teu namorado te falou alguma coisa sobre o Sílvio?

Nenhuma palavra.

Ele também andou transando com uma dona da rua Leão XIII. Perto da Brás Leme. Uma certa Teresa, que é pequena empresária, tem sociedade em algum lugar por aí. Sabe disso?

Nada. Venício, eu já te falei, o Anatole não se abria comigo. Só quando eu perguntava ele falava do motel, do movimento, das contas, dos projetos de montar outros negócios. Do passado dele, nenhuma palavra... mesmo que eu indagasse.

Tomei outro gole do vinho. Excelente. No começo da noite, com o estômago vazio, um vinhozinho tinto, importado, tinha mesmo que parecer excelente. Continuando com nossa conversa, falei sobre o telefonema à delegacia de Maringá, falei sobre Itamar e sobre a mãe de Anatole, a professora, abordei a morte do político.

Você se lembra da morte do vereador Laurente?

Não. Morreu de quê?

Nesse momento meu telefone tocou. Voz de mulher. Alguém do outro lado da linha queria saber se eu era o investigador Venício. Confirmei.

Meu nome é Vera, ela disse. Desculpe ligar assim, de noite, mas eu acabei de chegar de Maringá. Vim de avião, estou falando do aeroporto. Soube que um investigador chamado Itamar andava procurando o Anatole, então eu fui na delegacia e falei com ele, ele me deu o seu celular. Eu quis telefonar logo. Espero não estar sendo indiscreta...

Eu sou um servidor público. Tenho a obrigação de atender as pessoas. Fale.

Olhe, investigador... posso chamar o senhor de Venício, simplesmente?

Claro.

Eu e o Anatole éramos noivos, sabe? Ainda somos, já que não desfizemos o compromisso. Eu sabia que ele estava em São Paulo, sabia que tinha negócios aqui, tentava falar com ele, mas não conseguia. Agora que fiquei sabendo do desaparecimento dele, eu tinha que fazer alguma coisa. Tomei um avião e vim falar com você. Já encontrou o Anatole?

Negativo. Infelizmente.

É possível a gente se avistar, falar pessoalmente? Aconselharam que eu me hospedasse no hotel Domus, na avenida São João. Você pode ir lá amanhã de manhã? Pra gente conversar?

Posso.

Conhece o Domus?

Conheço.

Desligamos. Suzy me olhava intensamente. Expliquei que Vera era noiva de Anatole. Aí o olhar ficou mais intenso:

A dona se considera noiva do Anatole, depois de tanto tempo?... Noiva?

Acho compreensível. Natural. Amor é amor, ora. E quer saber mesmo de uma coisa? Acho que o teu namorado era bem capaz de provocar esse tipo de paixão. Tinha charme de sobra.

Como não havia mais o que fazer ali, eu já tinha inclusive secado o copo de vinho, levantei. Ela levantou também, nossos corpos subindo num instante único, como se duas molas instaladas debaixo do nosso traseiro tivessem sido acionadas pelo mesmo controle remoto. Ela não sugeriu nem insinuou que eu devia me demorar. Achei ótimo — era perigoso continuar ali, diante dela, envolvido pelo seu perfume, olhando aquelas maravilhas debaixo do negligê provocante. Junto à porta, ela falou direto no meu ouvido:

Amanhã, me leve junto com você. Seria bom falar com essa tal de Vera, sapear, talvez dizer na cara que sou amante do Anatole, que eu morava com ele, que tenho meus direitos.

Suzy, você não tem direito a nada. Ficaram juntos por apenas três meses. Deixe de falar tolices. E eu não quero que Vera arrepie carreira e volte pra Maringá. E também que vocês se peguem na minha frente.

Que tipo de policial você é?

Do tipo que já anda de saco cheio de apaziguar zicas no plantão e que agora só está interessado em paz e amor... Tudo bem?

Dando o assunto por encerrado, ela girou o trinco e simplesmente deixou que eu me fosse.

O que você quer?, perguntou Márcia com sua voz suave e meiga como a voz de um sargento na caserna.

Visitar você. Apenas e tão-somente.

Caminhamos juntos pela calçadinha que levava até a casa. Juntos mas não íntimos. Como se ela fosse uma devedora e eu um oficial de justiça. Como se ela estivesse querendo alugar um quarto e eu tivesse ido examiná-lo. Entrei primeiro. Então minha surpresa se completou. Como se não bastasse Márcia estar em casa — o que vinha se tornando raro nos últimos tempos —, Paula e seu digníssimo marido, Pedro, também estavam. Ela sentada na ponta do sofá, os olhos vermelhos e úmidos, o maridão de pé no meio do cômodo, os olhos frios e duros. Falei idiotamente, só para puxar assunto:

Tudo bem por aqui?

Mais ou menos, disse Márcia passando para o interior da casa.

Pedro avançou um pouco mais no expediente:

Está tudo bem. A gente às vezes não se entende, mas isso acontece em toda família. Toda família, todo grupo que mora junto ou convive tem problemas. Aqui não é diferente. Mas é tudo simples, questão de tempo e paciência.

Tudo simples, não, contestou Paula do seu canto, encolhida no seu conjunto caseiro, calça jeans e pulôver. Tudo simples, não. Nunca nada foi simples nessa casa desde que a gente chegou. E agora que você arrumou esse bico sem-vergonha...

Bico, vírgula. É um emprego. E tão respeitável como qualquer outro.

Acha que tirar a roupa e ficar de... Que emprego, Pedro!

Márcia veio vindo da cozinha, um copo de suco na mão:

O Venício não tem nada a ver com isso. Vamos parar com a baixaria.

80

Eu nem estava muito interessado naquela zica, mas só o fato de Márcia haver dito que eu não tinha nada a ver com aquilo me deixou intrigado.

O que está acontecendo? Qual é a grande tragédia? Nada, nada.

Márcia foi pegando no meu braço e me empurrando suavemente para a porta.

Detesto que me empurrem, mesmo suavemente. Fiz pé firme e tornei a perguntar o que estava rolando. Ela tentou de novo me tirar da jogada, outro dia a gente conversa, outro dia eu explico melhor, mas eu continuei no mesmo lugar, firme, como se meu destino estivesse em vias de ser decidido ali, naquele instante mesmo. Paula se aproximou de nós. Todo seu rosto queimava, imaginei, de raiva. Chamou o marido de cretino e disse que depois de perder o emprego na locadora ele não tinha feito nada que prestasse.

Como assim, nada que preste?, protestou ele. Todo mundo sabe que eu andei por aí de um lado pro outro e...

Andou nada, cara. Você não andou por lugar nenhum. Simplesmente ficou aqui, comendo e bebendo às nossas custas... Minha e da minha mãe. Agora vai arrumar emprego em filme pornô. Você acha que tá certo?

Ela deu um passo arrojado, quase atropela o marido.

Acha que tá certo? Acha que eu vou tolerar que o *meu* marido fique excitado num estúdio de filmagem, tire a roupa e suba numa mulher qualquer, ou deixe que ela suba nele? Ah, não!

É só um filme, pô. A gente fica pelado, faz cenas de sexo, mas tem um monte de câmeras em volta. Deixa de ser burra.

Márcia tomou as dores do genro:

Ele tem razão. É claro que ele tem razão. Estava desempregado, com prestação do carro atrasada, vivendo às custas da sogra e da mulher, passando vergonha, se humilhando, agora arrumou emprego no cinema... Cacilda, Paula, você ainda reclama? Ainda acha ruim?

Emprego, mãe? Emprego? É só um bico. Muito do safado, por sinal. Pra gente inútil mesmo. Aposto que quando o filme terminar... se terminar... eles nem vão ligar mais pro Pedro. Pombas, gente, vocês não percebem, não?

Eu tentei resolver a situação, mais ou menos como se estivesse num plantão tumultuado tentando aplacar briga entre membros de uma mesma família ou vizinhos da mesma rua. Disse que a Paula talvez tivesse razão, afinal ela fora educada de forma conservadora, dentro dos princípios da religião católica, era natural que rejeitasse o papel pornô do marido. Aí eu compreendi que tinha cometido um erro. Mas era tarde. Pedro quase cuspiu no meu rosto.

Religião católica, meu? Aqui neste país ninguém é católico porra nenhuma. As pessoas vão à igreja, se ajoelham, rezam, recebem uma hóstia nos dias santos mais importantes, acompanham a procissão. Mas tudo da boca pra fora. De ouvido. Em casa se voltam contra os maridos, as esposas, os filhos, fora de casa vão para os motéis e transam, chafurdam no adultério. E você vem falar em catolicismo? Olha aqui, Venício, eu acho melhor você ir embora. Esse problema é nosso, ninguém te chamou aqui, já demorou demais... Vê se te manca.

Eu sou amigo da família.

É mesmo? Pois eu pensei que você simplesmente transava com a minha sogrinha aqui.

Eu não gosto dessa palavra, contestou Márcia. E, de mais a mais, a gente não está saindo mais.

A declaração me desagradou. Por motivos óbvios:

Ei, Márcia, não precisa entregar o ouro assim. Você não tem que mentir a fim de agradar esse cara. Eu sei que é seu genro, mas é um vagabundo, você vê que é um vagabundo, perdeu o emprego na locadora, comprou carro sem poder pagar... A mulher dele tem razão. A cidade tem milhares de empregos decentes. Se ele quisesse um trabalho legal, encontrava.

Pedro fez um movimento na minha direção. Recuei um passo, não porque estivesse com medo, mas pelo desconforto que a proximidade física dele me causava. Ele me disse que eu estava indo longe demais, que eu não conhecia Paula no íntimo, que eu não conhecia bem a ele, que eu não sabia o que rolava entre o casal, que o fato de eu ter vingado a morte do sogro não me dava o direito de orientar a vida deles. Argumentei da melhor forma possível. Eu não tinha vingado a morte do Toninho. Quando descobri quem o tinha matado, meu sentimento de fraternidade e solidariedade já tinha acabado. Se estava metendo minha colher de pau naquela casa, era porque eu tinha mais experiência, podia e queria ajudar.

Experiência? Que experiência, cara-pálida? Nem família você tem. Nem sua mulher você conseguiu segurar!

Naquele momento cometi um erro, o segundo da noite. Empurrei Pedro com as duas mãos. Um empurrão forte. Se o pulha não tivesse tomado cuidado, tinha caído ali perto da parede. Márcia voou em cima dele para contê-lo e Paula voou no meu braço. Depois de me livrar dela, tomei posição para a briga, recuando até uma posição confortável e fechando os punhos, tentando reforçar a concentração. Escorado na parede, protegido pelo corpo de Márcia, Pedro me olhava e avaliava. Paula tentou apaziguar:

Vem aqui, Venício. Deixa eu te dizer uma coisa.

Fomos conversar no portão. Minha raiva tinha passado subitamente — como se eu só estivesse esperando uma deixa para evitar a troca de socos. Evitar as famigeradas vias de fato. A brisa da noite batia em nosso rosto. Paula tinha muito assunto para botar em dia:

Eu pensei que o Pedro prestava. Namorei com ele, noivei, casei, imaginando que era um cara direito, e agora percebo que eu estava enganada. O problema é que ele não tem princípios. Quando a vida está calma, sem dificuldades, amena, tudo bem, ele vai remando. Mas basta surgir um obstáculo que ele sai pela tangente. Como aqueles cavalos maltreinados que esbarram na primeira barreira. Aí quer resolver com baixaria. E, pior, minha mãe apóia ele. Parece achar que é um coitadinho, uma criança que a gente tem de pegar pela mão e tirar da beira da calçada. Quando eu me invoco, ela diz que eu tenho o gênio do meu pai, que sou arrogante, altiva e biscateira como o meu pai. Pombas, Venício, biscateira, eu?

Não respondi. Ela fez uma pequena pausa, depois entrou de sola de novo:

O que está havendo com ela?... Por que de repente passou a me desconsiderar assim?... O que foi que eu fiz?

84

* * *

Em frente do meu prédio avistei uma mulher parada na calçada. Uma dona de uns trinta e cinco ou quarenta anos, moreno-clara, de altura mediana, que já havia sido bonita. Ainda tinha a boca bem-feita e os lábios firmes. Seu problema era a bolsa sob os olhos, que lhe dava um aspecto triste e acabrunhado. Imaginei que ela esperava por alguém e que esse alguém era eu mesmo. Cheguei ao fim da rua, encontrei uma vaga, estacionei, voltei a passos largos e compassados até o edifício.

Esperando alguém?, perguntei.

Estou. O investigador Venício.

Não precisa esperar mais. Do que se trata?

Eu sou a Teresa.

Levei algum tempo para lembrar quem era. Não fiquei surpreso ao descobrir que era a ex-amante de Anatole, aquela que tinha sociedade em uma franquia do correio, que fora a uma corretora de terrenos em cemitérios pensando que estava indo a uma construtora de túmulos. Demos a mão. Perguntei como tinha descoberto meu endereço. É algo que sempre me deixa cabreiro e preocupado. Se pessoas simples e direitas descobriam onde eu morava, a bandidagem podia descobrir também, mais simples e mais rápido. Ela disse que havia telefonado para a minha delegacia. Mantive um pé atrás:

Eles não costumam fornecer endereço de policiais a qualquer um.

Eu não me apresentei como qualquer uma. Disse ao policial de plantão que era sua tia.

Minha tia? Pô, Teresa, você tem idade pra ser minha irmã!

Agora que estou vendo você, falando com você, até posso concordar. Mas no telefone achei que era uma boa eu me apresentar como sua tia. Os policiais não desconfiaram.

Tentou meu celular?

Tentei. Ele só dava caixa postal.

É típico dele. Bem, Teresa, já passa das nove da noite, eu não consegui almoçar legal hoje, andei o dia todo pela cidade, falando com uns e outros, estou cansado e com fome. E com sede também. Que tal se a gente fosse até a lanchonete?

Quando ela deu o primeiro passo na calçada, percebi que era manca. Tornei a pensar em seu rosto. A tristeza que havia nele não se devia, com certeza, só às bolsas sob os olhos. Ainda pensava nisso ao entrarmos no bar do Luís. Encontramos uma mesa vazia, sentamos e esperamos. Luís chegou e olhou na cara de Teresa acintosamente, enquanto perguntava o que íamos querer. Teresa recusou jantar ou lanchar. Eu queria jantar, mas já não era possível, a comida tinha acabado. Pedi um sanduíche de churrasco e queijo e uma garrafa de vinho. Depois que Luís se afastou, voltei a atenção para Teresa.

Você veio aqui pra saber por que fui a sua casa hoje.

Meu filho me contou que você está procurando o Anatole. O que aconteceu com ele? Não precisa responder. Eu já sei o que aconteceu. Ele desapareceu. A pergunta é: o que você já descobriu?

Nada. Ou melhor: quase nada. Anatole veio do Paraná, você deve saber, de uma cidade chamada Maringá, era filho de uma professora, talvez ela gostasse de literatura francesa, porque...

86

Imagina mesmo que essas informações interessam? Acho que não. Contei só pra facilitar nossa entrada na vida dele. Nossa entrada antes do prato principal. Vamos abordar o assunto por outro lado, mais precisamente pegar o bonde mais à frente. Em São Paulo ele morou na rua Aurora, no centro da cidade. O prédio é basicamente local de trabalho de prostitutas, mas também tem inquilinos normais. Anatole dividia um apartamento com um ex-policial civil chamado Sílvio. Que está desaparecido também. E por motivos razoáveis: se meteu num assalto a mão armada, foi processado e condenado. Teu ex chegou a falar nele? Apresentou o cara pra você alguma vez?

Anatole nunca me apresentou ninguém. Nunca falou nada do passado dele. Dizia que o segredo era a alma do negócio... eu nunca fiquei sabendo que segredo era esse nem de que negócio se tratava. Trabalhava como vendedor de sepulturas, desculpe, vendedor de lotes em cemitérios. O tempo todo dava a impressão de que não tinha nascido para vender coisa nenhuma, que tinha nascido para algo mais importante.

Você sabia da rua Aurora?

Não.

Sabe de alguém que possa me dizer alguma coisa sobre ele? Mesmo que não tenha o que informar sobre o desaparecimento? Eu não tenho nenhuma pista concreta na mão. Nenhuma pista de importância. Tenho de sair por aí falando com as pessoas que conheceram o desaparecido e que eventualmente tenham algo a dizer — algo que eu possa usar mais tarde.

Posso te dar um endereço. Quando o Anatole me deixou em setembro do ano passado, eu andei fazendo algumas investigações. Falei com gente de bares, pizzarias, lugares onde Anatole pudesse ter ficado alto e batido com a língua nos dentes. Descobri uma garçonete que tinha caso com ele. Que transava com ele quando o marido não estava em casa. Essa dona me falou que Anatole morou na rua Abolição... Já esteve lá?

Não.

Eu estive. É uma casa grande e velha. Nem me deixaram entrar. Um homem mal-encarado na porta disse "Você também veio encher o saco?", e me escorraçou de lá. Eu fiquei tão envergonhada! Já estou com trinta e nove anos. Fui casada regularmente, com papel e tudo, tenho um filho de vinte anos, era empresária... microempresa... o ganho até que não era pouco, dava para manter a casa, educar o filho, botar gasolina no carro, comer fora de vez em quando, descer à praia. E ainda sobrava algum, que eu depositava na poupança da Caixa Econômica. Agora, passar esse tipo de humilhação... Sei que você compreende.

Seu filho falou que você é sócia numa empresa. E agora não precisa mais procurar seu antigo namorado, eu já estou fazendo isso. Talvez pro futuro evite novas humilhações.

Bem...

Luís chegou com o sanduíche e a garrafa de vinho. Eu e Teresa fizemos um pequeno brinde e tomamos o primeiro gole. Mordi o sanduíche. Era muito bom... pelo menos um tipo de rango o Luís e a Cármen acabaram aprendendo a fazer.

A rua Abolição é quase tudo que eu sei do passado do Anatole, ela disse. Me falaram que ele tinha comprado um motel na Cruzeiro do Sul, mas não consegui descobrir onde. Nem sei se é verdade.

O motel existe. Você não descobriu porque não fica na Cruzeiro, e sim numa travessa da Cruzeiro. O nome é Deneuve Hotel. Logicamente não adianta você ir lá agora, os empregados sabem tanto quanto eu sobre o paradeiro do chefe — ou seja, nada. Dá licença.

Caminhei até o balcão, apanhei um guardanapo e uma esferográfica, voltei à mesa e pedi o número da rua Abolição. Tenho alguma facilidade para memorizar nomes e números, por isso jamais uso bloco de anotações. Aquela noite, porém, me sentia incapaz de decorar qualquer coisa, mesmo as mais simples. Anotei o número fornecido por Teresa.

Sabe que Anatole tinha deixado noiva em Maringá?, perguntei.

Não sabia. Mas isso é normal. Quero dizer, é normal, pela personalidade dele, isso de noivar, viajar e desaparecer... Como você ficou sabendo?... Já falou com ela?

Seu nome é Vera. Eu soube do caso porque ela me ligou hoje. Ainda não conversamos a fundo, pra valer. Se quiser, depois que eu conversar com ela posso te dar um retorno.

Não sei se quero. Não sei mesmo. Queria é encontrar o Anatole, falar com ele, queria que me explicasse certas coisas. Agora, sobre a noiva dele... Tenho que pensar melhor sobre isso, acho.

Teresa abaixou os olhos para o vinho e, como se precisasse de esforço para decidir uma questão importante, ficou um tempo olhando o copo. Perguntei onde ficava a empresa da qual ela era sócia. E qual o telefone. Explicou que a franquia do correio ficava na avenida

Inajar de Souza, perto de um cruzamento grande com a Itaberaba, mas quanto ao telefone... Bem, era nova na firma, ainda não tinha memorizado. Elogiei sua atuação. Achava bonito uma mulher ir à luta, se afirmar.

Um carro veio vindo de uma rua perpendicular, o farol pegou em cheio o bar, a luz incidiu melhor no rosto dela, realçando a bolsa debaixo de seus olhos. Teresa pareceu mais triste. Evitando pensar naquilo, levei o assunto para o lado profissional.

Você disse que tinha uma empresa. De que tipo? Em que ramo?

Fornecimento de refeição para preso. A gente tinha contrato com o Estado. Era um negócio legal. Seguro e tranqüilo.

Abocanhei outra vez o sanduíche e tomei outro gole de vinho. Teresa se levantou:

Preciso ir andando.

Está de carro?

Não tenho.

Posso levar você.

Nem sabe pra onde eu vou...

Sem problemas. Levo aonde você quiser.

Acontece que eu não quero. Obrigada. Tchau.

Quarta-feira amanheceu chovendo. Substituí a jaqueta de todos os dias por um casaco de couro e botei na cabeça meu velho chapéu de náilon. Embaixo, na rua, tudo estava como no dia anterior, calmo e sujo. Com a diferença de que naquele momento estava molhado também. Com o corpo curvado para evitar a chuva, caminhei até o fim da rua, dobrei a esquina e entrei na padaria. Pedi uma média com pão e manteiga. Estava na metade do rango quando o celular tocou.

Era Paula. Depois dos cumprimentos de praxe, perguntei como andavam as coisas na casa dela. Tudo bem?

Tudo ruim, Venício. Depois que você saiu ontem de noite, eu entrei em casa e o pau quebrou pra valer. Todo mundo brigando com todo mundo. Não. Assim também não. Eu brigando com o Pedro, minha mãe defendendo ele, eu brigando com ela. Uma contra dois.

Você precisa tomar cuidado, se acautelar. O fato do teu marido estar fazendo filme pornográfico não é tão grave assim. Eu, se tivesse os predicados certos, se tivesse uma boa concentração, também poderia fazer umas poses diante da câmera. Procure ver o lado bom da coisa. Ele está ganhando dinheiro, não está? E tenha um pouco de paciência com sua mãe. Ela puxar brasa pra sardinha do Pedro é normal. Sogras estão sempre protegendo os genros — por medo que eles deixem a esposa.

Eu me sentia idiota dando aqueles conselhos, falando aqueles lugares-comuns, defendendo o tal de Pedro... tudo para me sentir pacificado depois, poder dizer a mim mesmo que eu havia colaborado para a manutenção de um casamento. Ainda bem que Paula não estava nem aí:

Mandei ele embora.

Mandou embora? Como assim, porra?! Desculpe, Paula. Desculpe. Mas explique melhor...

Eu disse que se ele continuasse com essa idéia maluca de fazer filme pornô eu estava fora. E que ele podia ir embora. O Pedro foi da maior cara de pau. Disse que não recebia ordens de mulher e que hoje iria

91

voltar ao estúdio de filmagem. Já te falei qual é o principal estúdio de filmagem deles?

Posso imaginar.

Uma estrebaria.

Bem, eu iria imaginar errado.

Li um pedaço do roteiro. Já viu coisa mais cretina do que estrebaria num filme de sacanagem?

Não, não vi. Mas prossiga.

Aí eu disse: "Pode cair fora, Pedro. Faça suas malas e rua". Então a mãe entrou no assunto de novo. Disse que a casa era dela e só ela é que mandava as pessoas saírem dali. É o fim, Venício. O fim. Fiquei tão desmoralizada que fui para o quarto e caí na cama e chorei como uma Dama das Camélias da periferia. Mais tarde eu voltei à sala. Sabe o que vi? Os dois tomando café e conversando sobre filmes como se nada tivesse acontecido.

Na verdade, nada de grave aconteceu mesmo. Ninguém matou, ninguém morreu.

Vocês, polícias, só conseguem pensar em tiro e morte. Escuta, Venício, eu tomei uma decisão. Vou embora. Com meu salário de escrevente posso alugar um apartamentinho aqui na zona norte. Sabe de alguém que esteja querendo alugar um?

Sei. Por acaso eu sei.

Era mentira, nunca soube de alguém querendo alugar apartamento. É claro que volta e meia eu via avisos de imóveis para alugar ou vender afixados ali mesmo no condomínio, mas nunca me interessei em saber onde ficavam e que preços estavam sendo pedidos. Paula acreditou no que eu disse. Naquele pouco contato entre nós, eu tinha crescido no seu conceito. Ao contrário de muitas outras pessoas, ela começava a confiar em mim.

Informei que iria procurar detalhes, localização do imóvel, condições do aluguel, e que depois entraria em contato com ela. O que eu queria mesmo era lhe dar tempo. Esperava que o tempo jogasse água na fervura — exatamente como acontecia com as zicas que desaguavam no plantão.

Ela me agradeceu, pediu que eu ligasse para sua casa à noite, e desligamos.

Cheguei ao largo do Arouche sem maiores surpresas, sem haver atropelado ninguém e sem bater em nenhum carro... nem mesmo uma discussãozinha para estimular a adrenalina. Estava fechando o carro quando o homem se aproximou, negro e pequeno, os olhos humildes de nordestino que tem levado a pior em São Paulo. Usava uma capa de plástico, suja, velha, rota, que alguém devia ter dado a ele.

Oi, tio. Posso dar uma olhada no carango?

Não precisa. Obrigado.

E tratei de caminhar pelo largo, meio aborrecido — como se não bastasse a chuva, havia os guardadores de carro também, que nos abordam de surpresa e nos chamam de tio. Além do mais, ele não era tão jovem assim. Ou eu não era tão velho quanto ele pensava. Tentei prosseguir sem olhar para trás. Não agüentei por muito tempo. No primeiro cruzamento, quando tive de parar a fim de esperar que o farol abrisse, olhei para trás e vi o homem no mesmo lugar, molhado e curvado, soprando o hálito nas mãos para se aquecer. Tive pena. Levantei o braço e fiz sinal com o polegar voltado para cima. Significava que o contrato estava fechado, que eu estava disposto a pagar.

Ele me sorriu e, satisfeito, girou o corpo e foi andando com passos largos e compassados em direção à floricultura, talvez pensando em se abrigar debaixo das marquises.

No hotel Domus, tirei o chapéu e bati de encontro à perna, eliminando gotas de chuva. Caminhei até a portaria.

Vim falar com uma hóspede, informei ao empregado. Seu nome é Vera. Chegou ontem do Paraná.

Ele apanhou uma pasta de capa preta, parecida com um cardápio, e correu os dedos por uma lista de nomes. Ao encontrar o que procurava, disse "Um momentinho", apanhou o telefone e discou um número. Quando falou, sua voz era educada mas decidida:

Dona Vera?... Ah, tudo bem. Aqui é da portaria. Tem um homem *lhe* procurando.

Esperou alguns instantes, depois se voltou pra mim:

Ela está perguntando o seu nome.

Disse-lhe meu nome, ele trocou mais umas frases com Vera, recomendou que eu esperasse, ela já iria descer.

Caminhei até uma poltrona de couro, limpa, impecável, sentei e peguei de uma mesinha um dos jornais locais. Na primeira página, uma nova teoria sobre a violência em São Paulo, uma colisão de aviões na Índia, com 132 mortos, e duas manchetes sobre a campanha eleitoral. Virei páginas e páginas, nada parecia novo ou importante, joguei o jornal sobre a pilha. Uma mulher na poltrona em frente — quem sabe esperando um hóspede, como eu — apanhou imediatamente, como se fosse o único jornal do hotel. Ou melhor: da cidade.

Continuei na minha, olhando para o elevador sempre que ele chegava e abria a porta, ou olhando para a calçada lá fora.

Então ela chegou. Era morena e alta, bonita, com olhos verdes e com aquele porte altivo que só os bem-nascidos parecem ter. Caminhou direto na minha direção. Quando me estendeu a mão, era como se nos conhecêssemos há décadas. Como se tivéssemos feito faculdade juntos.

Oi, Venício. Que bom que você veio.

Ficava bem nela, aquele tipo de frase.

Está gostando do hotel?

Estou. É muito legal. Tal como o meu amigo me informou em Maringá. Agora, a cidade está um horror.

Por causa do frio e da chuva. Mês que vem, agosto, vai melhorar. Quer entrar direto no assunto?

Quero. O que já descobriu sobre o Anatole?

Nos sentamos frente a frente.

Vou te dar a mesma resposta que venho dando a outras pessoas: quase nada. Ele morou no centro de São Paulo, na rua Aurora, com um cara pra lá de suspeito, um ex-policial chamado Sílvio. Trabalhou na Câmara com um vereador que já morreu, trabalhou como vendedor de lotes em cemitérios, conheceu uma empresária chamada Teresa, tiveram um caso. É bom que você saiba logo. Quer detalhes?

Dispenso. Obrigada. Continue.

Anatole era um pobre-diabo, mas assim que terminou o caso com Teresa, em setembro do ano passado, abriu um motel no centro de Santana. Eu sei que você não conhece, por isso vou adiantar, Santana é um dos bairros nobres da cidade... na zona norte, talvez o mais nobre. A

95

pergunta é: com que dinheiro ele montou o negócio? O gerente do motel, um tal de Sávio, disse que o empreendimento tinha exigido um investimento pequeno, já que o prédio era alugado, móveis, telefones etc.

Dá para acreditar?

Dá. Acho natural que um motel alugado não exija grande investimento inicial. Mesmo assim, para um cara como Anatole... Bem. O vereador com quem Anatole trabalhou na Câmara de São Paulo foi assassinado em março do ano passado. Em plena Sete de Abril, que é uma rua central da cidade. Parece que o autor ou autores do crime ainda não foram identificados. Além disso, mais nada. De importante, eu quero dizer.

Vera cruzou as pernas num gesto simples, comum, nada sensual, só mesmo para descansar o corpo, seguir a rotina. Foi o que eu pensei. Encaixei algumas perguntas sobre a vida dela. O que fazia, quem eram seus pais, etc. e tal, ouvi respostas convencionais — era psicóloga, filha de pai médico e mãe dona de casa, infância comum, parentes sem nenhuma expressão. Anatole fora seu primeiro namorado. Sua primeira e única paixão até ali. Tinham assumido compromisso, iam se casar, ela ficara toda entusiasmada, depois ele sumira etc. e tal, cousas e lousas assim.

Ela havia mantido a esperança, conservara a chama acesa, daí ter vindo a São Paulo tentar encontrar Anatole. Levantei uma dúvida:

Suponha que ele tenha voltado para Maringá secretamente e esteja mocozado por lá mesmo, com outra...

Impossível, ela respondeu impassível. Nós temos amigos comuns. Eu saberia. Principalmente se ele tivesse outra.

Aí falei de Suzy. Que eu tive o bom senso de tratar por Suzana. Contei que ela e Anatole eram amásios e moravam num apartamento que ele alugava na Moreira de Barros. Vera dispensou a informação. Ouvir o nome Moreira de Barros era tão entusiasmante para ela como ouvir o nome Plácido de Castro. Ela não se aborrecia por saber que seu noivo morava com outra mulher? Vera nem se abalou. Achava natural. Fazia muito tempo que ele estava longe dela, era natural que tivesse seus cachos.

O que passou não interessa, Venício. O que importa é o que vem pro futuro. Tem outras suposições?

Tenho. Acho que ele tá morto. Não queria dizer isso assim de repente, na lata, mas...

Vamos pular essa.

Há o caso do preso na carceragem do 45º DP. É uma delegacia aqui da cidade, na zona norte. Um detento, um estuprador, estava usando o nome do Anatole. Foi morto domingo de tarde, por outro preso, ou outros, a gente não sabe quem, nem por qual motivo... Seria interessante descobrir como e por que aquele homem se fazia passar por Anatole. Como, onde e quando conseguiu falsificar os documentos. E como e por que e por quem foi assassinado.

Quais as chances de se descobrir isso?

Poucas, eu acho. O inquérito vai correr pelo próprio distrito onde o morto estava preso, e não creio que ele vá muito rápido... o inquérito, foi o que eu quis dizer... nem muito longe. Você é psicóloga, tem alguma experiência, apesar de tão nova... Quantos anos tem mesmo?

Vinte e cinco. Você não pode telefonar para a delegacia? A delegacia onde esse cara estava com a identidade do Anatole? Perguntar se eles já descobriram alguma coisa... Quer um telefone?

Tenho o meu celular.

Economize seus impulsos. Vou arrumar outro.

Caminhou até o balcão e falou com o porteiro, apanhou um telefone sem fio e caminhou de volta até onde eu me encontrava. Não tive outro recurso senão telefonar ao 45. Como Adaílton não estava em sua sala, fui atendido por outro tira, chamado Machado. Que me conhecia, embora a recíproca não fosse verdadeira. Talvez já tivesse me visto na minha delegacia quando foi levar um ofício ou algum preso.

É o seguinte, Machado. Tô tentando localizar um cara chamado Anatole France Castanheira.

Aqui no distrito nós tínhamos um preso com esse nome.

Eu sei. Ele foi morto no domingo de tarde. Mas usava nome falso. Eu queria saber em que pé estão as investigações sobre o crime. Já racharam?

O delegado titular ouviu alguns presos, mas todos tiraram o deles da reta. A gente já esperava por isso. Eu sabia que os presos iam se comportar assim, e foi assim que eles se comportaram.

Encontraram a navalha com que a vítima foi morta?

Negativo.

Ouvi a voz de alguém entrando na sala, ouvi que alguém pedia informações sobre a conversa. Talvez fosse o chefe dos tiras. Era impossível reconhecer a voz de Adaílton. Machado pediu que eu esperasse um pouco, deu alguns esclarecimentos, quem estava falando, o que eu queria, e a outra voz se tornou mais baixa e mais grave, parecia claro que não tinha gostado.

Machado retomou a conversa. Mas seu tom havia mudado muito. A boa vontade já não era a mesma. Agradeci dizendo que ligaria mais tarde. Eu sabia, e Machado devia saber também, que era uma boa saída. Vera pegou o fone de volta:

E aí?

Aquilo que eu tinha imaginado. A investigação da morte do preso continua na estaca zero. Os colegas ainda nem sabiam que o nome usado pela vítima era falso. Se o IML mandou um ofício... Bom, deixa pra lá.

Ela andou até a portaria, agradeceu enquanto devolvia o telefone, voltou até onde eu estava e tentou retomar a conversa, mas foi perda de tempo. Eu achava que já havíamos falado tudo, tratei de levantar e sair do hotel. Ela me acompanhou até a porta. Antes que eu abrisse, me fez um pedido:

Eu queria um favor seu. Queria ser a primeira a ser informada de qualquer coisa relevante que você vier a descobrir.

Não sei, Vera... Talvez eu até possa fazer isso, mas só se não tiver que informar primeiro à própria polícia...

Eu tenho algum dinheiro. Posso pagar.

Não quero receber. Eu sou um funcionário público, vivo do meu salário, não aceito suborno pra descumprir a lei a fim de favorecer terceiros. Fico devendo.

Mas tem aquelas informações abertas, rebateu ela. De caráter público. Essas você pode me passar, se vier a tomar conhecimento. Não há nada na lei contra isso. Desculpe eu falar assim, com tanta empáfia, mas é que sei de algumas coisas, tenho algum conhecimento na matéria, pelo fato de ser psicóloga e volta e meia ir a delegacias de polícia, juizados de menores... Queria que você me ligasse. É possível? Eu tenho celular. Não está aqui, ficou no quarto, mas eu tenho. Por favor, Venício...

Tirei meu celular do cinto e joguei na memória o número que ela me forneceu. Prometi que ia pensar em seu caso. Trocamos um aperto de mão e eu me virei em direção à porta.

Obrigada, ela disse. Obrigada mesmo.

O plantão do 4º DP estava calmo àquela hora, só três pessoas esperando atendimento, os olhos tristes e compridos postos na equipe que trabalhava do outro lado da sala, envolta em telefones e computadores. Nem policial militar tinha ali. Entrar em plantão de delegacia e não encontrar policial militar é tão estranho como entrar em baile de Carnaval e não ver piratas, reis, rainhas, pierrôs e colombinas.

Tomei o elevador e subi ao terceiro andar. No cartório central havia meia dúzia de escrivaninhas num espaço onde só cabiam três. Um homem estava debruçado sobre uma delas, junto a uma funcionária negra, talvez lhe dando instruções. Ao sentir minha presença, ele endireitou o corpo e ergueu a cabeça:

Pois não?

Investigador de polícia. Venício, do 38º DP. Queria falar com o escrivão-chefe.

Eu mesmo. Pode falar.

Estou precisando de informações sobre a morte do vereador Laurente. Queria ver o inquérito. Imagino que esteja correndo por aqui, porque o crime aconteceu na Sete de Abril, que fica na circunscrição de vocês. Se não estiver na Homicídios, tem de estar aqui.

100

A funcionária achou que já podia dizer alguma coisa:

O IP corre na mão do delegado assistente. O doutor Almada.

Posso dar uma olhada nele?

O escrivão-chefe balançou a cabeça para um lado e outro, empurrou a língua contra o céu da boca e deu pequenos estalos, que eram muito claros, não, não e não. Aproximando-se do balcão no qual eu me escorava, perguntou se eu queria mais alguma coisa. Seu hálito era podre e pesado e seus olhos estavam vermelhos demais para aquela hora do dia. As mãos tremiam — senti isso quando nos despedimos.

Onde o doutor Almada preside seus inquéritos?, perguntei.

Ele indicou uma sala no segundo andar e eu tomei a direção da escada. Encontrar a sala foi fácil, mas encontrar o homem já foi outra história. Bati na porta, ninguém atendeu, esperei, bati de novo, outra vez ninguém atendeu. O silêncio lá dentro era grave e completo como o silêncio no interior de um caixa eletrônico. Dei um tempo. Caminhei até a ponta do corredor onde havia uma janela. Através da vidraça, olhei para fora. A chuva parecia estar amainando. Se não fosse mera impressão por causa da distância, os pingos estavam mesmo mais finos e mais espaçados.

Ouvi a porta do elevador se abrir e ouvi passos. Ao me voltar, vi o homem já próximo da porta da sala do delegado assistente. Só podia ser Almada. Quando me aproximei, ainda o vi tirando o paletó e pendurando num cabide de madeira ao lado da geladeira baixa.

Depois de me identificar, disse o que me levava até ali.

O inquérito está sob a minha presidência, confirmou ele. E daí?

Procuro um homem chamado Anatole. Ele trabalhou na Câmara com o vereador Laurente, de janeiro a março do ano passado. Provavelmente teria trabalhado mais, se alguém não tivesse cismado de apagar o vereador.

Pois eu continuo perguntando: e daí? A morte do político tem relação com esse cara que você tá procurando?

Isso eu ainda não sei, doutor. Queria ver o inquérito justamente pra tentar levantar alguma pista.

Se você vai ver o inquérito ou não, isso eu decido depois. Trabalha na delegacia de pessoas desaparecidas?

Trabalho no 38º DP. Estou procurando o homem a pedido da esposa dele, Suzana.

Ah, entendi. Então agora os investigadores da polícia já estão fazendo trabalhos particulares... Legal. E as suas funções na delegacia?

Hoje é a minha segunda folga entre o plantão noturno e o diurno. Sei que estou agindo dentro da lei.

Eu disse que você estava descumprindo a lei?

Ele tirou o coldre do ombro, um coldre novo e reluzente, tal como a arma (talvez tivesse comprado os dois juntos), e pendurou no cabide, ao lado do paletó. Voltou à mesa arregaçando as mangas da camisa. Sentou-se.

Quanto você está ganhando por esse serviço?, perguntou.

Nada. Nenhum tostão. Conheci o desaparecido no local de trabalho dele, fizemos uma ligeira amizade, fiquei chocado quando soube que tinha sido assassinado na carceragem do 45º DP. Falei...

Você disse que o cara estava desaparecido.

Estava, não. Está. O preso morto no 45 não era Anatole. Apenas se fazia passar por ele, com identidade falsa.

Essa história está ficando muito complicada... Mas não é problema meu. Meu problema é esclarecer a morte do vereador. Você faz o seguinte: continua com a sua vidinha, siga em frente, continue procurando esse amigo seu e, se no decorrer do inquérito eu descobrir alguma coisa sobre ele, eu lhe telefono. Deixe seu número.

Posso ver o inquérito?

Está no fórum, explicou ele. Tive que pedir dilação de prazo para concluir a investigação. Estou esperando o despacho do juiz.

Queria ver a cópia.

Está perdida. Devia estar no cartório central sob a guarda do escrivão-chefe, mas aquele bêbado filho-da-puta é incapaz de guardar alguma coisa. A não ser, talvez, o endereço de todos os botecos da cidade. Ontem mesmo nós procuramos e não encontramos. Faz o seguinte: me deixe seu telefone.

O delegado assistente abriu uma gaveta e tirou um maço de folhas de papel. Vi nas folhas de cima umas anotações feitas a caneta, nomes, endereços e números de telefones e de viaturas. Sabia que nossa conversa tinha chegado ao fim. Pensei que o pedido para que eu deixasse meu telefone era só uma formalidade, assim que eu virasse as costas ele rasgaria meu número e atiraria no lixo. Achei melhor economizar tempo — o dele e principalmente o meu. Pedi licença, girei o corpo e saí da sala. Ouvi um grito às minhas costas:

Ei! Não vai saindo assim, não! Seu telefone e seu nome completo. E o nome do seu delegado.

Passei-lhe as informações, que ele anotou na margem de uma folha de papel. Pensei que me faria outras perguntas, nome do meu titular, por exemplo, dia dos meus plantões, mas ele não chegou a tanto. Dei as costas e saí da sala, dessa vez sem ouvir nenhum chamado de volta.

Lembrei que ali perto, na esquina da rua Aurora com a Santa Efigênia, tinha um café expresso, de modo que fui caminhando naquela direção, tentando não me ensopar demais. Ouvi um berro:

Ei, Venício!

Parei na calçada e olhei para o outro lado. Avistei um investigador chamado Laércio, que havia trabalhado no 38 por um mês, cobrindo as férias de Roney. Era um cara legal. Conversador, solidário, chegava no horário e, se não tivesse intimação para fazer, ficava o tempo todo no distrito, auxiliando no que fosse preciso, ajudando até mesmo o carcereiro a dominar os recalcitrantes. Todos na equipe gostaram dele. Exceto o escrivão, Mauricy, que não gostava de ninguém.

Depois de observar Laércio no cartório se virando para quebrar galhos, Mauricy me levou até o corredor e me deu um conselho:

Fica de olho, Venício. O cara parece bom demais pra ser verdade.

Uma noite Laércio recebeu um telefonema de um comerciante da avenida Itaberaba, um certo Afrânio, que era chegadinho nosso — quando dávamos plantão no domingo, a equipe toda, dois de cada vez, ia ao restaurante dele, todo mundo comia e bebia, e Afrânio abonava a conta. Por isso nos telefonava. Por achar que lhe devíamos aquela. Depois de atender o telefonema, Laércio foi me procurar no pátio, onde eu conversava com duas minas que tinham vindo do Jardim Pery e diziam estar perdidas.

O Afrânio tá grilado, disse ele. Tem uns malas cercando o pedaço. Ele quer que a gente vá checar.

Dispensei as duas moças, pedi autorização a Tanaka, pegamos a viatura, rodamos até a Itaberaba. A região tinha uma certa experiência com assaltos. Quase diante do restaurante do Afrânio havia uma transportadora, de modo que jamantas e carretas dormiam por ali, na rua, com a carga dentro, fato suficiente para atrair os assaltantes da região. Chegamos lá com as cautelas de sempre. Tudo inútil: o assalto já ocorrera, o motorista de uma carreta, que puxava uma palha na cabina, já fora morto, a carga tinha sido roubada. Perguntei a Afrânio qual o número aproximado dos bandidos.

Eram muitos, informou ele. Só pra você ter uma idéia, estavam em dois carros.

Pera aí, Venício!

Laércio atravessou a rua entre os carros e me sorriu.

Cacete, cara! Há quanto tempo, hein?

Muito tempo mesmo, Laércio. Mais do que eu tinha percebido.

Como vai o 38?

Na mesma. As zicas de sempre, os presos enchendo o saco. Pena que você não esteja mais lá com a gente.

Eu gostei daquele distrito. Queria ficar lá. Quando o Roney voltou de férias eu fui falar com o chefe dos tiras, o Andrade, e pedi pra ficar, queria trabalhar na chefia ou no plantão, com outra equipe, claro, mas ele e o titular recusaram. Me mandaram pro 42º DP.

Continua lá?

Não. Estou no desvio. Na Nasa. Afastado por alcoolismo.

A franqueza foi tanta que eu não disse nada, só fiquei ali encarando Laércio, sentindo alguns pingos retardatários me baterem no rosto. Ele parecia mesmo um alcoólatra... parecia até mais que o escrivão-chefe do 4º DP, "aquele bêbado filho-da-puta" incapaz de guardar alguma coisa. Vestia uma camisa de malha de mangas compridas, uma que já fora marrom, ou mesmo preta, calça jeans puída e calçava sapatos sociais, sujos. A barba estava por fazer e o cabelo parecia ter sido cortado por um interno da Febem. Como se não bastasse, estavam úmidos e desalinhados. Fiz um convite:

Vamos tomar uma rubiácea? Assim pelo menos saímos da chuva.

Caminhamos até o café, encostamos no balcão e pedimos dois expressos puros.

Laércio, tem uma coisa que estou sempre pensando em te perguntar, mas ainda não tinha surgido uma oportunidade. Me diz: quando você foi me chamar no pátio da delegacia naquela noite do assalto na frente do restaurante do Afrânio... sabia que o assalto já tinha terminado?

Não. Afrânio ainda só estava suspeitando dos homens.

Se a gente chegasse ao local com nossos revolvinhos 38, tentando enfrentar uma quadrilha que ocupava dois carros... o que íamos fazer?

Meter balas neles, ora.

De modo que a sorte dos caras foi fazer o assalto entre o momento em que o Afrânio ligou para a delegacia e o momento em que chegamos na Itaberaba. Caso contrário eles estariam fodidos.

Lógico.

E Laércio deu um sorriso safado, que valia por mil palavras. Ou mais.

Tomamos nosso café falando do tempo e da chuva, do inverno de julho, das eleições que se avizinhavam, das condições de trabalho na polícia. Quando terminamos, ele sacou do bolso da calça um maço de cigarros todo amassado. Do outro bolso tirou uma caixa de fósforos. Mandei que recolhesse seu maço. Passei um dos meus, que ele recebeu com satisfação e alegria, acendi com meu isqueiro de metal. Depois de tirar a primeira baforada, Laércio me gozou, dizendo "Nada como um tira bem-sucedido", que eu fingi não ser comigo. Perguntei como andava a vidinha dele.

Um horror, ele disse. Ficar sem fazer nada é um terror. Acordar de manhã e não ter motivos pra sair da cama, estar na rua de noite e não ter vontade de voltar pra casa... Sinto inveja dos amigos que trabalham, que têm horário pra cumprir, que precisam dormir cedo a fim de tirar plantão no dia seguinte, que precisam armar campana na zona leste ou na Baixada Santista. Gente que tem de pedir férias e licença-prêmio, requerer carga de arma e munição.

E sua mulher? E suas filhas? Quando a gente conversava no plantão do 38, você falava nas suas filhas. Acho que eram duas.

São duas. Minha mulher me deixou. Em parte por causa dos pileques, em parte pelo meu ócio. Ficar em casa o dia todo enchia o saco da patroa. Era o que ela me dizia.

Filosofamos sobre aquilo, ficar solteiro de repente, depois de anos de casado. Afinal eu também havia perdido Sônia, portanto tinha uma certa prática na coisa. Acabamos nossos cigarros. Perguntei se Laércio queria outro café, ele recusou polidamente, explicando que tomar café demais era um erro no caso dele, porque, além do tédio e da inércia, depois tinha que lutar também contra a insônia. Contou que em dias de muitos cafés nem remédio para dormir funcionava. Três pessoas, um homem e duas mulheres, entraram no café, cujo espaço ficou muito reduzido. Resolvemos sair. Demos alguns passos na direção da rua, mas paramos na porta.

Acho que vou indo, Laércio. Foi um prazer te ver.

Você tem plantão hoje?... Está voltando ao distrito?... Cadê a viatura?

Não tenho plantão hoje, não tenho que ir à delegacia e não estou de viatura. Mas estou trabalhando. Com o meu carro mesmo. No mês passado, num motel de Santana, conheci um cara que logo depois desapareceu. Agora a amásia dele pediu que eu procurasse o sujeito, então tenho andado por aí num lugar e noutro.

Está procurando porque o cara era amigo ou porque a amásia pediu?

Por causa da amante. Eu e ele não éramos amigos.

108

Como é que ela é? Gostosinha?

Gostosona. Muito. Mas não é por isso que estou trabalhando no caso. É só porque ela pediu mesmo.

Olhei o relógio na parede do café. Eram dez e meia. Laércio continuava me encarando:

Fala mais da investigação. O assunto parece palpitante.

Aos trancos, falei do motel Deneuve, falei da notícia da morte de Anatole que havia lido no jornal de segunda-feira, da conversa com Suzy naquele mesmo dia, da nossa visita ao IML, e voltei ao pedido que Suzana me fizera, de tentar descobrir o que havia acontecido com Anatole. Contei rapidamente minha ida ao apartamento da rua Aurora, e Laércio declarou, referindo-se a Anatole, "O cara não me parece boa bisca". Falei do ex-policial Sílvio. Perguntei se ele conhecia o sujeito. Meu colega mordeu os beiços, olhou para o pavimento, tirou de novo aquele maço de cigarros horrorosos do bolso da calça. Saquei o meu.

Fica com esse maço, mas joga esse aí fora.

O maço de quebra-peito voou na direção de uma lixeira na beira da calçada. Passou por cima dela e foi cair lá adiante, no asfalto mesmo.

Sílvio Lopes Ximenes, ele disse. Sílvio Lopes Ximenes... Ximenes... Olha, Venício, vou te dizer uma coisa. Esse cara nunca puxou plantão. Se tivesse puxado, a gente conhecia. Com esse nome aí, fica difícil se esconder por muito tempo. Vai. Continua.

Contei o resto, que era pouco, a morte do vereador e a noiva que veio de longe, Vera. Quando acabei e já pensava que Laércio então iria me deixar em paz, ele fez um pedido:

Eu podia ajudar você...

Me ajudar, cara? Por quê?

Por nada. Só pra fazer alguma coisa.

Eu não tô ganhando lhufas. É a pura verdade, acredite.

Eu acredito, eu acredito. Não pense que estou desconfiando. Claro, se outro tira me falasse a mesma coisa, minha posição seria diferente, eu ia achar que era mentira, uma desculpa pra me tirar da jogada. Com você, não. Se diz que está trabalhando a leite de pato, eu acredito... Olha, eu não quero nada. Você me conhece. Nós já trabalhamos juntos, você sabe como eu sou. Não sou obcecado por dinheiro. Estou oferecendo ajuda só pelo prazer de trabalhar com você. Bem, e a fim de quebrar a monotonia, principalmente. Acha que a morte desse vereador tem relação com o desaparecimento?

Não acho nada. Vim ao 4º DP com a intenção de ver o inquérito, mas o delegado não deixou. Disse que estava no fórum. Acho que é mentira. Quando eu disse que queria ver a cópia, ele falou que estava perdida. É muita coincidência.

Quem é o majura?

Um certo Almada. Eu não conhecia. Nunca tinha ouvido falar dele.

Eu conheço. Trabalhei com ele numa delegacia dos Campos Elíseos, uma que nem existe mais. Almada tem a quem puxar. O pai era um animal... foi titular da delegacia de costumes muito tempo. Doutor Caruso. O Grande Caruso, como se dizia em todos os botecos, em todas as boates, como repetiam com raiva as strippers perseguidas por ele. E as prostitutas. Caruso era alto, corpulento, feio como a morte, e até dormindo (é o que dizem) usava dois revólveres grandes e cheios de bala. O filho é mais light. Escroto também, louco por dinheiro, mas pega mais leve, tem outro estilo, se protege mais... Hoje em dia, se o policial não se proteger, tá fodido, né mesmo?

Laércio deu um tempo, talvez esperando que eu dissesse algo. Eu não tinha nenhum comentário a fazer. Se proteger de quem?, pensei. Ele continuou:

Nas folgas, o Almada faz serviço particular. Seus clientes são todos gente graúda — políticos, altos comerciantes, gente da federal, empresas de segurança. Tá explicado por que o inquérito da morte do vereador caiu na mão dele. Esse tipo de inquérito sempre cai na mão desse tipo de pessoa.

Foi bom você me dizer. Eu já estava até pensando em dar uma sapeada por conta própria na Sete de Abril. Foi lá que o vereador morreu. Agora, acho que não vou mais.

Se você quiser, posso fazer isso.

Não tenho como te pagar, Laércio. O dinheiro que a Suzy, a dona Suzana, me deu mal cobre as despesas de um cara só, quer dizer, eu mesmo.

Vamos fazer o seguinte: você não me paga nada. Eu vou na Sete de Abril, dou uma geral, depois te ligo. Qual é o seu telefone?

Voltei para dentro da cafeteria e filei uma folha de guardanapo. Pedi emprestada uma esferográfica, escrevi o número do meu celular e entreguei ao colega. Ele enfiou o papel no bolso da calça. Parecia guardar tudo nos bolsos da calça — suas coxas já estavam intumescidas e inchadas, como aqueles sacos bojudos que os boxeadores usam para treinar. Pediu que eu con-

111

fiasse nele. Ia trabalhar "numa boa, na miúda", não era criança, não ia sair por aí fazendo cagadas. Nem era louco também. Alcoólatra é uma coisa, louco é outra.

Depois que nos despedimos, ele caminhou para a Santa Efigênia, eu para o largo do Arouche.

Encontrei o fusca. Não encontrei o guardador. Abri a porta e já começava a entrar no carro quando ele surgiu bem ao lado do meu ombro esquerdo. Guardadores de carro são muito rápidos, muito eficientes, jamais tiram o olho de suas vítimas. Fiz minha parte. Minha lição de casa. Saquei uma maravilhosa nota de um real e passei a ele. O guardador deve ter xingado mentalmente a mim e a toda a minha família, meus antepassados e minha futura descendência. Mas não disse nada.

Bem, não é verdade. Ele disse uma coisa, sim:

Vá com Deus, meu irmão.

Talvez fosse evangélico.

Oi, Venício!, exclamou Tanaka quando abriu a porta de sua casa e me viu parado na rua diante do portão. O que aconteceu?

Se acalme, doutor. Não aconteceu nada. Passei aqui só pra dar uma palavrinha. Caminhou até o portão, abriu, nos demos a mão, entramos em casa e sentamos ao mesmo tempo. Era natural que quisesse saber o que me levava à sua casa. Contei tudo o que tinha me acontecido e tudo o que eu sabia do sorridente e simpático dono do motel Deneuve. Falei da morte do vereador e também de Almada. Tanaka não conhecia o delegado assistente. Falei do pai dele, Caruso, o Grande. Aí caiu a ficha. Tanaka se lembrou.

Era um delegado da antiga, disse. Do tipo que faz e acontece, que prende e arrebenta. Conhecia pouco a lei, e o pouco que conhecia não aplicava. Um tipo que vai desaparecendo da polícia, felizmente, para o bem de todos nós, da polícia e da sociedade. Caruso era violento e arbitrário. E tinha cisma com strippers — Tanaka abaixou a voz, talvez para não ser ouvido pela mulher, que trabalhava na cozinha. Julguei que fosse a esposa dele, d. Inês — Caruso, prosseguiu ele, perseguia as meninas, prendia arbitrariamente, levava pra delegacia e seviciava. Um dia foi arrolado em processo administrativo. Aí lhe deram duas alternativas: enfrentar o processo até o fim ou pedir demissão.

Tanaka não precisou concluir. Ambos sabíamos que o Grande Caruso tinha preferido a segunda alternativa. Voltei a falar de Almada:

O filho do Caruso parece que antipatizou comigo. Ficou chateado quando eu pedi para ver o inquérito da morte do vereador. Acho que está pensando em me aprontar alguma, porque pediu seu nome e o telefone do distrito.

Pra cá ele não telefonou. Não enquanto estive aqui.

Virou o rosto na direção da cozinha e levantou a voz:

Amor? Alguém me ligou?

O titular do 38, o doutor Eider.

Hélder, querida. O titular do 38 se chama Hélder.

Tanaka apanhou o telefone na estante e discou um número. Hélder estava na delegacia — um fato comum, corriqueiro, ele sempre estava na delegacia em horário de serviço. Conversaram rapidamente. Hélder informou que Almada tinha telefonado para ele pedindo informação sobre mim, o titular me fizera elogios, policial bom e companheiro, cordato. Almada tinha ficado na dele. Não demonstrou gostar ou desgostar de tais elogios, mas deixou um recado. Diga a esse tal de Venício para se ocupar das tarefas dele. E bateu o telefone, como se Hélder fosse um subordinado seu.

Julgando que o telefonema de Almada, no que me dizia respeito, era de menor importância, Tanaka passou a se preocupar com ele mesmo:

E sobre mim? O que você falou?, perguntou a Hélder.

Pareceu decepcionado ao ouvir a resposta. Ainda conversaram um pouco, rapidamente, e depois que Tanaka informou "Claro, claro, chefe, na quinta vamos estar todos aí no horário habitual", pôs o fone no gancho. Voltou à poltrona.

Bem, Venício, você ouviu. O Almada tá cabreiro com você. É claro que procurar pessoas desaparecidas não tem nada de errado, mas ainda assim ele pode criar caso, fazer uma ursada. Principalmente se você sair pela cidade perguntando sobre o crime do vereador. Acho melhor você se cobrir.

Tem alguma coisa que o senhor possa fazer a respeito?

Ele pensou um pouco, depois voltou ao telefone, discou um número, não deu certo, desligou e discou de novo, foi repetindo a operação até ser atendido. Ouvi quando perguntou: É da Delegacia Geral? A pessoa do outro lado confirmou, aí ele pediu para falar com o dr. Fratelli. Devia ser muito fraternal, o amigo de Tanaka. A conversa entre eles foi franca e aberta, ambos discordaram da política do senhor governador e do senhor secretário da segurança — quem na polícia concordaria? —, falaram do tempo e das péssimas condições do trânsito.

Quando acabaram aqueles tópicos tão relevantes, Tanaka falou a meu respeito. Resumiu o resumo que eu lhe tinha feito. Ficou uma sinopse digna de um balão de quadrinhos. Fratelli foi cauteloso. Tanaka conhecia bem aquele tira, quer dizer, eu?

Claro, Fratelli. Se estou levando esse lero com você é porque se trata de um cara legal. Aliás, eu não trabalho com gente à-toa, com ladrões. Você me conhece. Grana? Que é isso, meu? O Venício não pega dinheiro. É um tira da velha guarda, do tipo que trabalha por prazer, por amor à arte... Começou a investigar esse caso porque uma dona que é amasiada com o desaparecido... Ah, bom, aí eu já não sei. Se está comendo entre uma diligência e outra, eu já não sei.

O resto da conversa foi rápido. Tanaka desligou o telefone visivelmente satisfeito.

Até aqui seu caso está resolvido. O que eu pude fazer eu fiz. Meu amigo Fratelli disse que você pode continuar em frente. Se não tiver grana no meio, fique tranqüilo. No caso de chegar alguma bronca no gabinete do delegado-geral, ele quebra.

Fui me levantando:

O senhor foi muito prestativo.

Você merece, elogiou ele.

E o delegado se levantou também. A conversa tinha mesmo chegado ao fim e era natural que a visita seguisse o mesmo destino. Tanaka me acompanhou até o portão, onde paramos para uma palavrinha final. Nesse momento ele disse "Putz, Venício, nem chamei a Inês para cumprimentar você". Queria entrar e avisar

115

a mulher que eu estava ali, mas não deixei. Falamos rapidamente sobre o 38, sobre o plantão, sobre o Jardim São Paulo, sobre a casa deles, depois trocamos um aperto de mão.

Dirigi até o centro de Santana, tentei encontrar um local para estacionar, não encontrei nenhum, procurei com o olhar um vendedor de talões da zona azul, e logo ele estava bem ali, ao lado do meu fusca. Comprei uma folhinha, que ele mesmo preencheu e colocou no pára-brisa. Em seguida me indicou uma vaga logo após o estacionamento do banco, onde eu enfiei o carro. Fui para a lanchonete. Era pequena, mal cabia o balcão circular, cozinha, mesas, cadeiras.

Estava lotada. Sentei ao balcão e pedi uma latinha de cerveja. Ia começar a beber quando o celular tocou. A cobrar. Esperei um tempo até que a ligação se completasse. Era Laércio.

Chefe?

Quando nos encontramos aquela manhã na Santa Efigênia, éramos colegas. Agora eu era chefe. A promoção saíra mais rápido que as promoções no gabinete da presidência da República.

Fala, Laércio. Foi à Sete de Abril?

Não só fui como continuo aqui. Falei com uma porção de gente. Na manha, é claro, sem me identificar como policial. Não é que as pessoas tenham se esquecido do crime. Elas ainda lembram. Mas se desentendem um bocado, uns dizem que o vereador desceu do prédio, foi abordado por assaltantes, reagiu ao assalto e tomou dois tiros; outros acham que foi vingança. A vítima vinha pela rua, quando chegou na esquina foi abordada por um cara, ou uns caras, aí tomou dois tiros.

Pelo visto, de certo mesmo só a quantidade de tiros. Dois. Qual é o prédio que fica mais próximo do local do crime?

O 760. Eu subi até lá. Só tem firmas. Fiz perguntas, mas não cheguei a resultado nenhum, as pessoas com quem falei não conheciam o Laurente... Chefe? E se a gente fosse à Câmara Municipal? Não seria melhor? O cara trabalhava lá, seus colegas talvez saibam de alguma coisa.

A idéia é boa, Laércio. Quer dizer, poderia ser boa. Meu receio é que aquelas cobras criadas da Câmara estranhem a nossa presença e façam contato com o doutor Almada. Estive conversando com o meu delegado sobre isso, mas ainda assim...

Quem é o teu delegado?

O Tanaka, porra. O japa que chefia a nossa equipe no 38. Foi seu chefe também, naquele mês que cobriu as férias do Roney.

Ah, sim, saquei. O japonesinho boa gente. Minha memória já não é a mesma.

Nem poderia ser, com todas aquelas biritas que você mandou pra dentro.

Laércio não se abalou com a observação, até concordou comigo, era mesmo, o goró tinha acabado com sua memória. Mas ela voltaria, agora que ele estava recuperado. Aí tornei à visita à casa de Tanaka, relatei a conversa sobre Almada e o pai dele, o Grande Caruso, o telefonema de Tanaka ao fraternal Fratelli. Em resumo, o fato de eu estar procurando uma pessoa não tinha nada a ver, era natural e endossado pela lei, mas a investigação de homicídio...

Não precisa repetir, chefe. Não precisa me lembrar disso. A memória está fraca, mas não a esse ponto.

Falou, Laércio. Então continue trabalhando.

Agora eu queria almoçar.

Então almoça. Tem dinheiro aí?

Só vale-refeição. Dados pela Secretaria de Segurança. Não me pergunte como eu tenho vale-refeição, se não estou trabalhando. É rolo, Venício. Rolo. Olha, eu pago o almoço com os meus vales, mas depois você me reembolsa, tá? Com a grana que aquela dona te deu.

Claro, claro.

Agora que podia comer sem pagar, Laércio, naturalmente aliviado, tratou de desligar o telefone. Voltei à minha latinha de cerveja. Não fui muito longe: o garçom me bateu no ombro e perguntou se eu estava esperando mesa, eu disse que sim, estava, ele indicou uma no canto. Ali era assim: numa mesa pequena e quadrada comiam quatro pessoas, às vezes estranhas.

Dirigi rápido até a rua Abolição.

O número que Teresa havia me dado correspondia a um prédio grande e velho, com um pátio quadrado na frente, em petição de miséria, as lajes quebradas, rotas, embalagens de sanduíche por todo canto, folhas de jornal rasgadas. Caminhei até a entrada. Não foi necessário tocar a campainha ou bater na porta. Estava aberta. Entrei. Na sala havia poltronas deterioradas, cadeiras de madeira dobráveis e uma televisão catorze polegadas sobre um caixote. Ah, e um sujeito também. Moreno,

cabelos lisos, traços duros de paraguaio ou boliviano.
Tratei de me identificar:

Polícia.

Abri a japona e enfiei as mãos no bolso da calça, para que ele visse a arma. Às vezes é uma identificação melhor que a credencial.

Eu non entendio. Non soy brasileño.

Era uma mentira grossa, ele havia entendido, sim, mas não dei maior importância. Achei que era melhor entrar na casa, assim economizaria tempo.

Peguei um corredor e fui mergulhando na construção soturna. De um lado e outro só tinha quartos, paredes de madeira compensada, mais aquilo que se espera das pensões, camas desfeitas, fogareiros a álcool, berços e crianças seminuas pelo chão. E mulheres em trajes sumários. Todos pareciam latino-americanos. Parado diante de um dos biombos, perguntei a uma mulher pelo dono. Ela não me entendeu, ou fingiu quê, então continuei avançando.

Perto do fim do corredor, encontrei uma porta aberta. Olhei para dentro e vi uma rede e dois homens dentro dela, vestidos com moletons que pareciam insuficientes para proteger do frio. Por isso um deles estava com uma coberta também. Branca, vermelha e azul — os buracos, evidentemente, não tinham cor. Um dos gays desceu e veio falar comigo. Não tinha sotaque:

Procurando quarto, amigo?

Não. Ainda não desci o suficiente para precisar morar em quartos. Queria falar com o dono. Ou dona. Ou gerente.

Sobre o quê?

119

Abri mais a japona, acintosamente. Ele continuou impassível:

Polícia ou assaltante?

Polícia, porra. Quem responde por esse pardieiro aqui?

O homem fechou a porta atrás dele e ficou bem perto de mim. Não era feio: as feições latinas eram menos duras e marcadas que o comum, tinha olhos de um castanho suave, atraente.

Ele não está. Se chama Vicente. Vicente Calderón. É paraguaio. Como eu e os outros por aqui. Moro há muito tempo com ele... quer dizer, aqui na pensão dele. Conheço mais ou menos os negócios, os interesses e as relações dele. Se puder ajudar em alguma coisa...

Parecia ter efetivamente muito tempo de Brasil, e com certeza havia estudado também. O português era correto. Adiantei meu nome e meu cargo.

Estou procurando um homem chamado Anatole France, que morou nesta pensão. Conhece?

O que foi que ele fez?

Não posso dizer. Minha investigação é sigilosa. Conhece ou não conhece?

O outro gay deixou a rede e abriu a porta, ficou ali perto, nos olhando, mais ou menos como faria um padre sapeando a conversa de dois hereges. Meu interlocutor sugeriu que fôssemos conversar na sala. Saímos. O companheiro dele deu um passo como se fosse nos acompanhar, mas recebeu uma ordem — Vai ver a roupa no varal — e voltou para o quarto, talvez decidido a desobedecer. No corredor, o homem disse que se chamava Marcos e me deu a mão desajeitadamente, nossos ombros batendo na parede. Quando chegamos à sala, ela estava vazia. O homem que dizia não falar português — Non soy brasileño — tinha se mandado.

Sentamos num sofá, muito próximos um do outro para o meu gosto.

Uma figura, declarou Marcos. O Anatole é uma figura. Chegou aqui no fim do ano retrasado — acho que era dezembro — e ficou até o meio do ano passado — acho que até maio. Logo se tornou amásio do Vicente.

Eu já havia esquecido quem era Vicente. Perguntei.

O dono da pensão. Vicente Calderón. Ele é entendido, manja? Anatole e ele se tornaram amiguinhos. Ele não tinha emprego.

O Calderón?

Vicente tinha e tem emprego. Gerencia a pensão. Falo do Anatole. Chegou aqui com um pé na frente e outro atrás, arrastando uma cachorra, não tinha trabalho, ficava o tempo todo na rua. Quando vinha pra casa, se enfiava no quarto do Vicente. Fica lá atrás. É o melhor da pensão. Vicente tinha muito ciúme. Chamava Anatole de "meu estrangeirinho" e recomendava que ninguém metesse a mão. "Ele é méo, e ninguiém tasca." Logo depois, em janeiro do ano passado, Vicente arranjou um emprego para ele na Câmara. Foi trabalhar com um vereador chamado Laurente.

Era veado também?

Que eu saiba, não. Anatole trabalhou na Câmara até março do ano passado, só não trabalhou mais porque o vereador morreu. Foi morto a tiros na Sete de Abril, perto de uma esquina, de frente ao prédio 760. Logo que soubemos da notícia, pensamos que ele tinha estado naquele prédio. Mas não esteve.

Como é que vocês sabem de tudo isso?

O Vicente era amigo do vereador. Foi quem botou o Anatole na Câmara. Quando aconteceu o crime, ficou com medo que sobrasse pra ele também — no fundo temia que Anatole pudesse estar envolvido. Andou fazendo umas investigações por conta própria, descobriu pouca coisa, nada importante, se enfiou em casa e tratou de ficar quieto.

Depois que Laurente foi morto e Anatole perdeu o emprego na Câmara, ele continuou morando aqui?

Continuou, mas por pouco tempo. Alugou um apartamento na rua Aurora e se mudou. O Vicente chorou, claro. Demorou um bocado pra se conformar. É um cara muito envolvente, esse Anatole. É mesmo. Se eu tivesse a presença que ele tem... Não pode me dizer nada sobre o destino dele? Nada mesmo?

Você é um cara legal, Marcos. Vou abrir uma exceção. Ele sumiu. Por isso eu vim até aqui. Imaginei que ele pudesse ter voltado ou que alguém aqui tivesse alguma informação. Me diga: se você estivesse procurando por ele, o que faria?

Quando ele saiu da pensão, foi morar na rua Aurora... Eu já disse isso?... Num apartamento. O Calderón descolou a rua, mas não achou o prédio, andou frustrado uns tempos, invocado. Depois descobriu que antes de vir morar aqui o Anatole tinha morado na rua Amarildo. Foi até lá, investigou, mas não descobriu nada.

Pelo menos achou a casa ou o apartamento?

Talvez tenha descoberto. Não sei.

Indaguei onde Calderón andaria àquela hora, Marcos não sabia — talvez não quisesse dizer —, mas contou que ele tinha celular. Pedi que telefonasse pra ele.

Na casa não havia telefone, mas eu tinha o meu na cintura. Tirei e passei ao interrogando. Antes de pegar o aparelho, não sei por quê, não havia necessidade nenhuma, ele aproveitou para encostar a coxa na minha. Uma situação chata. Desagradável. Se eu estivesse num cinema, no metrô, e um cara me encoxasse, lógico que eu iria escorraçar o sujeito. Ali, entretanto, eu estava precisando do informante. Simplesmente empurrei minha perna para mais longe.

As concessões que preciso fazer durante o trabalho me matam.

Vicente? — a voz de Marcos era alta demais, como se estivesse vendo Calderón do outro lado da rua e tentasse chamar sua atenção. É o seguinte: tem um cara aqui procurando o Anatole... O quê?... Não. É da polícia. Um cara legal. Muito educado, muito simpático... Não. Não, droga, fica frio! O Anatole não fez nada de errado. Só que foi chamado para depor num inquérito e precisa ir à delegacia, por isso o investigador está atrás dele. Claro. Isso eu já disse. Contei que o Anatole já morou na rua Amarildo. Qual o número da casa? Você se lembra?

Marcos virou-se para mim e perguntou se eu tinha papel e caneta. Senti que naquele dia minha cabeça estava boa.

Diga a ele pra falar o número. Eu memorizo.

O tal de Calderón botou algumas dificuldades, algumas reticências e parênteses, mas acabou informando, o desaparecido tinha morado em um prédio, cujo número forneceu. E do apartamento também. Ficou devendo o nome do morador, pois desconhecia. Marcos me passou tudo, eu tratei de anotar na memória, ele desligou o celular e me devolveu. Levantei para ir embora. Ele continuou sentado.

Fica mais um pouco, disse.

O que eu vim fazer aqui, já terminei.

A gente podia conversar... Eu me amarro na polícia, sabia?

E pegou no meu braço, massageou levemente meu bíceps, sorrindo aquele sorriso profissional, terno e canalha. Fui saindo. Na porta ele me perguntou o que eu iria fazer em seguida. Eu disse que logicamente iria à rua Amarildo. Aí surgiu uma luz na cabeça dele. Por que eu não ia à Sete de Abril? O vereador tinha sido morto lá, e lá eu poderia descolar alguma pista. Talvez Marcos não dissesse aquilo só porque era bicha e quisesse me conquistar. Talvez quisesse deixar claro que era um homem inteligente, que sabia das coisas e poderia ser um investigador também, se quisesse.

Já tenho um homem lá. Um colega.

Agradeci o que ele tinha feito por mim e estendi a mão. Marcos apertou-a com entusiasmo e carinho, me atirando seu melhor sorriso. Pediu que eu voltasse mais vezes, "pra gente brincar um pouquinho", eu disse que andava muito ocupado e procurei cair fora. Senti vergonha por ter mentido. Por que eu não tinha dito logo que detestava veados? Por que não tinha rachado logo que meu negócio era mulher?

Larguei o carro na rua atrás da biblioteca central e fui até a Sete de Abril. Andei pra baixo e pra cima, disputando espaço com transeuntes, ambulantes, pedintes. Numa esquina, um cara tinha montado seu negócio de venda de abacaxi em fatias. Volta e meia ele atirava canecas de água sobre a fruta, naturalmente para afastar o pó da rua, e a água escorria pelo meio-fio, levando de cambulhada caixas de fósforos vazias, envelopes velhos, folhas de jornal. Ninguém dava a menor bola. Os poderes públicos não estavam nem aí.

Entrei numa lanchonete. O homem atrás do caixa, que devia ser o dono, tinha cabelos grisalhos cortados no estilo militar, um corte que ficava bem nele. Encostei no balcão e pedi café. Enquanto o empregado aviava o meu pedido, o dono se aproximou.

Olá, seu policial. Tudo bem?

Como descobriu que sou da polícia?

Descobrindo. Prática. Os policiais têm um jeito todo especial de olhar as pessoas quando entram num ambiente estranho. Examinam de modo fixo e direto. E na maioria das vezes descem os olhos até a cintura do investigado, procurando descobrir se tem armas.

Conhece muitos policiais?, perguntei.

Eu já fui da polícia, quer dizer, quase da polícia. Era guarda de presídio. Da Casa de Detenção. Lembra do massacre? Aquele em que morreram cento e onze presos?

Todo mundo se lembra.

Eu estava lá. Me cagando de medo.

Eu também ia afinar no meio daquela carnificina.

Comecei a tomar o café, esperando que o homem se afastasse, voltasse à sua máquina registradora, à sua rotina. Mas ele continuou do mesmo jeito, as mãos apoiadas no balcão, me olhando firme.

Qual é o cargo do amigo?

Investigador. Horto Florestal.

Passo sempre pelo 38, vindo de casa ou indo pra casa. Moro na Vila Santa Maria... Trabalhando aqui na Sete? Investigando algum crime?

Mataram um vereador nessa rua em março.

Na época eu ainda não tinha a lanchonete, ainda era guarda de presídio. Ouvi falar do crime, mas não sei de nada. Agora, vou te dizer uma coisa: já tem um policial trabalhando no caso.

É mesmo? Quem?

Laércio. Tira do 45. Ele não informou essas coisas, não pense que chegou aqui e foi dando o serviço, meu nome é Laércio, sou investigador do 45... Veio tomar café hoje algumas vezes, fez perguntas sobre o vereador, por alto, quando eu indaguei o que fazia ele disse que trabalhava por aí, nas quebradas. É porque já esqueceu de mim. Esqueceu das vezes que foi levar preso na Detenção, e lá quem atendia ele era eu. Sempre trabalhou no 45, mora perto do distrito, numa travessa da Deputado Emílio Carlos, a mulher deixou ele e levou as duas filhas.

Você só errou numa coisa, ele não trabalha no 45. Está afastado, de licença, por problemas de saúde.

Problemas de pinga, você quer dizer. Olha, ele não está afastado do 45. Nunca vai se afastar de lá. Sabe o motivo? É cria da casa.

Amigo do Adaílton?

Isso mesmo. Amigo do Adaílton. E amigo de todo mundo, pra variar. Só mesmo sendo amigo de todo mundo pra voltar ao distrito depois de arrumar tantos problemas.

Que tipo de problemas?

De vários tipos. Desentendimentos com colegas, que Laércio conserta depois, desavenças com preso,

126

espancamento e tortura, tomação de grana, puxa-saquismo com as pessoas erradas.

Como é o seu nome mesmo?

Duílio.

Você sabe muita coisa da vida do Laércio, Duílio.

Eu também moro na área do 45, também já andei pelo distrito, fuçando, tentando arrumar uma indicação para concurso de investigador. Parece incrível que um dia eu tenha tentado ser tira.

Acabei o café. Precisava ir embora. Ali não tinha nada para eu descobrir a respeito de Laurente, e sobre o Laércio eu parecia já ter descoberto tudo. Duílio era um tipo esquisito, falastrão, garganta, não da espécie que interessa à polícia, mas do tipo que mete medo, porque adultera fatos, sacaneia. Além do mais, ainda me atirava na cara aquela frase idiota, "Parece incrível que um dia eu tenha tentado ser tira". Acendi o cigarro e dei um passo em direção à rua. Depois voltei, me aproximando outra vez do balcão.

Me diz uma coisa, Duílio. Como arranjou dinheiro pra montar este negócio aqui? Não foi trabalhando na Casa de Detenção, presumo.

Minha mulher é de Recife. Recebeu parte de uma herança, umas casas que o pai dela tinha por lá e deixou para os três filhos. Com a nossa parte montei a lanchonete. Não agüentava mais tomar conta de preso.

Tome cuidado pra não virar um preso também, eu disse, expressando minha antipatia.

Na rua Amarildo não havia estacionamento e não vi nenhuma vaga dando sopa. Ao ver o número que eu procurava, virei à esquerda e desci a rampa da garagem do edifício. Lá embaixo estava escuro como uma caverna. Com atenção e tato, procurava um lugar para deixar o carro, um canto onde eu não atrapalhasse a vida dos condôminos. Então vi uma vaga à direita, enfiei o fusca lá e desliguei o motor. Já estava apeando quando vi o homem se aproximar:

Não pode deixar o carro aí, moço. É vaga de condômino.

Vou sair rapidinho. Só quero falar com um dos moradores.

Então deixe o carro na rua. Estacione e venha falar com ele... se estiver em casa. Quem é a pessoa?

Puxei minha credencial e mostrei a ele. Tentou manter a pose.

O fato de ser polícia não lhe dá o direito de estacionar no prédio. Aqui é propriedade particular.

Vou subir ao nono andar, tocar a campainha do 91 e me avistar com o morador, se ele estiver em casa. Falar nisso, qual é mesmo o nome dele?

Valdemar.

Isso mesmo, eu tinha esquecido. Ando com a cabeça quente, trabalhando em várias investigações ao mesmo tempo. Vou subir ao 91 e falar com ele. Vai ser uma conversa rápida. Se Valdemar me der as informações que estou precisando, desço imediatamente. Nesse meio-tempo, se o dono da vaga chegar, você me chama, eu interrompo a conversa, desço e tiro o carro. No momento é o único jeito. Na rua não tem vaga nem para estacionar bicicleta. E também não tem estacionamento. Olhei metro por metro.

Na rua do lado tem um estacionamento. É só procurar direito.

Acontece que não vou procurar, eu sou da polícia e polícia tem sua autoridade. Estou trabalhando em prol da comunidade... a seu favor, a favor do morador dessa vaga. Agora dá licença.

Vou ter que tomar minhas providências.

Faça isso.

Caminhei para o elevador. Às minhas costas, sentia o porteiro de pé, indeciso, talvez imaginando a que ponto havia chegado o caradurismo da polícia. Nesse momento, meu celular tocou — funcionar na rua, a céu aberto, já era estranho; funcionar ali, debaixo de tantas lajes, era uma façanha — e eu o tirei do cinto para atender. Embora o sinal do outro lado estivesse fraco, foi possível perceber que se tratava de um homem jovem.

Você é o Venício?... O investigador Venício?

Eu mesmo.

Aqui é o Jaime. Da Homicídios. Equipe B Centro. Conhecia uma dona chamada Suzana Félix Vergueiro?

Pela maneira como você está falando, dá a impressão de que aconteceu alguma coisa com ela.

Conhecia ou não conhecia?

Conhecia uma mulher chamada Suzana que morava com um cara chamado Anatole numa rua chamada Moreira de Barros. O apelido dela era Suzy.

Qual o número da Moreira de Barros?

No momento não sei dizer... esqueci. Estou na rua, trabalhando.

Talvez você esteja enrustindo a informação de propósito, mas tudo bem, eu compreendo. Nós tiras temos os nossos problemas. Só ajudamos naquilo que podemos ajudar. E quando a gente quer.

Eu quero ajudar. Estou disposto a ajudar. Desde que você me conte o que aconteceu com a Suzana e como chegou ao meu nome.

Ela foi morta hoje no começo da tarde. Assassinada. Alguém entrou num apartamento da rua General Jardim e lhe deu um tiro no peito. Rápido e certeiro. Coisa de pessoa experiente, com objetivo determinado, ciúme, talvez, ou encomenda... motivo fútil, como diz o Código Penal. Na bolsa dela tinha uma papel com o seu nome e esse número de telefone. O tal de Anatole com quem ela morava...? Qual é a dele?

Achei que devia rachar logo o jogo. Contei sobre o motel em Santana, sobre o dono dele, sobre o apartamento na Moreira de Barros e sobre o cara que apareceu morto na carceragem do 45º DP. O que isso tinha a ver? Tinha a ver que o morto usava a identidade de Anatole. Como eu podia ter tanta certeza? O que já havia descoberto? Mesmo aí usei de franqueza absoluta, achava que a vítima estava morta. Jaime parecia ser um bom tira, muito responsável e tudo.

Por quê?

Porque ninguém falsifica documentos de pessoas vivas e sai por aí usando esses documentos, sabendo que a vítima pode aparecer e criar um caso a qualquer momento.

Houve queixa do desaparecimento de Anatole? É?... E os parentes dele? É?... E os credores? Se ele tem, ou tinha, uma empresa, devia ter credores também.

Comecei a responder, dizendo minhas suposições, mas Jaime interrompeu a conversa e falou em voz baixa com alguém. Mesmo com a maioria das palavras chegando truncadas ao meu ouvido, entendi que se tratava de um superior, provavelmente o delegado-chefe da equipe B Centro. Voltando ao telefone, o colega praticamente me intimou a comparecer à Homicídios para prestar um depoimento formal. Não gostei.

Depoimento formal, Jaime? Qual o motivo? Eu mal conhecia a morta, nem sabia que ela freqüentava ou tinha apartamento no centro da cidade.

Ele suavizou a voz, dando um tom intimista à conversa:

Não custa nada, Venício. Você vem aqui, diz o que sabe sobre os fatos, assina embaixo e vai embora.

Depoimento em inquérito policial é um saco. E mais tarde a gente tem que ir depor no fórum. Quando o processo dá uma nova reviravolta, o que é comum em casos de homicídio, o juiz manda te chamar de novo. Você sabe disso.

Eu sei. Mas você tem de vir assim mesmo... Espera aí. Dá um tempo.

Esperei, o telefone chiando no ouvido, o porteiro ali do meu lado, interessado na conversa, na investigação e no que eu iria fazer dentro do prédio. Moradores chegavam, estacionavam e passavam por nós em direção ao elevador ou à rampa que dava para a rua, provavelmente achando estranho aquele desconhecido perto do elevador ao lado do porteiro com um telefone na orelha. Depois de um tempo que me pareceu longo demais, Jaime voltou a dar sinal de vida. Todo tempo que perco no celular me parece longo demais.

131

Colega, é o seguinte. O delegado aqui diz que ou você vem por bem ou ele manda um ofício pela Corregedoria.

Ele está blefando. Você e eu sabemos que ele está blefando. Em todo caso, não vou arrumar confusão com delegado de polícia. Eu passo aí. Equipe B Centro, né?

Isso mesmo.

Amanhã de manhã.

Entre nove horas e meio-dia.

Qual o local exato do crime?

Ele me deu o número da General Jardim e nós desligamos, primeiro ele, depois eu.

Pressionei o botão do elevador, fiquei esperando, o porteiro por ali, perto de mim, me olhando de vez em quando, outras vezes olhando para o chão. Achou que devia me fazer companhia até o nono andar. Tudo bem. Não era uma companhia das mais agradáveis, mas, vá lá, eu já havia tomado elevadores em companhias piores, poderia sobreviver.

Toquei a campainha do 91, não houve resposta, insisti mais uma vez, duas, então o porteiro mostrou ter alguma utilidade: presumia que Valdemar não estivesse em casa, já que trabalhava o dia todo, e não lhe constava que estivesse de férias ou doente. Indaguei onde o homem trabalhava. Ele sabia que a empresa ficava na rua Formosa. Tinha um prédio lá com o nome dela. SBI.

O senhor encontra numa boa, concluiu.

As coisas já estavam melhorando entre nós, pois ele já me chamava de senhor. Ou era isso, ou apenas tinha pressa em me ver pelas costas.

* * *

No prédio que Jaime havia indicado, empurrei a porta de ferro e vidro, passei ao saguão — na verdade o "saguão" era apenas um canto mais largo no corredor. Alguém havia construído um balcãozinho de madeira e atrás dele pusera uma escrivaninha do tamanho de uma mesinha de criança. Atrás da mesinha havia um cara branco e pequeno. Talvez muitos homens de altura mediana ou grande já tivessem recusado aquele emprego por causa do tamanho da mesa e das acomodações. Mostrei-lhe minha credencial.

A polícia já esteve aqui, informou ele. Saíram agorinha mesmo.

O corpo já foi removido?

Positivo. Foi removido. Disseram que ia pro Instituto Médico Legal.

Apesar disso, pode me responder algumas perguntas?

Não sei de quase nada. Estava no subsolo consertando um cano de água, os moradores vinham reclamando da umidade, não ouvi o tiro. Quem me informou foi o seu Quirino. Ele é aposentado da Receita Federal, vive sozinho, fica o dia inteiro coçando no apartamento dele, controlando tudo o que se passa no prédio. Ouviu o tiro e ficou ouriçado. Foi lá embaixo, me chamou, abrimos o apartamento, e a Suzy estava lá, na cama, com um tiro no peito.

Morta...

Morta, é claro.

Qual era a dela?, perguntei. O que ela fazia?

133

Era garota de programa. Aqui no prédio toda mulher que mora sozinha faz programa. Ela dividia o apartamento com outra putinha, a Míti. Mas a Suzy ultimamente não vinha mais. A Míti disse que a colega tinha arrumado um empresário e tinha ido morar com ele pros lados do Horto Florestal.

Pros lados do Imirim seria mais certo. Vamos subir. Eu quero dar uma olhada no apartamento.

Você vai assumir a investigação daqui pra frente?

É o seguinte, meu. O empresário com quem a Suzy morava se chamava Anatole. Por falar nisso, você chegou alguma vez a ver ele por aqui?

Posso até ter visto. Agora, o nome... Nunca conheci ninguém chamado Anatole.

Bem, o cara está desaparecido. Sumiu no dia vinte do mês passado, o chão se abriu e ele nunca mais foi visto, ninguém dá notícias dele. Eu estava procurando. A pedido dessa mulher, Suzy. Agora que ela foi assassinada, fiquei curioso. Quero dar uma olhada no quarto. De repente alguma coisa escapou à equipe da Homicídios que fez o levantamento do local. Às vezes eles são muito apressados, devido ao grande número de ocorrências que precisam atender. Sacou?

Ele não respondeu se tinha sacado ou não. Telefonou para alguém, avisando que iria subir ao quinto andar, e nós deixamos a portaria. No trajeto, perguntei se Míti tinha estado no prédio, se havia dormido no apartamento, se sabia do crime, se algum homem costumava visitar a vítima regularmente. Nada. O porteiro desconhecia qualquer coisa que pudesse ajudar na investigação.

Qual o nome todo da Míti?

Margarete. Não parece muito com Míti, mas é esse o nome de guerra dela.

Entramos no apartamento, só para perder tempo. Um muquifo como outro qualquer, pequeno e abafado, com um leve cheiro de mofo, janelas de madeira que não fechavam direito, armário entupido de roupa de todo tipo, todas femininas. O banheiro estava lotado de bugigangas, desde esmalte para unha até o retrato de um poodle de focinho cor-de-rosa e olhar alegre, otimista. Talvez no momento da foto estivesse pensando num pedaço de filé. A cama era igual a todas — nem manchas de sangue havia — e debaixo dela só caixas vazias de sapato. Saímos. Fiz uma nova pergunta:

Algum morador viu alguém entrando ou saindo do apartamento?

A polícia andou falando com alguns moradores, mas não sei o resultado da conversa. Eles não se abrem com a gente.

O porteiro parecia magoado como a ovelha-negra da família, o filho desajustado que não é convidado para a festa de aniversário da mãe.

Caminhei até a Sete de Abril. Passava diante de um restaurante, quando ouvi um grito vindo de lá:

Ei, chefe!

Pensei em Laércio, era Laércio. Entrei e ele me deu a mão, satisfeito e alegre como se fôssemos íntimos, como se gostássemos demais um do outro, como se não nos víssemos havia décadas. Estava sentado num banco alto de madeira em frente ao balcão, tomando um refrigerante. Sentei num banco ao lado dele e perguntei se havia descoberto algo importante.

Descobri. Laurente foi morto diante do prédio 760 da Sete de Abril, mas não tinha estado lá. Tinha estado no número 155. Saiu, andou pela rua, trocou de calçada e quando chegou diante do 760 foi morto. Eu fui até o 155. Descobri um escritório: número 10, fica no primeiro andar, acho que foi lá que o vereador esteve.

A pessoa que te deu a informação não sabe direito?

Ninguém me deu a informação. Como é que você pensa que as coisas se passam no mundo real? A gente chega, faz perguntas, e o cara vai logo abrindo o jogo?

Às vezes é assim mesmo que acontece. Uma mulher na Câmara, por exemplo, me contou da morte de Laurente, uma bicha me falou do prédio 760 da Sete de Abril... Até vim aqui no começo da tarde. Queria tomar um café, entrei numa lanchonete. Aliás, o dono conhece você.

Tá brincando. Qual o nome dele?

Vou me mancar, Laércio, não quero que você volte lá e crie algum problema... especialmente um problema que você não possa resolver sozinho. O cara te conhece e pronto. Disse que você trabalha no 45.

Eu não trabalho no 45! Estou de licença por alcoolismo.

Mas trabalhava. Trabalhou várias vezes. Entra e arruma confusão, sai, consegue voltar, trabalha mais um tempo, é expulso de novo. Qual é a tua no 45º DP?

Não vejo que importância tem esse detalhe.

Foi no 45 que o homem com a identidade falsa foi assassinado. Quem é o teu contato no 45? O Adaílton?

Olha, Venício, o fato do cara ter sido morto numa delegacia onde eu já trabalhei não tem nada a ver, é só coincidência. Agora, esse papo está me chateando. Puta que pariu, eu só queria te ajudar.

Vamos deixar pra lá, meu. De qualquer forma, nada disso importa mais agora. Eu vou tomar um goró. Você quer?

Sabe que eu não tomo mais goró. Estou tentando sair da dependência do álcool.

Chamei o garçom, pedi uma garrafa de cerveja e um refrigerante. Depois de tomar o primeiro copo, me voltei para Laércio:

Eu estava tentando descobrir o paradeiro desse cara a pedido da amante dele. Que agora está morta. Mataram a garota hoje, no começo da tarde, numa quitinete da rua General Jardim. Fui lá dar uma olhada. Saí do prédio agora. Eu tinha esperança de ligar o homicídio com o desaparecimento de Anatole, mas no edifício não encontrei nada. Nenhuma pista.

Laércio pareceu meditar sobre aquilo. Não foi muito longe — era o tipo que não parecia meditar longamente sobre coisa alguma. Acabou voltando ao assunto que lhe era mais próximo:

No prédio 155 as coisas não correram tão simples como dei a entender. Como acho que dei a entender. O escritório onde eu pensei que o vereador esteve naquela tarde em que foi morto é um lugarzinho muito do suspeito. Na porta tem uma grade, mais grossa que grade de presídio, e olhando para dentro não se enxerga nada e não se ouve nenhum ruído. Toquei a campainha, um cara saiu e perguntou o que eu queria. Eu disse que estava procurando pelo meu primo Anatole, ele me olhou de cima a baixo, disse "Um momentinho" e entrou de novo. Aí surgiram dois seguranças. Passaram pela porta gradeada, o cara de dentro fechou com cadeado, eles foram falar comigo.

Você, claro, insistiu na história de que estava procurando seu primo.

Insisti, mas eles não pareceram acreditar. Fizeram perguntas sobre mim. Minha profissão, meu passado, o lugar onde eu e o meu primo tínhamos nascido. Essas perguntas que a gente faz na polícia quando desconfia de um mala.

Você se identificou como policial?

Não. Disse que era mecânico. Os caras olharam minha roupa e minhas mãos, procurando marcas de óleo e graxa, e não pareceram satisfeitos. Continuaram me interrogando. Eu não sabia onde tudo aquilo ia dar, aí disse que tinha amigos na polícia. Eles continuaram pressionando, um fazendo acusações, insinuando que eu estava mentindo, o outro dizendo que talvez eu estivesse sendo sincero, que eu tinha cara de inocente. De otário, acho que foi o que ele quis dizer. Um mordia, o outro assoprava, mais ou menos como os tiras fazem nas delegacias.

Acha que são ou já foram policiais?

Não acho nada. Bem, continuando... Eles queriam saber quem eram os meus amigos na polícia. Eu disse que meu melhor amigo trabalhava no plantão do 38.

Ou seja, eu.

Não dei seu nome, nunca ia fazer isso — não ia dar nem o nome de um desafeto meu, de um filho-da-puta dedo-duro, de um guarda de presídio que fornece arma a detento, quanto mais bater o nome de um amigo. Mas eles continuaram pressionando. Então eu disse que o meu chegadinho no 38 se chamava Evaristo e que eu iria telefonar para ele assim que descesse as escadas. Os caras não deram a menor. Mandaram eu descer e telefonar para quem eu quisesse. Quase me empurraram escada abaixo.

Puta humilhação, reconheci.

Quando a gente está fazendo a coisa certa, quando está executando uma ordem do delegado, cumprindo a lei, é fácil. Quando tá fazendo a coisa errada...

Joguei o cigarro no chão e pisei em cima. Laércio atirou a guimba dele na calçada. Eu ainda tinha umas coisas para serem esclarecidas, sabia que havia coisas a ser esclarecidas, mas estava muito puto, não atinava com as perguntas certas. Deixei passar um tempo. Gente entrava e saía do restaurante, pessoas passavam pela calçada, vendedores berravam seus produtos. Droga. No momento que eu trabalhava sozinho, tudo dava certo, as pessoas abriam o bico e deixavam cair informações. No momento que um colega entrava no serviço, dava merda.

Bem, tinha de acabar.

Laércio, é o seguinte: quem bancava as minhas despesas nessa investigação era a companheira do desaparecido. Agora que ela morreu não tem sentido eu continuar no trabalho. A rigor, nem devia ter ido ao local do crime.

Policial é assim mesmo, reconheceu ele.

Paguei a conta, saímos para a rua, trocamos um aperto de mão, ele seguiu na direção do metrô Anhangabaú, eu tomei o sentido da praça da República. Ia tentando assimilar os reveses, tentando esquecer Laércio,

139

procurando não me aborrecer demais. A noite tinha caído total, as luzes da cidade estavam ligadas, os faróis dos carros também, algumas mulheres já vestidas para o trabalho noturno nas ruas. O frio estava mais intenso e uma fina e chata garoa caía sobre mim e sobre todos. Meu casaco estava aberto. Corri o zíper.

Oi, Venício. Entra.

Parados na sala, depois que Paula trancou a porta, passamos a conversar sobre o apartamento que ela pretendia alugar.

E aí? Descobriu alguma coisa?

Nada. Hoje não pude fazer nada por você. Passei o dia todo correndo de um lado para o outro, procurando aquele cara que desapareceu, não tive tempo nem cabeça pra cuidar do teu problema. Por outro lado, acho que uma demora dessas até pode ser boa. Ajuda você a ganhar tempo, a pensar melhor no assunto.

Eu não preciso de mais de tempo. Vou embora. Eles dois que fiquem aqui... Talvez até estejam juntos agora, jantando em algum lugar. Ou tomando uma bebidinha.

Não diga isso. A Márcia é sua mãe e o Pedro seu marido.

Paula ergueu os olhos para o teto, como se estivesse erguendo para o céu.

Deus que me perdoe.

Voltamos a falar sobre o apartamento, eu torcendo para que ela não descobrisse o meu blefe. Quando minto para alguém, sempre me ocorre que vou ser desmascarado — como acontecia quando eu era criança: quando mentia para a minha mãe, ela quase sempre descobria e me dava porrada. Minha falta de habilidade para mentir tem dificultado meu trabalho na polícia. Falei também sobre o fim da investigação: a dona que havia me contratado, me pedido o favor, fora morta num apartamento no centro da cidade. Paula falou como minha mãe falaria:

Isso não é hora de desistir. Se a mulher te pediu um negócio, você começou a fazer e ela foi assassinada, é claro que o crime tem a ver com esse trabalho, com a tua investigação... Você deve continuar.

A cidade tem um departamento especializado em mortes misteriosas, de autoria desconhecida. Como filha de policial, você sabe disso.

Mas o desaparecimento... E se o desaparecido tiver cometido o assassinato?

Isso é lá com a Homicídios. Eles que descubram.

Bem, você sabe o que está fazendo. Não posso dar conselhos a um tira velho... Velho de batente, foi o que eu quis dizer. Um tira com muitos anos de janela como você. Se quer sair da investigação, oquei, saia. E sobre o apartamento?

Amanhã vou falar com umas pessoas e depois te telefono. Pra cá ou pro fórum de Guarulhos. Em que vara mesmo você trabalha?

Na 5ª civil. Procure pela Paula Pessoa. Porque tem outra Paula na seção.

Falei que estava bem, claro, claro, se eu telefonasse para a vara iria procurar por Paula Pessoa, e tratei de sair. Paula entretanto não permitiu. Às vezes era muito mandona, muito sabedora das coisas. Como o pai. Me ofereceu caipirinha de vodca. Talvez tivesse descoberto que o álcool é um dos meus pontos fracos. Aceitei a bebida, ela foi à cozinha, ouvi portas batendo, o ruído típico de uma lata se abrindo — seria a lata do açúcar? — e afinal ela voltou à sala com dois copos altos nas mãos. Experimentei a mistura, ótima, só não estava melhor porque ela tinha botado muito gelo.

Acho que vou trocar de roupa, ela disse. Você dá um tempo...

Tudo bem, Paula, se quer trocar de roupa, tudo bem. Mas eu já estava mesmo de saída. Acho que vou engolir isto aqui e me arrancar.

Eu preciso mesmo me trocar. Botei essa roupa porque gosto de ficar à vontade em casa, mas esta saia aqui está velhinha demais, a malha puidinha demais... Assim não dá. Eu não preciso disso.

Depositou seu copo na estante e deixou a sala, pegou o corredor e abriu uma porta. Imaginei que fosse a porta do seu quarto. Eu conhecia a casa mais ou menos bem, sabia que havia um quarto logo ali, perto da sala, com dois passos cheguei ao corredor. A porta mais próxima estava mesmo aberta, dentro do quarto havia um guarda-roupa igualmente aberto, com um espelho grande, do chão até em cima. Paula estava toda ali, refletida nele. Senti a tentação de continuar olhando.

Era indigno. Melhor me dedicar à vodca.

Quando Paula voltou à sala, falamos sobre Laércio.

Ele esteve num prédio da Sete de Abril, eu disse, investigando por conta própria. Foi abordado por dois seguranças, ficou com medo, em dúvida, a cabeça não funciona direito, ele acabou dizendo que tinha um amigo na 38, um tal de Evaristo. Isso pode me complicar. Se aquele pessoal quiser descobrir quem é esse amigo dele, vai chegar em mim. Eu tenho autorização informal para procurar o cara que desapareceu, não pra mandar colegas interrogarem pessoas no centro da cidade.

Não parece tão grave assim.

Esse colega mora na área do 45º DP, já trabalhou lá, tem contatos, amigos. A mesma delegacia onde no domingo de tarde mataram um preso chamado Anatole. Que não se chamava Anatole...

Ei, peraí! Conte esse negócio direito.

É uma história comprida, e eu estou meio cansado. Vou embora, Paula. Desculpe, mas tenho mesmo que ir embora.

Ela me levou até o portão. Olhou a rua, o fluxo de carros, que passava num sentido e noutro, disse uma frase cheia de veneno:

Eles nem voltaram ainda.

Não fique pensando tolices.

Está bem. Não quero ficar pensando tolices. Mas quero ir embora daqui. Embora, manjou? Me ligue. Vou ficar esperando o teu telefonema.

Fui rodando devagar, as costas já dando sinais de exaustão, com leves e esparsas pontadas na coluna. Cheguei à praça principal do meu bairro. Foi então que me dei conta do carro grande, alto e novo atrás de mim. E me dei conta justamente porque era novo e grande e sofisticado e ficava rodando por ali com faróis apagados. Ainda mais que a noite era escura, úmida e garoenta, um trânsito pesado e nervoso.

Na esquina do colégio Franco Montoro eu devia virar à direita e descer. Virei à esquerda e dei mais uma volta na praça, devagar, cauteloso, tentando ver com precisão os homens dentro do carro. Eram dois, mas

143

impossível distinguir seus traços. Cheguei de novo à ponta do muro do colégio. Girei o volante para a direita e fui mergulhando em direção ao condomínio onde eu morava. Ia devagar, colado ao meio-fio, cabreiro, desconfiado.

O carro sempre atrás de mim.

Embaixo, ali onde começa a primeira rua entre os blocos, tive uma idéia — uma das minhas raras idéias. Virei à direita, pisei no acelerador e empurrei o velho fusca para a frente, como se estivesse com muita pressa de voltar à avenida Zunkeller. Ao chegar à primeira esquina, constatei com alívio que o carro já não me seguia. Fui direto até o Luís e parei ao lado do bar, pensando se valia a pena tomar uma cerveja, jantar e depois guardar o carro. Não me convenci do acerto dessa medida. A rua ali é estreita, esburacada, se um carro passasse e batesse na minha carroça, depois seria um cano convencer o motorista de que a culpa tinha sido dele. Decidi que seria melhor estacionar diante do meu prédio e voltar a pé até o bar.

Assim que iniciei o percurso, vi o carro de novo, bem ali, atrás de mim, com os faróis ainda apagados. Tentei ler a placa, não consegui. Tentei divisar os homens dentro dele, não deu. Aí resolvi correr. Isso eu consegui. Acelerei o motor e disparei pela rua estreita com carros estacionados nos dois lados. O carro grande disparou atrás de mim. Eu sabia que continuar fugindo seria inútil, logo ele me alcançaria, dada a diferença de potência entre ele e o meu Volkswagen. Tomei rápido uma decisão. Parar e encarar os homens.

No fim da rua alguém um dia tivera a idéia de construir um estacionamento, havia chegado a fincar estacas de madeira para cercar o local, pusera uma placa, Estacionamento Liberal, Preços Módicos. O projeto deu em nada. Talvez o responsável não tivesse conseguido autorização do condomínio para se instalar ali, talvez tenha se convencido de que os moradores, todos uns duros, iriam preferir deixar o carro na rua, a descoberto, a pagar estacionamento, mesmo um a "preços módicos". Fiz o balão voando. Quando completei a volta, o carro grande e novo estava bem ali, me esperando.

Vi um braço sair pela janela e vi o cano de uma arma, ouvi um tiro e descobri naquele momento mágico que precisava me precaver. Abaixei o corpo, ouvindo o som de vidros se estilhaçando — pedaços pequenos bateram na minha cabeça e no meu rosto. Lembrei com desagrado que havia deixado o chapéu no banco traseiro. Bem, o momento era pouco propício para pensar em chapéu. Saquei o revólver, levantei a cabeça como um náufrago emergindo da água, apontei para a frente e mandei bala. Os homens não se impressionaram. Mandaram bala também. Ouvi novos ruídos de vidros se partindo e ouvi xingamentos:

Cagão! Filho-da-puta!

Continuei naquele exercício frenético, abaixando, me erguendo, atirando, pá, pá, pá, até minha munição acabar e eu perceber que a deles tinha acabado também. Que sorte, hein? O motor do carrão já estava ligado — assim como o meu —, o motorista engatou a marcha, o carrão possante e nervoso passou rente ao meu fusca, subindo a ladeira íngreme da rua Isolina Mateus em direção à avenida Santa Inês.

Depois de respirar fundo, desci e avaliei os estragos. Foram poucos, afinal de contas, dada a dificuldade de causar estragos num carro já tão deteriorado. Os danos maiores tinham sido mesmo dentro de mim. Homens vieram até a esquina — havia um bar perto, talvez tivessem saído de lá — e janelas se iluminaram nos prédios. Guardei o cano vazio na cintura, tirei uns cacos de vidro do banco do motorista, sentei e engatei a marcha. O peito ardia tentando dar conta da respiração sôfrega e as mãos tremiam tanto que eu mal conseguia segurar o volante.

Não podia deixar o carro na rua, todo quebrado. Seria um erro. Talvez até fosse furtado. Além disso, poderia chover durante a noite, os bancos ficariam molhados e meu traseiro também, de manhã cedo. Levei até um estacionamento.

O bar do Luís estava lotado. Foi sorte encontrar uma mesa disponível. Cármen quase chegou junto, o susto estampado no rosto:

Foi com você? Isso aí?

Foi comigo. Uns caras acharam por bem me apagar, não sei por quê, eu nem sabia que valia a pena ser morto, dei uns tiros neles também.

Tudo acabou assim, numa boa?

Acabou quando a munição acabou. A minha e a deles. Foram embora. Não ouviu pneus chiando no asfalto?

Ouvi.

Eram eles subindo na direção da Santa Inês.

Não acha que eles podem voltar aqui agora para tentar acabar o serviço?

Não teriam coragem de vir a um bar cheio de gente — e de testemunhas. E, de mais a mais, um raio não cai duas vezes no mesmo lugar. Fique tranqüila.

Depois de um suspiro profundo, como se pensasse Tem cara que não aprende mesmo, Cármen perguntou se eu iria jantar e tomar cerveja.

Traga uma dose de uísque. Nacional mesmo. Sem gelo. Hoje acho que é o jeito.

Não é todo dia que se nasce duas vezes, sentenciou ela.

Olhei na direção dos prédios, vi um casal conversando, a mulher segurando uma criança pela mão. Isso me distraiu. Quando vi o homem, ele já havia se aproximado, vindo das sombras.

Oi, seu polícia. Tudo bem?

Sem me dar tempo de responder, sem me dar o direito de defesa, foi logo sentando. Trazia um livro grande e negro como uma bíblia, que ele depositou à sua frente, na mesa, como um padre faria no altar no início da missa. Se eu tivesse tido a oportunidade de responder à sua pergunta, teria dito qualquer coisa, menos que tudo estava bem.

Meu nome é Norberto, informou. Detetive particular.

Obrigado. Não estou precisando por ora. Eu me viro sozinho.

Ele riu. Evidente que não achava minha resposta engraçada, apenas tentava conquistar minha simpatia. Talvez tivesse percebido certa má vontade de minha parte. Antipatizo com detetives particulares e costumo mostrar essa idiossincrasia logo de cara.

Uma viatura da polícia militar surgiu no local, parou logo ali, na esquina, entre o bar e a padaria, e dois guardas parrudos, mal-encarados, caminharam em direção ao bar. Um deles mantinha a mão na coronha da arma e o outro carregava uma prancheta. Interrogaram alguns fregueses mais próximos, vi rostos virando para o meu lado, logo eu soube quem era o objeto da diligência policial: eu mesmo. Cármen chegou e depositou a dose de uísque à minha frente.

Ih!, disse ela olhando os soldados.

Eles foram à nossa mesa:

Você é o homem que trocou tiros com uns caras aí no pedaço?

Eu mesmo.

O que aconteceu?

Bem, sobre os motivos, sei tanto quanto vocês. Eu sou da polícia. Da civil. Investigador da 38. Vinha voltando pra casa depois de trabalhar num caso, reparei que os caras estavam me seguindo, resolvi parar e encarar, antes que eles atirassem a perua deles em cima do meu fusquinha. Aí eles sacaram armas e atiraram em mim, eu saquei meu fervoroso e possante 38 e mandei bala neles também. Estou inteiro. Por alguma razão obscura, não tomei tiro. Acho que eles também não.

Um freguês que estava próximo, um que era dado a pescarias, já tendo me convidado várias vezes, levantou a cabeça:

Entre mortos e feridos salvaram-se todos.

Ninguém deu bola. Os soldados continuaram me interrogando, eu continuei explicando o fato, repetindo coisas, como é habitual nesse tipo de contingência. Norberto havia aberto seu grande livro negro sobre a mesa, estava distante e distraído como um leitor compulsivo numa ilha deserta. Um dos milicianos lhe dirigiu a palavra, perguntando quem ele era, ele deu as explicações que já dera anteriormente, detetive particular, e voltou a enfiar os olhos na "bíblia". O outro soldado anotava coisas, queria saber que investigação eu andava fazendo, queria saber se a tentativa de homicídio tinha relação com...? Continuei tirando o corpo:

Não estou fazendo nenhum trabalho importante, fora de rotina. Nenhuma investigação que possa pôr em risco a segurança de outras pessoas. Se estivesse lotado na Homicídios ou na Narcóticos, no DEIC ou em outro departamento que faz investigação pesada, tudo bem, eu até entenderia o atentado de hoje à noite... Mas não é o caso. Sou um mero tira de plantão. Estava procurando um amigo desaparecido, como qualquer pessoa faria.

Talvez haja pessoas interessadas em que seu amigo continue desaparecido. Quer registrar queixa?

Se quisesse, já teria ido à minha delegacia, tinha falado com o delegado de plantão e pedido boletim de ocorrência. Obrigado. Hoje pelo menos não vou registrar coisa nenhuma.

E amanhã?

Amanhã são outros quinhentos.

Os guardas trocaram olhares — eu não os conhecia e, como não voltei a vê-los depois, ainda hoje não sei quem são; não eram da companhia que abarcava a circunscrição do 38º DP — e disseram que a ocorrência tinha sido grave, eu devia pensar duas vezes antes de tomar uma atitude definitiva. Agradeci. Eles voltaram à viatura, na qual havia um terceiro polícia diante do volante, um deles curvou as costas e pegou o microfone, vulgarmente conhecido por "caneco", e falou com alguém, provavelmente um superior hierárquico.

149

Depois de recolocar o caneco no gancho, voltou sozinho à minha mesa.

Eu vou deixar assim, ele concedeu como se fosse uma autoridade. Vou deixar pra lá só porque você é policial, é da casa.

Lançou um olhar a Norberto, que continuava engolfado na leitura, estendeu o exame à turma mais próxima, na qual se incluía o pescador, e andou para a viatura. Dediquei minha atenção ao uísque. Até que era bom. Para uísque nacional, muito bom mesmo. Também, numa noite como aquela, qualquer bebida me pareceria boa e adequada. Voltei minha atenção para Norberto:

Você é detetive particular... e daí?

Fui contratado por uma mulher chamada Vera. Uma moça, porque ela é bastante jovem ainda. Veio de Maringá procurando o noivo dela, chamado Anatole... Nome esquisito, né? Vocês conversaram hoje de manhã no hotel Domus, parece que você não foi muito acessível, então ela resolveu me procurar.

Onde fica sua agência?

Em lugar nenhum. Dividia um conjunto pequeno na Capitão Salomão, mas o colega pisou na bola, quase que a gente saiu no tapa, achei melhor pegar meus bagulhos e me mudar. Estou negociando o aluguel de uma sala na avenida Liberdade. É pequena, num prédio malconservado, mas para um detetive que trabalha sozinho como eu é o bastante... Antes só do que mal acompanhado, não é mesmo?

Me fale sobre Vera, sugeri.

Ela me contratou, como eu já disse. Tinha meu celular, me ligou, quis que eu viesse falar com você para oferecer meus préstimos, ajudar no que for possível. Por isso estou aqui.

Legal, então. Já veio e já deu seu recado. Agora pode voltar. Diga à sua cliente que eu estou fora da investigação. Quem tinha me contratado para procurar o Anatole foi a amante dele, uma garota de programa chamada Suzy. Ex-garota de programa, talvez. Hoje à tarde, num apartamento da Vila Buarque, apagaram ela.

Quem matou?

Isso eu não sei. Com certeza alguém que ela vinha chateando, já que não se tratou de assalto. E nada indica que foi engano. O cara que fez o trabalho tinha um objetivo claro, tentou conseguir, as coisas deram errado, ele meteu uma azeitona no peito da menina e se mandou, saiu ileso. Talvez tenha ido ao apartamento visando mesmo ao assassinato. Ah, sei lá... Estou tão cansado, aturdido, como é que vou pensar de forma clara?

A Vera parece ter algum dinheiro. Pelo menos, pôde vir de Maringá procurando o noivo, se hospedou no hotel Domus, teve recursos para me contratar. Se você continuasse procurando o tal de Antole, ela te pagaria. Quanto você ganha na polícia?

Não é da sua conta.

Tomei dois goles consecutivos do uísque que me deixaram a garganta e a língua ardendo. Era uma boa bebida, mas dois goles assim, um atrás do outro, pam, pam, já era demais. Acendi um cigarro. Não ofereci a Norberto. Nem mesmo perguntei se ele fumava. Também não havia perguntado se era chegado numa birita e se queria tomar uma dose comigo. Eu estava na verdade me esforçando para que ele entendesse que era uma *persona non grata*. E foi isso mesmo o que aconteceu, creio eu. Era um tanto esperto, afinal de contas. Mais do que eu poderia supor no começo de nossa conversa. Declarou que já estava de partida, mas não levantou o rabo da cadeira. E ainda me perguntou:

Você disse aos PMs que não sabia nada sobre os motivos do atentado de agora há pouco. Mas... e sobre os autores? Tem suspeitos?

Um colega meu, investigador licenciado, andou pelo centro da cidade hoje fazendo perguntas sobre o noivo da Vera. Teve uma conversa difícil com uns caras difíceis, acabou dizendo que tinha um amigo na 38, que é a delegacia onde eu trabalho. Prum pessoal esperto, não seria difícil me identificar — isso se o colega não tiver informado mais do que me disse. Por outro lado, também estive em vários lugares perguntando por Anatole, muita gente sabe do trabalho que estou fazendo. Sem falar num delegado de polícia que está presidindo o inquérito sobre a morte de um vereador... Ora, deixa pra lá. Não tem sentido eu ficar falando essas coisas pra você.

Vim aqui sem muita esperança de te convencer, vim mais para fazer o meu trabalho, cumprir minha função, dar conta do encargo. Ganho pra isso, afinal de contas. Agora, pelo que estou ouvindo, acho que continuar aqui falando com você vai ser inútil mesmo.

Pode ter certeza, eu disse acintosamente.

Ele se levantou. Do bolso do paletó amassado de tecido e cor indefiníveis, tirou um papelzinho quadrado, desses cortados especialmente para anotações de recados. Me estendeu. Tinha umas anotações feitas a esferográfica.

A placa do carro dos homens que tentaram acabar com a sua vida, disse. Eu estava no bar quando você parou e olhou para dentro, ainda estava aqui quando eles passaram de olhos fixos na traseira do teu fusquinha. Suspeitei que havia alguma coisa errada e anotei a placa do carro deles. Pelo sim, pelo não...

Como sabia que era eu dentro do fusquinha?

Pela descrição que a Vera me deu.

Como soube que eu freqüento este boteco?

Sapeando aqui e ali. Pelos distritos policiais da vida... Com seus vizinhos... Esses macetes que nós detetives temos.

Fez uma continência militar, se aproximou do balcão e deu um dinheiro a Cármen. Saiu para a rua, entrou num carrinho bege estacionado uns cinqüenta metros adiante e foi embora. Botei o papel no bolso. Cármen gritou do balcão:

Venício! Já pagaram seu uísque!

No corredor do meu prédio encontrei Mitiko. A ansiedade e a angústia sobressaíam em seu rosto como um par de óculos Ray-Ban. Dos antigos.

Ouvi uns tiros lá embaixo, disse ela. Pensei em você.

Houve mesmo um tiroteio ali no retorno, onde iam construir um estacionamento. Uns caras me perseguiram num carro grande e tentaram me apagar.

Ai! Foi mesmo?

Esperei que ela se acalmasse.

Por quê?, perguntou algum tempo depois.

Fico devendo. Não conheço eles. O motivo pode ser qualquer um. Agora, eu me meti numa investigação, estava procurando um cara desaparecido... Você conhece a história. Ontem de manhã telefonei do seu apartamento para um tira em Maringá, lembra? Acabei desagradando um delegado de polícia, me envolvi com um investigador do 45º DP, esse tira andou falando com algumas pessoas... Enfim, acho que perturbei alguém. Que arrumei pra minha cabeça. Daí quiseram me detonar.

Procurar pessoas desaparecidas não faz parte do seu trabalho.

Vou pensar nisso da próxima vez que uma dona me pedir pra procurar o namorado dela.

Diga a essa tal que você quer se demitir.

Impossível. Ela foi assassinada hoje de tarde num apartamento perto do centro. Mitiko, vamos fazer o seguinte? Eu tô um trapo. É melhor a gente continuar esta conversa amanhã. Ou depois de amanhã.

Você não precisa disso, Venício. Não precisa sair por aí procurando gente desaparecida, tomando tiro na rua. Ainda está no vigor da idade... Não é verdade o que eu disse na segunda-feira, você não está ficando velho, não. É formado em direito. Podia sair da polícia, procurar um emprego mais sossegado... Eu tenho pensado muito em você, sabe. Acho que tenho uma solução. Meus pais moram em Taubaté. Já te disse isso uma vez, mas você pode ter esquecido. Por isso te digo de novo: meus velhos moram em Taubaté, têm uma fazenda ali perto, beirando a estrada que leva a Pindamonhangaba. E eles precisam de gente lá. Gente honesta, decente, trabalhadora, inteligente.

Que ajude no plantio e na ordenha das vacas?, perguntei.

Eles têm dívidas. Tomaram empréstimo no Banco do Brasil, como a maioria dos fazendeiros, a safra não saiu como eles esperavam, se endividaram com o banco e com outros credores, estão passando momentos difíceis. Você podia ir lá e dar uma força.

Diga a eles que devem contratar advogado.

Já tentaram. Mas tiveram a impressão de que estavam sendo enganados e arrepiaram carreira. Você podia se registrar na Ordem dos Advogados e começar uma vida nova. Já teria um par de clientes para começar.

Talvez você esteja mais atrapalhada que eu esta noite. Sabe que não posso largar tudo aqui e ir resolver o caso dos teus pais. Sabe que eu adoro a polícia, acho o trabalho policial um dos mais bonitos do mundo. Agora vá se deitar. No travesseiro as pessoas pensam melhor... Dizem.

Antes que Mitiko pudesse dizer algo mais, entrei no meu apartamento. Estava soturno e gelado como uma capela. Enquanto caminhava para o quarto, nos fundos, fui acendendo todas as luzes. A luz não clareia apenas o ambiente, também suaviza a solidão. Enchi o revólver de cartuchos, guardei debaixo do colchão, pus o celular no carregador sobre a cômoda, peguei o pijama, fui ao banheiro. No boxe, deixei cair a saboneteira, apanhei, deixei cair de novo. Aí reparei que minhas mãos estavam tremendo. Olhei meu rosto no espelho e vi que ainda havia medo nele.

Depois do banho, que levei a cabo com alguma demora, fui para a cama e me enrolei no cobertor. Tentei deixar a cabeça bem leve, procurando não pensar nos acontecimentos do dia. Passou-se algum tempo. Quando julguei que estava começando a relaxar, o celular tocou.

155

Com muita má vontade, fui até a cômoda e atendi. Do outro lado, uma voz de homem. Não parecia agressiva nem misteriosa, nem cavernosa nem nada disso. Parecia normal. O dono da voz é que não era normal.

E aí, veadão?

Se tivesse me chamado de veadinho, não seria tão ruim.

Escapou hoje, né, tira do caralho? Mas não vai escapar da próxima... Tudo bem?

Quem está falando?

Acha mesmo que eu vou te dizer?

O que vocês querem comigo, porra? Por que essa bronca toda? Eu só tava procurando um cara desaparecido. Era meu amigo. Qualquer pessoa pode sair pela cidade tentando encontrar um amigo desaparecido, ou não pode? E quis ver o inquérito da morte do vereador Laurente porque imaginei que houvesse ligação com o desaparecimento.

Vai te foder, tá bem?

Vocês sabem meu endereço, conhecem o número do meu telefone...

Fica esperto, veadão. Da próxima vez você já era, falou?

E desligou. Fiquei um tempo com o aparelho no ouvido, estupidamente, incapaz de pensar, de ter uma idéia coerente, mesmo que fosse inútil. Aos poucos a surpresa foi passando. Como não havia nada que eu pudesse fazer (identificar a chamada naquele telefone ultrapassado era impossível, ele não tinha identificador), coloquei o celular de volta no carregador e voltei para a cama.

Não havia de ser nada. Policiais entram em fria de vez em quando. A profissão supõe riscos — eu quase podia ouvir as palavras do velho professor da Academia de Polícia, o dr. Faleiros, na aula inaugural do curso de Técnicas de Investigação Policial. A profissão supõe riscos, advertia ele. Se vocês querem desistir, ainda dá tempo. Eu havia persistido, seguido em frente, tinha me saído bem até ali, não ia desistir naquele momento.

De mais a mais, ninguém morre na véspera... Exceto os perus, naturalmente.

Ao sair do apartamento, eram quase sete e meia da manhã, como informava o relógio do videocassete. Desci as escadas e lá embaixo, na frente do prédio, olhei numa e noutra direção, a mão na coronha da arma, embora, no fundo, eu não achasse que os assassinos fariam uma nova tentativa ali, de manhã cedo. Pareciam muito cautelosos. Tinham localizado meu carro na praça, ficaram na miúda, na deles, deixando para me atacar no canto dos prédios, e assim mesmo porque eu tinha brecado e ficado frente a frente com eles. Soltei a coronha da arma e caminhei para a padaria.

Encontrei Paula.

Passei uma noite horrível, confessou ela. Ouvi no rádio que um policial pros lados do Conjunto dos Bancários tinha se envolvido em tiroteio com bandidos e logo pensei em você, fiquei preocupada.

Era eu. Felizmente, não aconteceu nada de grave. Só o susto.

Pensei em te telefonar, mas o telefone estava sem linha. Os aparelhos lá em casa estão meio velhos, às vezes as ligações falham. Dei um tempo e quando fui tentar de novo a mãe e o Pedro vinham chegando... Ia ficar chato se eles me pegassem telefonando pra você. Não quero que percebam nossa intimidade.

Nossa intimidade, Paula?

Os papos que a gente vem levando nesses últimos dias. O fato de eu ter pedido a tua ajuda pra achar um apartamento e você ter dito que ia me ajudar, o fato de eu ter lançado dúvidas sobre o comportamento da minha mãe e do meu marido...

Fico satisfeito que tudo tenha se esclarecido.

Eu não disse isso, disse?

Convidei-a para tomar café comigo. Fomos andando até a padaria. Descansei o braço sobre o balcão. Paula pediu uma média e um sanduíche de presunto, conforme estava acostumada, eu pedi minha média e meu pão com margarina, conforme estava habituado. Junto de nós havia uma meia dúzia de pessoas, trabalhadores de uniforme azul-claro, talvez da Sabesp, moradores do bairro e um casal de jovens namorados que parecia alheio a tudo em volta. Como era impossível conversar ali, depois do café fomos até a calçada. Mesmo assim Paula adotou um tom de voz baixo, confidencial.

Tem alguma coisa estranha com eles, Venício. Deus me perdoe por pensar isso, mas não posso evitar. É mais forte que eu, entende? Ontem os dois voltaram da rua quase ao mesmo tempo. Ao mesmo tempo, poxa!

Eu podia não ter mais amor por Márcia. Talvez nunca a tivesse amado verdadeiramente. Mesmo assim as insinuações e as suspeitas de Paula atingiram meu coração.

158

* * *

Tirei o carro do estacionamento, joguei na rua, então cometi um erro. Acostumado com o pára-brisa íntegro, deixei que o fusca tomasse embalo na ladeira, e aí o vento me atingiu o rosto, tive que fechar os olhos para evitar a dor. Encostei no meio-fio, dei um tempo, depois engatei de novo a marcha, levando o carro devagar. Entrei cauteloso no pátio da delegacia. Estava ligeiramente atrasado para o plantão. Ele havia começado às oito, de modo que a equipe anterior já tinha sido liberada.

No pátio tinha dois colegas, o escrivão e um dos tiras. Foi o escrivão que tomou a iniciativa. Chegou bem perto de mim para ser ouvido melhor:

Venício, meu amigo, se você queria ar-condicionado no carro, por que não comprou um?

O investigador aproveitou o meio caminho andado:

Talvez ele não tivesse dinheiro. Ar-condicionado custa caro.

Podíamos ter feito uma vaquinha... O Venício é querido por todo mundo, tem muitos amigos no distrito, a gente corria o pires e pagava o equipamento.

Tentei deixar barato, passar batido:

Vocês são uns gozadores, seus putos.

E fui saindo em direção ao prédio.

Uma coisa é certa — era a voz do escrivão — daqueles caras que ficam nas esquinas da cidade, tomando grana pra limpar o pára-brisa, o Venício já se livrou.

E também dos desembaçadores de pára-brisa. Sabe essas palhetas vagabundas que nós policiais temos que agüentar? Aquelas que quebram na segunda chuva?

159

Pois é, cara, dessas o Venício já se livrou também. Nunca mais.

Vão embora, seus guris do caralho. Vão ver o que a mãe de vocês está fazendo em casa.

E fui seguindo para a porta. Eles ainda fizeram algumas piadinhas, riram um pouco, depois caminharam para seus carros.

Entrei no plantão. Mauricy já estava a postos atrás do seu computador e Roney a postos na poltrona estragada debaixo da janela de vidro quebrado. Trocamos apertos de mão. Aguinaldo devia estar lá atrás no cubículo dos carcereiros checando a lista de presos ou examinando os alvarás de soltura a ser cumpridos no decorrer do expediente. Carcereiros adoram alvarás de soltura. Significam presos a menos. Dos mandados de captura eles não gostam.

Sentei no banco de madeira destinado às vítimas, réus e testemunhas. Falei dos últimos acontecimentos. Mauricy e Roney só tinham ouvido notícias sobre a morte da prostituta na General Jardim. Fiquei decepcionado.

O tiroteio no meu condomínio deu no rádio. Vocês não ouviram, não, seus alienados?

Não tenho tempo de ouvir rádio de noite — a voz de Mauricy parecia sonora, grave e enorme como ele mesmo, aquele um metro e noventa de estultice. Chego da faculdade morto de sono, tomo banho, janto e caio na cama.

Tiroteio não é meu programa favorito, disse Roney.

Aguinaldo veio vindo lá da carceragem, parou um pouco perto do balcão de madeira que separa o corredor do cartório, deve ter se lembrado que ainda não tínhamos nos cumprimentado, entrou e, como sempre, nos cumprimentamos com formalidade. Sentou do meu lado. O cabelo estava úmido, bem penteado, e havia um corte em seu rosto, ao lado da boca. Tentei fazer uma piadinha, talvez querendo compensar o sarro que vinham tirando de mim desde que eu tinha chegado à delegacia:

Fazer a barba no começo do dia, de ressaca, não é mole não, eu disse.

Aguinaldo passou a mão no rosto:

Eu nem bebi ontem de noite. Foi pressa mesmo.

Roney tornou a cruzar as pernas:

Ele mora a dois quarteirões do distrito. Tem mesmo que se apressar.

Por ter ouvido o noticiário no rádio, Aguinaldo sabia da troca de tiros perto do meu prédio, mas não havia ligado a notícia nem o nome do condomínio nem o local com a minha pessoa. Enfim, estava longe de saber que a vítima era seu colega de equipe. Tive de explicar como as coisas tinham acontecido, o carro atrás de mim na praça, a abordagem no ex-projeto de estacionamento, os tiros e a fuga do carro. Roney aproveitou a deixa: para minha sorte, os malas tinham se evadido. Se eles insistissem, tinham me matado.

Mauricy interpretou mais uma vez o papel de cínico e debochado que lhe caía tão bem:

Matar, nada. Os caras só queriam assustar.

Um policial desceu do primeiro andar e passou pelo cartório dando bom-dia a todo mundo. Entrou na sala das comunicações. Seu nome era Candelária e trabalhava lá em cima no setor de investigações sobre crimes de autoria desconhecida. Na verdade não era investigador, era operador de telecomunicações, mas bancava o tira por causa do status, da autoridade e do ganho-maior e mais fácil. Fui atrás dele. Fiquei a seu lado enquanto se sentava diante do computador. Saquei do bolso o papel que Norberto havia me dado e entreguei a ele.

Puxa essa placa pra mim.

Você mesmo podia fazer isso, sugeriu ele. Conhece o sistema tão bem quanto eu.

Aqui eu sou vítima. Tenho que me comportar como vítima. Você é um servidor público e tem de me atender.

Sei, sei... Eu sou um servidor público e você é a vítima. Então volte para o corredor e aguarde a sua vez...

Com mais um passo à frente, encostei no ombro dele. Peguei em seu braço e fiz com que sua mão parasse sobre a minha braguilha. Perguntei:

Que tal?

Tá mole, ele disse. Todo dia você me faz pegar no seu bilau justo quando ele está mole. Vamos pro banheiro lá em cima.

Veadinho!

Candelária beliscou o meu pinto. Era muito cínico e muito senhor de si.

Olhou o papel que eu lhe tinha posto na mão, jogou os dados no velho, obsoleto e carcomido aparelho de telex, e tivemos que dar um tempo para que as informações surgissem na tela. O carro era um jipe Toyota, modelo daquele ano, não tinha queixa de furto ou roubo, nem mesmo multa, estava registrado em nome de Renato Costabello Filho, residente na avenida José de Alencar. Pedi a Candelária que puxasse também o

DVC do proprietário. Quando as informações chegaram, descobri que era um sujeito cheio de energia e criatividade. Tinha passagem por furto, receptação, estelionato e tentativa de homicídio. Três inquéritos tinham sido arquivados, mas dois haviam se transformado em processos.

O *elemento*, como dizíamos tempos atrás, estava condenado a seis anos e dois meses de prisão. Falei de cima para baixo, direto na cabeça de Candelária:

Imprime.

Vai querer um cafezinho também?

Já tomei quando saía de casa, na companhia de uma pessoa bem mais gostosa e enxuta que você.

Ele tentou beliscar meu pinto de novo, mas recuei o traseiro, evitando o ataque — beliscões no pinto não são lá muito agradáveis. Dali a pouco Candelária me passava duas folhas de papel, uma com as informações do carro, outra com os dados de Renato. Dobrei tudo e fui deixando a sala. A voz do operador me pegou por trás:

Posso fazer meu trabalho agora?

Já devia ter começado, eu disse.

Bicha velha já é um problema. Sendo tira, pior ainda.

Do cartório fui direto à sala de Tanaka, na ponta do corredor, junto à porta de entrada do DP. Estava sentado atrás da escrivaninha lendo um jornal. Cumprimentei-o com uma continência militar, que ele ignorou solenemente, perguntei por dona Inês, ele disse laconicamente "tá boa", abaixando de novo os olhos para o jornal. Era um delegado muito legal, muito educado e tudo, competente, honesto, um pouco tímido demais, e eu gostava muito dele. Tinha suas falhas também, como

163

todo mundo. Por exemplo: continuar lendo o jornal quando tinha diante de si minha excelsa figura.

Vou sair daquela investigação, informei.

Que investigação?

Aquela que eu falei ontem, quando estive na sua casa. Eu estava procurando um cara, Anatole France, que tinha desaparecido.

Ah, sim. Me lembro. Houve alguma pressão contra você? Está sendo perseguido? O Fratelli prometeu uma força.

Acho que agora não vou precisar mais. Vou deixar o caso porque a dona que havia me pedido o tal favor bateu com as dez ontem de tarde.

Era a putinha que apagaram num hotel da Rebouças?

A alma da vítima está dando cambalhotas de raiva, depois de ouvir o que o senhor falou. Não era uma putinha; era uma garota de programa. Não foi morta num hotel, e sim num apartamento. E não foi na Rebouças, mas numa rua da Boca.

É mesmo, agora tô me lembrando. Bem, de qualquer forma, se você vai deixar a investigação, ótimo. Eu telefono ao Fratelli e agradeço... Melhor ainda, digo que você mandou agradecer... informo que não precisa mais da ajuda. Ele vai ficar aliviado. Quando uma missão policial chega ao fim, é sempre bom pra todo mundo.

Menos para o criminoso, às vezes.

Sim, claro, menos para o criminoso, nas raras vezes em que é identificado, localizado e preso. Oquei. Como está o plantão?

Tanaka sabia que o plantão estava calmo e sereno (quase sempre está calmo e sossegado no começo do dia) e não precisava da minha informação. O que desejava mesmo é que eu me mancasse e voltasse ao trabalho, deixando-o ler o jornal em paz. Eu não estava disposto a colaborar com ele. Disse:

Houve um tiroteio ontem no meu condomínio.

Acho que ouvi qualquer coisa no rádio. Tinha um policial envolvido, não tinha?

Tinha. Eu mesmo.

Seus olhinhos de japa cresceram por trás dos óculos. Cruzou as mãos sobre o jornal aberto na mesa enquanto eu explicava o que havia acontecido. Ao fim do relato, eu disse que precisava registrar a ocorrência e levar meu carro à perícia. Perguntou se eu haveria também de querer inquérito e foi logo adiantando que inquérito naquelas circunstâncias seria inútil. Tanaka às vezes era muito inseguro e negativista. Como boa parte dos policiais, não acreditava na própria polícia. Procurei tranqüilizá-lo.

No momento não estou pensando em inquérito. Só queria registrar a queixa e passar o carro pela perícia a fim de me resguardar de eventuais acusações futuras. Porque eu quero ir pra cima dos malas que tentaram me matar. Queria que o senhor autorizasse o BO e a perícia, me desse uma viatura e dispensa do plantão de hoje.

O BO e a requisição de perícia, tudo bem. É óbvio, adequado e é do meu dever. Dispensa do plantão também posso dar. Agora, viatura nem pensar. Ela está baixada.

É grave?

Gravíssimo. Estourou o câmbio. Quer ver o memorando do colega que trabalhou essa noite?

Não. Obrigado.

Voltei ao cartório e informei Mauricy sobre os documentos que eu precisava. A enorme massa negra e desajeitada mexeu-se na cadeira.

BO e requisição de perícia, porra? Pra quê?

Expliquei as minhas razões. Mauricy até compreendia meus propósitos, meus sentimentos, só achava que eu devia ter registrado a ocorrência com a equipe de serviço da noite anterior, eles é que tinham a obrigação de fazer aquele trabalho.

Trabalho, Mauricy? Chama de trabalho fazer um BO vagabundo e uma requisição de perícia no computador?

Aqui tudo é trabalho, meu filho.

Na sua boca, a expressão "meu filho" equivalia a "seu filho-da-puta".

Queria falar com a Irene, informei à recepcionista.

Disse meu nome, ela pegou o telefone e falou com a dona da imobiliária, no andar superior. Eu sabia que seria autorizado a subir imediatamente, e foi o que aconteceu. Subi a escada. Lá em cima os tapetes eram mais novos, havia quadros nas paredes, e nas salas por onde eu passava tinha computador. Num escritório maior que os outros, encontrei Irene.

Venício! Que prazer!

Trocamos um beijo de saudação e amizade ali mesmo na porta, e depois ela praticamente me arrastou para dentro. Usava roupas comuns, vestido até o meio das pernas, e dois braceletes no pulso direito. Continuava com o mesmo físico com que eu a vira na última vez. O mesmo sorriso e os mesmos olhos otimistas. A velha Irene de guerra.

Senta aí. Que legal você aparecer por aqui.

Tratei de arriar o bumbum na confortável cadeira estofada.

E o Roney?, perguntou ela.

Vai bem. Ficou na delegacia, tirando plantão. Deixei ele sozinho. Engraçado, sempre acho que as pessoas ficam sozinhas quando estão sem mim. Eu saí porque preciso resolver uns negócios.

O Roney é um cara muito legal. Você também, Venício. Todos vocês, na verdade. Ainda hoje me emociono quando penso naquela noite, eu chegando na delegacia, desesperada, porque ninguém atendia no apartamento da minha mãe, e você e o Roney me confortando desde que a gente saiu de lá, os dois me acompanhando até a casa dela, arrombando a porta, entrando e...

Seus olhos ficaram marejados. Virei a cabeça para o lado, dando um tempo.

O caso da mãe de Irene fora trágico. Aos sessenta anos, a venerável cismara de arranjar um namorado, um garçom de bar egresso do Rio Grande do Norte, de passado nebuloso. Os primeiros meses correram numa boa, como sempre acontece nesse tipo de novela, mas logo depois o casal começou a se desentender, as brigas se tornaram constantes, havia notícias de violência do garçom contra dona Cotinha.

Passado algum tempo, numa visita de rotina, Irene não foi atendida pela mãe. Os vizinhos informaram que três dias antes tinham ouvido barulho no apartamento e que depois disso não tinham mais visto dona Cotinha. Irene foi à nossa delegacia, de noite, chorando, e eu e Roney fomos com ela até o prédio da mãe e arrombamos o apartamento. A mulher estava deitada na cama, nua — uma senhora idosa nua é coisa triste de ver; nua e assassinada, pior ainda. Irene gemeu um "Ai" e recuou um passo. Havia sangue na cama, no corredor, nas paredes do banheiro, nos utensílios da cozinha. Como se a vítima, já ferida, tivesse corrido aos fundos do apartamento procurando uma arma com a qual se defender.

Encontramos também um martelo atrás da porta que abria para a área de serviço. Melado de sangue já endurecido.

Localizar o garçom foi relativamente fácil, ele não tinha feito nenhum esforço para fugir ou apagar pistas. Seus parentes que batalhavam em botecos na rua da Coroa informaram que ele trabalhava na rua Maria Amália. Fomos lá, eu e o Roney. Percorremos meia dúzia de bares e lanchonetes e na sétima ou oitava tentativa demos com o homem moreno, grande e espadaúdo, até bonito de um certo ponto de vista, lavando copos atrás de um balcão. Algo me disse que era o assassino. Segurei a coronha do cano.

Você é o Ataúlfo?

Arnulfo, ele corrigiu.

Amante da dona Cotinha?

Era.

Então está preso. Saia do balcão e venha aqui falar com a gente. Não tente nenhuma gracinha. O buraco aqui é mais embaixo.

Irene chorou muito, naquela noite e no dia seguinte, durante o enterro, que eu e Roney acompanhamos por insistência dela. Recusou-se a prestar depoimento por entender que nada tinha para informar. Tanaka dispensou sua presença. Tínhamos a confissão de Arnulfo, tínhamos o instrumento do crime, as digitais e as fotos do apartamento, o depoimento dos vizinhos mais próximos. Irene virou nossa amiga. Às vezes aparecia no 38 sem nenhum motivo, só para nos ver e bater papo, falar do marido e do casal de filhos, contar como iam os negócios.

Polícia faz coisa boa também, ao contrário do que muita gente pensa.

Você não costuma me visitar — sua voz não era de queixa ou de acusação, só de constatação mesmo.

Estou aqui hoje porque preciso de um favor. Uma amiga quer deixar o marido e sair da casa da mãe, onde ela mora com ele, e precisa encontrar um imóvel para alugar. E rápido. Ela é escrevente de cartório, ganha pouco, está pensando num apartamentinho num conjunto de condomínio baixo. Eu me lembrei de você.

Um quarto ou dois?

Um, Irene. Você quer matar minha amiga?

Apartamentinho... um quarto só... Não sei, Venício, preciso consultar nossas fichas...

Posso deixar meu telefone. Você procura por aí, consulta seus colegas da região — deve ter umas cinqüenta imobiliárias no pedaço — e depois me dá um alô. Só que precisa ser pra ontem. Minha amiga acha que a mãe e o marido estão transando, pode? Está desesperada, querendo sair de casa a jato.

Eu também ia querer, numa circunstância dessas. Achar que o marido está transando com a mãe da gente

169

é terrível. Deixe seu telefone pessoal. Não vai querer que eu ligue pra delegacia, vai?

Passei o número do meu celular, que ela anotou num bloco. Depois me convidou para um cafezinho. Tinham montado uma cozinha minúscula num dos quartinhos, acomodaram ali uma geladeira, um forno microondas e um fogãozinho de duas bocas. O café estava excelente. Enquanto tomávamos, Irene falava dos progressos de sua imobiliária, da compra de mais um andar no edifício, da reforma e de todos os seus dividendos até ali. Antes que o papo se arrastasse ainda mais, agradeci pela ajuda, pelo café e tratei de sair.

Fui levando o fusca devagar pela rua. O sol havia surgido, um sol fraco e indeciso, maneiro, insuficiente para espantar o frio de uma vez por todas. Dentro do carro, com todo aquele vento entrando, estava gelado e incômodo — volta e meia meus olhos se fechavam contra a minha vontade, e nos locais mais perigosos. Levei um tempo enorme para chegar ao posto de vistoria da zona norte, situado na Casa Verde. Deixei o carro no pátio, saí com a requisição de perícia, encontrei uma burocrata que lhe sentou um carimbo, me devolveu a cópia, mandou que eu descesse ao pátio e esperasse, logo, logo o perito iria falar comigo.

Depois de um tempo, chegou um perito e um fotógrafo, os apetrechos na mão. Olharam o carro de cabo a rabo, o perito me fazendo perguntas sem nem me olhar na cara, o fotógrafo batendo suas chapas, eu dando explicações sobre a ocorrência. Quando o trabalho terminou, o perito jogou um aceno para o meu lado e se afastou com o fotógrafo. Foram examinar o carrinho de cachorro-quente a um canto do pátio.

Na Radial Leste, tive de encarar um guarda de trânsito. Ele estava parado com sua viatura numa esquina, debaixo de uma ponte, e no momento em que me viu passar botou o apito na boca, conseguindo produzir um ruído bem acima do ruído infernal do trânsito. Como estava claro que era comigo, encostei na direita. Logo ele estava bem ali, do meu lado, seu carro grande e espalhafatoso, oficial, com pára-brisa perfeito, resfolegando como um cavalo jovem. O guarda cravou os olhos no meu fusca e depois em mim mesmo:

Não acha que isso é um abuso?

Abuso, seu guarda?... Do que estou abusando?

Não pode andar pela cidade com o pára-brisa desse jeito. É contra a lei. Sabe por quê?

Não, não sei. Pode me explicar?

Porque um pára-brisa quebrado põe em risco você e os demais motoristas. Só por isso. Vou lavrar uma multa e pedir um guincho.

Mas eu sou polícia!

Pior ainda. Como policial devia conhecer a lei. Documentos, por favor.

Há momentos em que é inviável resolver problemas no peito e na raça. Os policiais sabem disso melhor que ninguém. Tirei meus documentos do bolso da jaqueta, e os do carro também. Fui conversando calmamente com o guarda, abaixando a voz. Descrevi com riqueza de detalhes — a maioria inúteis — a missão em que estava envolvido. Aos poucos o coração do guarda foi amolecendo. Eu sou muito bom nisso, modéstia à parte. Quando choro as mágoas para alguém, choro mesmo. Até eu me emociono.

Convencido das minhas dificuldades e dos meus bons propósitos, o soldado devolveu meus documentos e guardou seu bloco de multas na carteirinha de couro que levava pendurada no cinto.

Dessa vez passa, concedeu ele. Mas da próxima não tem choro.

Acha que vai haver uma próxima vez, depois dos conselhos e das orientações que recebi do senhor? Acha que vou continuar andando por aí com meu carro assim, pondo em risco a minha vida e a dos meus semelhantes?

Ele não percebeu a ironia das minhas palavras.

Tem louco pra tudo, respondeu.

Entrei de novo no fusca e avancei na direção da periferia. Esperava levar muito tempo para chegar à avenida José de Alencar, mas, talvez devido à expectativa, até achei que demorei pouco. Deixei a Radial e fui seguindo cautelosa e lentamente. A numeração que eu procurava era alta. Ainda tinha problemas com ônibus, com táxis também, dois garotos sentados numa mureta de ferro apreciando filosoficamente a vida tiraram sarro do meu carro e da minha cara. Nem valia a pena parar e dar uma dura. Só fiz um gesto juntando polegar e indicador para que formassem um círculo, vão tomar no...

O número que eu procurava correspondia a um terreno grande e retangular, plano, com uma vegetação rasteira e amena, cercado por um muro baixo, de blocos, tendo uma construção tosca nos fundos. Encostei o carro e andei pela calçada num sentido e noutro, olhando na cara das pessoas que passavam. De tanto me ver praticar esse exercício antipático e monótono, um homem junto a uma banca de frutas, longe, num dos cantos do muro, me fez um aceno e gritou:

Quer alguma coisa, parceiro?

Andei na direção em que ele se encontrava. Nisso meu celular tocou e eu parei para atender.

Tudo bem?, perguntou uma voz feminina. Aqui é a Vera.

Como vai?

Mais ou menos. Tive um pouco de insônia esta noite, fui dormir de madrugada, aí perdi a hora, acordei tarde, o corpo mole e vagabundo — ela suspirou e bocejou para demonstrar que seu corpo estava mole e vagabundo naquela quinta-feira. No momento em que tomava café, me lembrei de você. Falei com Adalberto ontem à noite.

Adalberto? Quem é?

Ah, sim, desculpe, não é Adalberto, é Norberto. Não sei por que confundi os nomes.

Talvez porque sua cabeça esteja mole e vagabunda hoje. O que ele disse?

Contou o que aconteceu no seu bairro ontem de noite. A perseguição, os tiros. Disse que tinha anotado a placa do carro dos agressores (eu nem sabia que ele era tão diligente...) e dado a você. Elogiei o trabalho dele, paguei e dispensei.

Demitiu?!, perguntei surpreso.

Foi, demiti. Acho que você está gostando dessa notícia, porque, pelo que ele me disse, você não simpatizou com ele...

Tenho aversão por detetives particulares, sempre tive a impressão que fazem um trabalho sujo, aquele negócio de seguir pessoas e fotografar às escondidas, nos quartos, em portas de motel, entrando furtivamente aqui e ali. Nunca fui muito com a cara deles, não.

Não acha que é preconceito? Detetives particulares podem ser tão morais ou amorais como qualquer outro profissional, no meu entender. E a polícia, o que as pessoas falam...

No geral fazemos trabalho sujo tentando conseguir resultados limpos. Os fins justificam os meios.

Era um blefe, eu não estava convencido da justeza das minhas palavras, mas apenas puxando a brasa para a sardinha da instituição policial. Enfim... é o que todo mundo faz: puxar a brasa para a sua sardinha. Vera deu pouca ou nenhuma importância à minha política de brasas puxadas. Queria era deixar claro que havia demitido Norberto porque na sua cabeça um contratado seu tinha que trabalhar comigo. Afinal, eu era a polícia, levava vantagem, se alguém viesse a descobrir o paradeiro de Anatole, seria eu mesmo. Era tudo jogo de cena, ela podia ser novinha, interiorana, mas também sabia blefar — era boa nisso, tinha talento. Tanto ou mais que eu.

Aproveitei para adiantar uma informação:

Parei com aquele negócio de procurar o Anatole.

Eu sei. Norberto me contou. Mas imagino que vai investigar o atentado que sofreu, não vai?

Vou. Como vítima e como policial, tenho pelo menos que entender os fatos.

Suponha que os tiros tenham relação com o desaparecimento do meu noivo.

Já supus. É possível. Se eu vier a descobrir quem tentou me apagar, talvez venha a descobrir também o que aconteceu com Anatole. E com um certo vereador de São Paulo.

Por tudo isso eu acho que nós temos que trabalhar juntos. Ombro a ombro.

O que você tem em mente?

Passando ao largo da pergunta, ela preferiu dizer que falar por telefone era ruim, a distância dificultava o papo, seria de todo conveniente que nos encontrássemos para uma conversa pessoal. Eu já vinha amolecendo desde que o diálogo começara — talvez viesse amolecendo desde muito antes — e deixei claro, ainda que só nas entrelinhas, que estava aberto a *negociações*. Então ela me convidou a visitá-la outra vez no hotel Domus. Poderíamos sentar, conversar, tomar uma bebida, almoçar ou jantar, o que eu quisesse.

Vamos fazer o seguinte, Vera: eu telefono.

Mais uma coisa, Venício... Por favor, não me leve a mal, mas eu gostaria de pagar os vidros do seu carro. Espero que receba esse oferecimento numa boa, não pense em suborno, é só que... Bem, pela conversa que tivemos ontem, acho que no seu caso bancar um novo pára-brisa vai ser um sacrifício. Deixe que eu pago, oquei? Meu dinheiro dá... com folga.

Quem tem que pagar pelo prejuízo são os bandidos que me alvejaram. Obrigado. Tchau, Vera.

Depois de andar mais meio quarteirão, fiquei diante do homem que me havia chamado de parceiro. Era uma lástima: cabelo grisalho e ralo batendo nas orelhas, roupa suja, um ombro mais baixo que o outro. Nos pés uns tênis de lona, de um modelo que eu achava não existia mais. Seu negócio era vender água de coco. A banca ficava ancorada ali na beira da calçada, uma banca móvel, provida de rodas com pneus. Os cocos estavam amontoados formando uma pirâmide e embaixo, na calçada, havia um bloco de gelo enrolado numa estopa, com uma marretinha em cima. Imaginei que ele quebrasse o bloco toda vez que o freguês pedia água gelada.

Queria alguma coisa, parceiro?

Estava olhando esse terreno aí, respondi. Beleza, hein?

Você é corretor?

Isso mesmo, corretor de imóveis. O senhor é muito perspicaz, muito inteligente, sacou logo, logo. Acho que tá na cara, hein?

Assim que bati os olhos no parceiro saquei que era corretor. Agora, se está pensando em comprar o terreno, acho que o dono não vende, não. Parece que ele quer fazer um shopping aí.

Deve ser um cara de muita grana. O nome dele é Renato?

Não, Marco Antônio.

Você conhece ele direito?

Bem, direito, direito não conheço, não. Mas a gente se fala quando ele vem aqui. É um cara legal. Compra coco verde pra ele e pros homens que vêm com ele, me dá gorjetas, me deixa dormir naquela barraca ali atrás nos fundos. Em troca eu olho o terreno pra ele. Sabe como é. Meter bronca na molecada que vem aí pra fumar maconha, chamar a atenção dos passantes que jogam lixo. Seu Marco disse que quando o shopping estiver funcionando eu vou poder entrar e tomar cafezinho de graça, mas aí eu já acho que é mentira dele. Gente rica mente um bocado. Claro que eu não digo isso pra ele. Digo oquei, tudo bem, vou entrar no shopping, tomar cafezinho e botar na sua conta.

Aí fica tudo legal, fica tudo certo, ele mente pro senhor... pra você... você mente pra ele. Faz parte do show. Da vida na cidade. Escute, onde eu posso encontrar esse Marco Antônio?

Xi! Pergunte outra coisa, parceiro.

O que ele faz?... Tem negócios?... Indústria? Se vai construir shopping, deve ser muito rico.

Também não sei. Vem sempre com dois homens...

Num carro grande? Num jipe Toyota azul novo em folha com placa de São Paulo?

Eles vêm num carro comum. Desses quatro portas. Novo.

Quando o shopping vai ser levantado?

Parece que seu Marco tava tirando a autorização na prefeitura com um político. Uma vez veio aqui com ele. Olharam o terreno, conversaram em voz baixa, um dos secretários do seu Marco disse que o homem era vereador e que era ele que ia conseguir a licença pra construção.

Sabe o nome desse vereador?

Puxa, escute... Você é mesmo corretor?

Sou. Está desconfiando de alguma coisa?

Desconfiar-desconfiar... mais ou menos. É que suas perguntas são meio esquisitas, parece mais pergunta de polícia que pergunta de corretor. Um corretor de verdade já tinha perguntado se outros corretores já estiveram aqui, se o terreno já teve placa, quem era o dono

177

antigo, quem vendeu pro seu Marco... Aquele carro ali na rua sem os vidros da frente é seu mesmo?

Infelizmente, é meu mesmo. Dos homens que vêm com o Marco Antônio, sabe se algum deles se chama Renato?

Ele se voltou para o próprio negócio, arrumando os cocos sobre a banca móvel. Duas mulheres que vinham pela calçada disseram "Ai, que loucura! Coco verde!" e se aproximaram, perguntando quanto era. O vendedor passou a lhes dedicar atenção integral. Elas compraram um coco, ele partiu o tampo da casca, fez dois buracos ali com uma espécie de pua arqueada, puxou debaixo da carroça dois copos plásticos e entregou a elas. Os olhos do vendedor se voltaram na minha direção. Inamistosos. Como se estivessem me dizendo olha aqui, parceiro, tô ocupado.

Tirei uma grana do bolso. Parte da grana que Suzy tinha me dado. Que Deus a tivesse. Entreguei duas notas a ele.

Quantos cocos vai querer?, perguntou.

Nenhum. Isso aí é só um agrado. Pelas informações que me deu. Se aparecer alguém por aqui... esse tal de Marco Antônio ou algum cupincha dele... não fale de mim nem do meu carro de vidro quebrado. Tudo bem?

Se você não é corretor de imóvel, o que é então?

Obrigado, chefia. Até mais.

Para sair da José de Alencar eu precisava dirigir mais uns duzentos metros, até o próximo farol, quando poderia virar à direita. Ao passar rente à banca de coco verde, reparei que o *parceiro* olhava atentamente a placa do meu carro. Imaginei que iria telefonar para alguém assim que estivesse livre. Sou muito pessimista.

178

Já me via tomando tiro de novo. Talvez devesse ter dado uma grana mais consistente a ele, em vez de duas notas ordinárias. Em todo caso, eu podia estar enganado, e seria bom.

Dirigi até a avenida Ipiranga, na cidade, e caminhei até o Departamento de Homicídios. Encontrar a equipe B Centro foi pinto. Estava escrito numa porta. O escrivão era um homem já de certa idade, magrinho e triste. Informei com alguma empáfia, como costumo fazer às vezes, sem querer, meu nome e meu cargo. Ele não deu a mínima. Perguntei pelo Jaime.

Na rua, respondeu. Fazendo intimação. É só com ele?

Bem, é a respeito da morte de uma dona ontem na General Jardim. O Jaime pediu que eu depusesse no inquérito.

Você viu alguma coisa?

Negativo. Mas na bolsa da morta tinha um papel com o meu nome, o colega ficou cismado e pediu que eu passasse aqui. Acho que a coisa toda...

Pouco interessado em saber qual era a coisa toda, o gasto e vagaroso escrivão deixou sua mesa, passou por mim e desapareceu na sala ao lado. Ouvi vozes. Dali a pouco a porta se abriu, ele surgiu na soleira e com um gesto de cabeça me convidou a entrar, afastando um passo para me dar passagem. Dentro da sala tinha um delegado. Seu nome era Aloísio, conforme informava uma plaquinha dourada na beira da mesa. Um tipo curioso, moreno-claro, o cabelo pixaim penteado para trás, espichado, num visível esforço para ficar liso. Falou me olhando direto nos olhos.

179

Então você é o Venício...

Isso mesmo, eu sou o Venício. Por enquanto. Até quando me deixarem ser. Ontem à noite dois caras dentro de um jipe despejaram bala em mim. Arrebentaram meu carro e quase me mataram. Se persistirem, eu talvez logo, logo deixe de ser o Venício.

Aloísio deu pouca importância ao meu drama.

E quanto à mulher morta na Vila Buarque? O que tem a dizer?

Ela disse que o senhor pode subir.

O porteiro do hotel Domus era o mesmo que tinha me atendido no dia anterior, mas ele parecia não se lembrar de mim. Eu não existia ali. Para ele, eu era como uma cadeira que alguém tivesse esquecido em seu local de trabalho, no saguão. Voltou a examinar uma lista que tinha sob os olhos, uma lista comprida, com nomes e números. Agradeci a pequena gentileza do atendimento. Ele nem pareceu ter ouvido.

Tomei o elevador, subi, saltei no terceiro andar. Numa das portas estava Vera, de pé, muito elegante e tudo, com uma blusa listrada de mangas compridas, um colete negro, um par de calças de veludo. Trocamos um aperto de mão, ela abriu totalmente a porta e eu passei para o interior do quarto. Tudo era bonito, confortável, seguro, a cama grande no centro do cômodo, a TV de vinte e nove polegadas — ou trinta, ou trinta e cinco, não sei —, o frigobar, o telefone vermelho no criado-mudo. Uma pequena mesa e duas cadeiras simples. Poltronas revestidas de couro separadas por uma mesinha de madeira.

Sentamos um de frente para o outro. Quando me vejo na presença de uma mulher bonita e me sinto inconfortável, penso logo em cigarro.

Se importa que eu fume?

Em resposta, ela caminhou até o criado-mudo ao lado da cama, pegou um cinzeiro impecável, virgem, e colocou na mesinha diante de mim. Voltou a sentar. Tentei engatar a conversa:

Quer dizer que você demitiu o Norberto...

Foi. Demiti. Você e ele não se entenderam no primeiro encontro, achei que era mancada, até mesmo perigoso, policial e detetive particular se estranhando, e teve outras coisas também... Sabe, o Norberto é metido a esperto, meio ladino, um tanto rápido... E eu aqui sozinha, vindo do interior do Paraná... Ele poderia ter idéias, começar a pensar coisas. Demiti antes que avançasse o sinal. Achei melhor ficar só com você.

Era como se ela tivesse escolhido entre dois pretendentes, dois namorados: achei melhor ficar só com você.

Como vai a investigação sobre os fatos de ontem à noite?, perguntou ela.

Está indo bem. Eu estava na zona leste agora de manhã, na hora que você me telefonou, e descobri uma ligação entre um certo Renato, em nome de quem está registrado o carro de onde partiram os tiros, e um certo Marco Antônio, dono de um imóvel na avenida José de Alencar. Pelo que descobri, ele pretende construir um shopping lá. Falta localizar esses carinhas e interrogar. Tentar descobrir por que me deram os tiros.

É muita desfaçatez uns pistoleiros irem à casa de um policial e atirarem nele.

Não fique assustada também.

Não estou. No meu trabalho tenho contato com gente de todas as camadas sociais. Desde grã-fina com casamento indo mal das pernas até adolescente de periferia que bate na mãe. Volta e meia tenho de ir à delegacia ou à cadeia visitar presos. Ou acompanhar pessoas nas audiências. No seu caso, estou só surpresa.

Puxei outra baforada. Para não incomodar minha anfitriã, atirei a fumaça na direção do teto.

E a investigação sobre a morte daquela moça que namorava o Anatole... Como era mesmo o nome dela?

Suzana. Atendia por Suzy. Não passava de uma garota de programa. Quem está investigando é a equipe B Centro da Divisão de Homicídios. Estive lá agora. Falando com o doutor Aloísio, o delegado-chefe da equipe. Ele me pôs diante do escrivão e me apertou, apertou, no bom e no mau sentido, se você me entende, mas foi tudo inútil. Eu não tinha nada de importante para informar. Por falar em delegado, com licença, preciso dar um telefonema.

Ao me ver sacando o celular do cinto, Vera se ergueu da poltrona e apontou para o criado-mudo:

Use o telefone do hotel.

Sentei na beira da cama e disquei o número da polícia. Com eles consegui o telefone da equipe B Centro e disquei de novo. Fui atendido por uma voz grossa e cavernosa que imaginei ser do escrivão que tinha me atendido havia pouco. Quando ele soube que era eu, ficou esperançoso:

Esqueceu de informar alguma coisa?

Nada. Tudo o que eu disse era tudo. A autoridade ainda está aí?

Está saindo pra almoçar.

Chama ele, por favor.

A voz do delegado era mais suave, ou menos ríspida, que a voz do escrivão. Eu disse que não pretendia incomodar, já que ele estava saindo para o almoço, Aloísio respondeu que não havia a menor importância, que almoço não tinha hora marcada para acontecer, não era audiência, não era prisão em flagrante, não era entrega de nota de culpa... Deixei que ele esgotasse os exemplos de compromissos oficiais. Polícia está sempre pensando em prisão, nota de culpa, audiência, o cacete. Acrescentei que se ele precisasse sair eu telefonaria mais tarde.

Se a conversa ficar para depois, afirmou ele, eu me preocupo. E preocupações me estragam o dia. Fala logo, meu.

Bem, é sobre a tentativa de homicídio que eu sofri ontem à noite. Eu lhe disse que havia chegado a um terreno com uma edícula nos fundos, na avenida José de Alencar, na zona leste. Uma casinha tosca, pra servir de guarita a vigilantes, como o cara que vende cocos verdes nas imediações... Sim, eu sei que às vezes levanto detalhes demais. Mas queria um favor seu. Como faço pra descobrir o nome e o endereço do proprietário do terreno?

No cartório de imóveis.

O cartório da zona leste...

Com certeza.

Conheço pouco a zona leste, e muito menos os cartórios de lá. Não tenho tempo nem muito dinheiro, na verdade estou quase duro, como aliás é meu estado natural, e o pára-brisa do meu carro está deixando todas as brisas entrarem, pelo fato de estar quebrado. O senhor conhece um endereço mais perto?

Tem um cartório de imóveis no centro, na São Luís. O oficial-maior é meu amigo. Me deve uma ou duas coisinhas. O nome dele é Isaías. Diga que é meu colega, policial como eu.

Vou pegar um papel para anotar o endereço.

Economize tempo e esforço. Eu ensino onde é. Não tem errada.

E ensinou mesmo. Aloísio parecia um cara generoso e solidário — pelo menos com quem sofria emboscadas e tomava tiros. Indicou onde ficava o cartório, eu só precisava dobrar a esquina da República e... Agradeci. Disse mais uma vez que eu podia usar o nome dele, falar que éramos amigos, que já tínhamos trabalhado juntos etc. e tal. Só tinha um negócio. Se eu descobrisse algo consistente relacionado com a morte da prostituta, deveria repassar a ele. Antes de desligar me desejou boa sorte. Era mesmo um majura legal, lembrava Tanaka.

Trotei de volta ao meu assento. Vera cobrou:

Podíamos almoçar agora. Se quiser, descemos até o restaurante, mas se não fizer questão podemos almoçar aqui mesmo. Eles põem esses móveis na suíte — ela apontou com o polegar a mesa e as duas cadeiras simples — justamente para que os hóspedes também possam fazer as refeições aqui.

Por mim, tudo bem.

Vera foi até o telefone no criado-mudo e pediu que alguém lhe levasse o cardápio. Depois caminhou até o frigobar, abriu e foi relacionando as bebidas que via lá dentro, uísque, cerveja, vinho branco, água, refrigerantes, sucos. Perguntou o que eu preferia e eu respondi cerveja. Depois de me enfiar uma latinha na mão e pegar uma para ela também, fizemos tintim.

184

Você está sendo muito boazinha comigo, declarei. Não é pelos meus olhos azuis, naturalmente...

Eu queria que ficássemos amigos.

Deixe disso, Vera. Minha amizade pra você vale tanto quanto um bilhete de loteria não premiado. O que você quer é que eu procure o Anatole. Mas parei com esse trabalho, já te falei. E quer saber mais? Acho que um detetive particular seria melhor pra você. Se perdeu a confiança em Norberto, se ele parece afoito demais, eu até compreendo, mas tem outros detetives na cidade. Mulher também. Talvez uma mulher seja mais conveniente, pode se sentir irmanada com os teus propósitos. Os jornais trazem muito anúncio de mulheres detetives. Eu não conheço nenhuma agência, mas creio que todas têm mulher em seus quadros. Por que não pega uma lista e telefona?

Não quero um detetive particular. Quero você. Posso pagar.

Já me falou isso ontem. Mas não recebo dinheiro.

Recebeu daquela mulher... Suzana. Vulgo Suzy.

Expliquei que o dinheiro de Suzana não tinha sido um pagamento por serviços prestados, mas só uma ajuda de custo. Vera argumentou que pagamento e ajuda de custo eram a mesma coisa, mas ela estava blefando, ou melhor, tentando blefar. É claro que sabia a diferença.

Houve uma leve batida na porta e um garçom entrou com o cardápio. Ela fez questão que eu escolhesse primeiro. Eu me sentia muito mimado naquele começo de tarde. Escolhi filé mignon com fritas e berinjelas à napolitana. Vera pediu o mesmo. Depois de anotar os pedidos, o garçom perguntou se iríamos querer algo para beber. Ela sugeriu que eu escolhesse um vinho. Lembrei do estoque no frigobar.

Tem vinho aí nessa tumba.

São pra outros fins, outros momentos. No almoço é preciso alguma coisa especial.

Fiquei meio envergonhado da minha intervenção. Gente pobre é mesmo um problema. Só raciocina como pobre.

Desculpe, Vera. Peça um Cabernet-Sauvignon tinto, seco, nacional. É bom e barato, e assim eu não me sinto muito culpado.

Ela se virou para o garçom e transmitiu o pedido. Depois que ele saiu, fechando a porta maciamente, ficamos em silêncio. Ela sentou no braço da minha poltrona, tomando cuidado para que seu corpo não encostasse no meu. Passou a mão pelos meus cabelos:

Às vezes você me lembra meu pai. Ele tem mais ou menos a sua idade, também é moreno-claro, os cabelos estão escasseando... só que ele se cuida. Vai ao salão, manda cortar, lavar, usa xampus especiais, pinta uma vez por mês. Minha mãe às vezes se chateia, acha que ele vai sair pela rua atrás de mulher, mas não é nada disso, o velho é legal, sincero, amoroso. Você precisava dar um trato no cabelo.

Eu dou um trato, todo dia passo água, sabonete e pente.

É pouco. Você sabe que é pouco. Precisa ir num salão legal, cortar legal, passar um xampu legal, talvez um remédio... para que seus cabelos parem de cair.

Não me importo que eles continuem caindo. Vera, a vida é cheia de dificuldades, reveses, eu estou cheio de problemas, acha que vou me preocupar com cabelo?

O homem moderno se preocupa com a aparência, freqüenta salão, usa xampu, perfume, maquiagem, faz musculação, passa pó, batom...

Quase dei um pulo da poltrona:

Pó e batom? Caramba!...

Terminei minha cerveja, senti vontade de urinar, tomei o pequeno hall, fui ao banheiro. Um amor de banheiro: tudo branco, limpo e organizado, cheirando a desinfetante aromático. Depois de terminar, abri a porta e levei um choque, Vera estava bem ali, junto ao batente, fechando minha passagem. Com mais um passo ela encostou os seios no meu peito. Tomou minha cabeça nas mãos e me deu um beijo na boca. Fiquei tão surpreso e embasbacado que a princípio fui incapaz de esboçar qualquer reação. Quando me recompus, falei mais alto do que deveria:

Teu beijo é muito legal, muito sensual e tudo, mas não dá, entende? Não dá.

Caminhei para a porta do quarto e comecei a girar o trinco. Ela se pôs rápido atrás de mim, tão perto que eu podia ouvir sua respiração.

Desculpe, Venício. Desculpe. Não sei o que me deu.

Eu sei. Você quer que eu procure o seu namorado, seu noivo ou seja lá o que ele for...

Noivo... por favor. Ainda somos noivos. Venício, não é nada disso, eu posso conseguir que alguém faça o trabalho, tenho dinheiro, vim preparada para essa circunstância... Não. Por favor, não pense que eu só te beijei para conseguir os teus préstimos. Eu não sou desse tipo. Não me rebaixo a esse ponto. Pelo amor de Deus, acredite. Te beijei porque... porque... Bem, acho que é porque estou aqui sozinha, num hotel estranho, numa cidade grande e desconhecida, e você é um homem charmoso, bonito... Me deu vontade. Me perdoe. Pode me perdoar?

Ela começou a chorar. Embora fosse um pranto silencioso e moderado, meu coração fraquejou, ele que nunca foi muito forte ou frio. Simplesmente não resistiu, ali, de frente para aquela mulher jovem e bonita, desprotegida, chorando. Meu cérebro se anuviou, por um momento fui incapaz de elaborar um raciocínio, ter uma idéia, dizer uma frase qualquer. Levei um tempo até conseguir falar.

Bem, Vera, é o seguinte: vamos esquecer tudo isso. É que eu sou um homem do século passado, tenho valores ultrapassados, pelo menos é o que todo mundo diz, às vezes meto os pés pelas mãos e ajo como um camponês de cinqüenta anos atrás. Vamos fazer de conta que nada disso aconteceu.

Ela enxugou os olhos com as costas das mãos.

O almoço já deve estar chegando. Eles são muito rápidos aqui.

O garçom se aproximou a passos largos, botou as duas mãos sobre o balcão de alumínio e ficou me encarando, amável e simpático como um lutador de boxe diante do oponente no ringue. Pedi o cardápio. Estava bem ali, numa prateleira. Ele o empurrou nas minhas mãos, eu dei uma olhada rápida, verifiquei que todos os pratos eram iguais a todos os pratos de todos os restaurantes mixos da cidade. As pessoas em volta de mim eram pobres, pareciam trabalhadores. Braçais. Malhas puídas, cabelos compridos, barbas mal aparadas, olhares tristes e vagos. Escolhi frango com purê e arroz. Era o que todo mundo parecia estar comendo. Lógico que o interessado podia optar por frango, macarrão e purê. Dava quase no mesmo.

Lembrar de Vera e do quarto de hotel, do garçom com o cardápio e do filé mignon a caminho era inevitável. Lembrei e lamentei. Porra de cara orgulhoso. Pobre já é foda. Pobre orgulhoso, pior ainda. Por haver recusado a mordomia, agora eu tinha de me contentar com frango cozido em um restaurante de quinta.

Vou querer frango com purê e arroz, disse ao garçom. E uma garrafa de cerveja. Grande e gelada. Não estupidamente gelada, que eu não sou estúpido. Apenas razoavelmente gelada. Tudo bem?

Ele se reservou o direito de continuar calado, na moita, fiquei sem saber se tudo estava bem ou não, talvez ele não atinasse com o sentido de "razoavelmente gelada". Deu as costas e abriu uma geladeira grande logo ali, no caminho para a cozinha, levou a garrafa até onde eu estava e empurrou na minha direção, junto com um copo baixo, americano. Voltou pelo mesmo caminho, esbarrando nos colegas que se movimentavam no espaço exíguo. Chegou à porta da cozinha e apanhou uma travessa com frango, arroz e purê, mais um prato pequeno com farofa de ovo.

Ali era assim. Eles serviam até aquilo que o cara não tinha pedido. Talvez julgassem que o freguês ainda iria se decidir pelo prato acessório. Colocou tudo diante de mim, prático, rápido, silencioso, eficiente.

Foi impossível comer o frango. Até que tentei, Deus sabe como eu tentei, mas não consegui, estava além das minhas forças. Tinha pele demais, osso demais, e o caldo pastoso e gorduroso havia se misturado com o purê e virado uma espécie de lama — e tão atraente e saudável como lama. Empurrei o prato e me concentrei na cerveja.

A lembrança de Vera se abateu sobre o meu cérebro como um dardo. Sobre meu coração também. Ali, na suíte do hotel Domus, eu tinha dito a ela que não iria almoçar na sua companhia. Ela continuou imóvel, triste e desolada, disse que esperava muito daquele almoço, que seria um prazer almoçar comigo na intimidade, falar sobre o noivo e a procura do noivo. A situação foi ficando inconfortável, incômoda. Insustentável. Urgia cair fora, partir pra outra.

Vamos fazer o seguinte, Vera? Eu tenho algumas pistas, pessoas com quem poderia falar a respeito do Anatole. Eu não pensava fazer isso, primeiro por entender que ele está morto, segundo porque já não tinha motivos para continuar com a busca depois da morte de Suzana. Mas agora, você pedindo, fazendo todo esse esforço, tentando me agradar... Eu vou dar um bordo por aí. Sabe o que significa, não sabe?

Saber não sei. Mas imagino.

Vou sair pela cidade, procurar umas pessoas, fazer perguntas, encher o saco de uns e outros. De mim também. Certamente isso vai ter um custo, talvez eu tenha que botar gasolina no carro, dar gorjetas e pagar contas em restaurantes ou multas de trânsito, comprar alguma informação. Tudo isso pra te dizer que talvez eu volte aqui. Pra ser reembolsado.

Tem os vidros do carro também. Eu queria pagar.

Já falamos sobre isso, eu já te disse o que eu penso, o pára-brisa é responsabilidade dos vagabundos que atiraram em mim. Agora, quanto às despesas, acho que o reembolso é o mínimo.

Quer levar algum já?

Não.

Pode me telefonar?

Posso.

Ainda tem meu telefone?

Tenho. E se as perguntas tiverem acabado, vou indo.

Agora que fizemos as pazes, por que não aceita almoçar comigo?

Porque perdi o embalo. O pique. Desculpe, mas eu sou assim. Tchau.

Tomei o corredor pensando que tinha feito tudo errado desde o momento em que havia entrado naquele quarto de hotel.

Ainda estava pensando nisso, no restaurante, quando senti um tapinha macio no ombro. Ao me virar, vi um garoto sujo, de olhos grandes e cabelos negros, o retrato da fome e da tristeza. Perguntou se eu já havia parado de almoçar. Respondi de forma positiva, sim, havia, aí ele perguntou se podia comer o que havia sobrado. Antes que eu respondesse, sentou do meu lado e puxou o prato. O garçom, entretanto, foi mais rápido. Sutil e prático como uma cobra, deu um soco na mão do garoto.

Aqui, não, vagabundo! Cai fora!

Sem contestar, sem mesmo dizer uma palavra, o garoto correu para a porta e desapareceu na rua. O garçom tentou se explicar:

A gente não pode dar moleza. Você não viu que ele é pirado?

Não vi. E você não chamou ele de pirado, chamou de vagabundo. E odeio garçons que me chamam de você. Eu sou cliente. Nessa birosca, eu sou cliente.

Ele me passou a conta, rabiscada a caneta numa folha de guardanapo, a conta era um convite para eu me mandar, claro como água da fonte. Olhei o papel com desprezo. Tinha cerveja na garrafa, iria pagar por ela, portanto tinha direito de continuar ali, ainda que esse fosse o único motivo. Ele tratou de se afastar me olhando com o rabo do olho. Outros fregueses também me olhavam. Quando eu os encarava, eles abaixavam a vista. Tentei pensar em outras coisas, em algo mais prático ou mais agradável, pensei em Paula. Precisava falar com ela sobre o apartamento. Saquei o telefone e disquei para o fórum de Guarulhos. Tive que falar com uma porção de funcionários e esperar algum tempo até ouvir a voz dela. Pareceu contente quando soube que era eu. Fui direto ao ponto:

Falei com uma amiga. Ela se chama Irene e tem uma imobiliária perto do 38. Prometeu descolar um apartamento pequeno, num conjunto modesto, que você possa pagar.

Puxa, Venício, que legal. Você é amigo mesmo, hein?

A gente faz o que pode, respondi, modesto. Logicamente, você vai olhar o apartamento, analisar, consultar sua bolsa e seu holerite, ver se dá pra encarar. Se não der, a Irene procura outro. Um dia a coisa dá certo... Se você não mudar de idéia antes.

Mudar de idéia em que sentido?

No sentido de que é melhor continuar morando na casa da sua mãe. Ou, antes, morar na casa que você possui com a sua mãe.

Você me conhece pouco, Venício.

Infelizmente, declarei, precipitado.

Desligamos. Como a cerveja estava mesmo no fim, enxuguei a última gota e caminhei para fora. Na charutaria, na porta, paguei e saí para a rua.

O ar estava sereno e agradável naquele começo de tarde, maneiro, um cara poderia se sentir feliz se tivesse uma vida feliz e pessoas felizes em volta. Achei que devia andar um pouco. Naquelas circunstâncias, pegar meu carro de vidros detonados seria um erro. Fui me arrastando pela calçada, fumando, olhando os mendigos, as prostitutas, os loucos — a fauna do centro da cidade. Cheguei à rua Formosa. São e salvo, confiante e lampeiro, de bem com a vida. Quase no fim, já perto da praça Ramos de Azevedo, localizei o prédio com a sigla SBI esculpida em alto relevo numa coluna.

Um balcão corria ao longo de uma parede. Dois homens trabalhavam atrás dele — não, minto, apenas um trabalhava. O outro simplesmente espiava o que estava acontecendo. Andei cautelosa e humildemente até o balcão.

Preciso falar com um funcionário chamado Valdemar, informei.

Posso me sentar?, perguntei.

Valdemar levantou os olhos na minha direção, estranhando, já que não tinha visto eu me aproximar.

É cliente da empresa?

Depois de negar, informei meu cargo e meu nome.

Surpreso, apanhado no contrapé, Valdemar manteve o silêncio, limitou-se a me olhar de baixo para cima. Acabei perdendo a paciência. Funcionários públicos quando estão trabalhando ficam nervosos e perdem a paciência com muita facilidade. Sentei-me à sua revelia. E até cruzei as pernas. Quando passou um empregado com uma bandeja e bules, copos, xícaras e garrafas, pedi um copo d'água. Gelada. Enquanto ia tomando, Valdemar e ele trocavam olhares, como se ambos se perguntassem "O que esse cara está fazendo aqui?". Depois que o empregado se afastou (a água estava gelada demais; tomei só meio copo), pude recomeçar meu trabalho.

Estive no seu prédio ontem, na rua Amarildo.

É mesmo? Fazendo o quê?... Procurando quem?

Você. Fui procurar você. Como você não estava em casa, induzi o zelador a me dar o endereço do seu local de trabalho. Espero que compreenda... e sobretudo que não se aporrinhe.

Não vou me aporrinhar. Esses babacas estão sempre batendo com a língua nos dentes. Bem, talvez nem tenham culpa. Talvez a culpa seja...

Da polícia. Isso eu sei de sobra, e já faz tempo. Desde o século passado, no meu primeiro dia de trabalho. Escute, Valdemar, vamos parar de firulas, fique calmo e preste atenção. Seu nome não figura em nenhuma investigação oficial e você não tem que ir a delegacia alguma prestar depoimento. O negócio é o seguinte. Estou procurando um cara chamado Anatole. Sei que você conhece ele.

Infelizmente. O que o pinta fez agora?

Contei aquela historinha que já vinha se tornando monótona, tinha conhecido "o pinta" no motel que ele explorava, o Deneuve, em Santana, daí soube que ele tinha sido assassinado no presídio do 45º DP, fiquei curioso, fui ao motel e ao apartamento dele, conheci Suzana — etc. e tal, blá-blá-blá, pá e tum e pá. Interrompi o relato duas vezes para Valdemar atender o telefone. Tinha um aparelho dos antigos, sujo e roto, que lhe tomava todo um canto da mesa pequena. O resto do espaço era ocupado por fichas de cartolina, quadradas, cobertas de colunas, em que havia muitos números escritos à mão.

Sua mesa era a última da sala, perto do banheiro. Chamava todo mundo de senhor e dona, prometendo coisas para "já, já, assim que for possível". Tinha um jeitão másculo, o rosto e a cabeça grandes, os traços duros, mas seu comportamento era submisso e tímido. Deus e ele sabiam do esforço necessário para se manter no emprego. Nos momentos em que não estava falando no telefone, eu tratava de avançar com meu peixe. Omiti uma porção de dados. Os tiros que havia tomado, por exemplo. Valdemar podia se assustar, e a polícia nunca sabe do que um informante assustado é capaz. De qualquer forma, apesar das omissões, ele ficou ciente das aventuras e desventuras de Anatole. E de algumas aventuras e desventuras minhas também.

Isso de que ele tinha motel em Santana pra mim é novidade, revelou Valdemar. Mas não estou surpreso. Era o tipo que mais dia menos dia teria mesmo alguma empresa, e se montou motel, estava na dele. Tipos como Anatole acabam mesmo fazendo coisas esquisitas.

É óbvio que você detesta o cara. Detesta cigarros também?

Detesto. Mas você pode fumar aqui. Quer um café?

Quero.

O homem do café estava por ali, imprensado entre um arquivo de aço e uma escrivaninha, esperando que uma dona terminasse seu lânguido e demorado cafezinho. Quando viu o gesto de Valdemar, tratou de correr em nossa direção. Eu disse que a água estava gelada demais? Disse. Informo agora que o café estava pelando. Tudo bem. Tomei metade de uma xícara, devolvi, o empregado fez uma mesura com a cabeça, eu fiz outra com a minha cabeça, ele se afastou para servir outras pessoas, me deixando com a certeza de que estávamos quites. No tocante às mesuras. Encarei Valdemar de novo:

De qualquer forma, vou abrir mão do cigarro. Vi uma placa na parede logo que saí do elevador. "É proibido fumar."

A proibição é para os funcionários. Para a arraia-miúda. Se quiser fumar, fume.

Vou abrir mão, já disse. Quero ouvir você falar do cara desaparecido. Diga o que bem entender. A esta altura, qualquer coisa pode ajudar.

Bem, ele chegou aqui... Quer ouvir tudo mesmo? Desde o começo? Ele chegou aqui faz dois anos, em agosto. Era um tipo metido a esperto. Chamava todo mundo pelo primeiro nome, namorava as meninas e puxava papo com qualquer um, até mesmo com os diretores da empresa, quando topava com eles pelos corredores ou elevadores. Era de se esperar que tivesse uma situação financeira razoável, mas não tinha. Na verdade, quem arrumou o emprego dele aqui foi um corretor nosso, o Sandro. Mais tarde fiquei sabendo que Anatole morava no apartamento dele, de favor, a pedido de uma irmã de Sandro. Não lembro do nome. A situação financeira de Anatole era lastimável. Seus sapatos eram desses vendidos em camelôs, o colarinho da camisa estava sempre sujo, e ele chegava a ficar dois meses sem ir a um barbeiro.

Você conhece um bocado de detalhes. Dois meses sem ir ao barbeiro?

Nós fizemos amizade, porque ele veio trabalhar na seção em que eu estava. Esta que você está vendo aqui. Da qual eu sou um simples controlador de estoques. Eu era o chefe na época, agora sou um... uma droga de subordinado. Fiquei com pena do Anatole. Muita gente tinha pena dele. Era orgulhoso, se achava melhor que os demais, e apesar disso todo mundo ficava com pena dele. Tinha facilidade em seduzir as pessoas.

Pausa. Lancei mais um olhar em volta, esperando que ele continuasse.

Anatole costumava almoçar num restaurante perto do Anhangabaú, na rua Brigadeiro Tobias com... com... Bem, isso não interessa, eu acho. O restaurante não existe mais. A comida era muito ruim, muito suspeita, a gente ia junto, eu queria fazer companhia a ele e conversar... na verdade, eu é que queria usufruir da companhia dele. O cara era cativante. Tinha sempre uma piada nova. Quando contava uma velha, nas palavras dele ela ficava nova, recuperava a antiga graça. Quando nossa amizade se tornou mais forte, ele passou a me fazer confidências. Morava no apartamento do Sandro, a pedido da irmã dele, a Dagmar... Guiomar... Leonor...

O nome da irmã do Sandro é o de menos nesse momento.

Eu só estou querendo ser preciso, quero deixar claro que estou falando a verdade. Vou ficar preocupado se a polícia achar que estou mentindo.

197

Fique tranqüilo.

Ele morava de favor no apartamento de Sandro, que ficava num condomínio popular num bairro brega chamado Palmas do Tucuruvi. Ocupava o quarto da empregada, e nos fins de semana bancava mesmo a empregada, tinha que limpar os móveis e encerar o piso. Anatole não parecia se preocupar muito com o troço. Sabia que era provisório e que um dia se livraria de Sandro e da mulher de Sandro e do apartamento de Sandro, e tratava de seguir em frente. Mas eu ficava chateado. Quando cheguei a São Paulo vindo de São Carlos do Pinhal, fiquei hospedado na casa de um irmão, meu irmão era foda, me fez passar maus bocados, por isso eu compreendia a situação do amigo. Daí convidei ele, queria que fosse morar no meu apartamento.

Depois que saiu do seu apartamento, Anatole foi morar na rua Abolição. Na pensão de uma bicha paraguaia. Eles eram amantes.

Está insinuando alguma coisa?

Não, nada. Desculpe.

O Anatole me sacaneou, quer dizer, sacaneou a empresa. Depois que tinha se tornado necessário para uma porção de gente na companhia, depois de puxar o saco de uns e outros, ele conseguiu se enfiar na seção de compras de material de escritório. Eu fui o avalista dele. A diretoria sabia que éramos amigos e pediu meu aval. Forneci. Afirmei que era um cara legal, esperto e honesto, endossei a indicação. No começo foi tudo bem. Um mês, um mês e tanto, ele trabalhou direito. Mas o lugar é perigoso. As tentações são muitas. E quando menos se esperava ele meteu os pés pelas mãos. Meteu a mão na massa, seria mais exato.

O que ele fazia? Comprava artigos superfaturados, com preço acima do mercado, a fim de ficar com alguma sobra no bolso?

Você é esperto, detetive. Sabe das coisas. Acertou. Era exatamente isso que ele fazia. Quando a bomba estourou, eu ainda tentei segurar as pontas, cheguei a falar com o presidente da empresa, no Rio, mas não teve jeito, era caso de inquérito, de prisão preventiva, de interdição de bens — foi o que ele disse. Interdição de bens no caso do Anatole, que não tinha onde cair morto, não daria resultado prático. Mas as outras penas eram barra. Crime de estelionato é pesado.

Eu conheço razoavelmente a lei, podemos pular essa parte. Do dia vinte do mês passado pra cá, o Anatole apareceu? Aqui ou na rua Amarildo? Veio te procurar, pedir coisas?

Nada. Já falei que não vejo o Anatole desde que o expulsei do meu apartamento. Não tive mais nenhum contato. Nenhuma notícia... o que é ótimo.

Telefone pro departamento pessoal e peça o endereço do Sandro, por favor.

Ele mudou de São Paulo. Hoje mora no interior. Era nosso correspondente em Santa Branca. Como as comissões eram poucas, ele pegou outras empresas para representar, a SBI descobriu e achou melhor dispensar. Ele ficou por lá mesmo. Tinha comprado uma casa e matriculado a filha numa escola pública. Ainda deve estar por lá, trabalhando em algum bar ou numa loja de material de construção.

Levantei.

Acho que já posso ir. Não vejo o que mais você possa me dizer pra me ajudar. Obrigado.

* * *

Levei uns quinze minutos para chegar ao cartório de imóveis da rua São Luís. Na ante-sala precisei me identificar e dizer o que pretendia.

Quero falar com o escrivão-chefe.

Aqui não temos o cargo de escrivão, informou o funcionário. Nem chefe nem subordinado. Talvez você queira falar com o oficial-maior.

Agradeço o esclarecimento. Agora diga a ele que eu preciso de uma informação.

Quem devo anunciar?

Diga que sou amigo do doutor Aloísio. Delegado da Homicídios. Equipe B Centro.

O homem entrou numa sala próxima, falou com alguém, voltou e me autorizou a entrar. Passei à sala que ele indicou, uma sala pequena e abafada, de poucos móveis e de um único quadro na parede, um que eu já vira em outras repartições públicas: UM PAÍS TÃO VASTO, LUGARES TÃO DIVERSIFICADOS E MARAVILHOSOS, E VOCÊ VEM FUMAR JUSTO NA MINHA SALA. Não havia ninguém. Mas Isaías trabalhava ali — era um fato indiscutível, já que uma plaqueta no canto da mesa informava isso. E o paletó no espaldar da cadeira devia ser o dele. O empregado falou que ele não ia demorar — devia estar numa seção próxima ou num boteco próximo — já, já voltaria.

Sentei e esperei. Não levou muito tempo para Isaías entrar, me cumprimentar e perguntar pelo dr. Aloísio. Procurei pegar leve e manso:

Ele vai bem. Quando o expediente terminar e ele parar de interrogar suspeitos e testemunhas, vai ficar ainda melhor.

Quer tomar um suco? Um refrigerante?

Faz tanto tempo que não tomo suco... Acho que meus dentes vão estalar e ruir. Vou aceitar um, por favor.

Tocou uma campainha e, enquanto esperávamos, falamos sobre uma coisa e outra, sobre São Paulo e o tempo em São Paulo, eleições e candidatos, polícia e índices de criminalidade. Uma menina baixa e tímida entrou com uma bandeja nas mãos e nos serviu dois copos de suco de abacaxi. Experimentei. Estava ótimo, gelado na medida exata. Meus dentes nem estalaram nem caíram. Sou muito pessimista às vezes, reconheço. Isaías me olhou direto na cara:

Coisa boa o Aloísio não manda. Só trabalho. O que é que eu tenho de fazer agora?

Falei do desaparecimento de Anatole, do pedido de ajuda de Suzana, dos tiros que eu tinha tomado e do terreno na zona leste, que segundo a polícia pertencia ao dono de um certo jipe Toyota. Isaías lembrou que a circunscrição não era a sua, e portanto nada sabia sobre os imóveis daquela parte da cidade. Fui franco. Eu sabia disso, Aloísio sabia também, mas a gente queria mesmo era um quebra-galho dele, queríamos a informação sem que eu precisasse ir a um cartório do outro lado da cidade. Isaías se convenceu rápido. Parecia um cara que se convence rápido, principalmente para atender pedidos formulados por delegados de polícia.

Assim a coisa muda de figura, compreendeu ele. Qual é mesmo o endereço na zona leste?

Passei-lhe a avenida e o número, ele pegou o telefone e começou a investigar. Como o resultado iria levar algum tempo, pedi licença para sair, iria esperar lá fora, na ante-sala. Isaías concordou com a cabeça. Andei de volta até a sala de espera, sentei numa cadeira simples, de madeira, o estofamento recoberto de tecido cinza, de onde me pus a espiar o movimento. Gente entrava, pedia informações, sentava, esperava, levantava, saía; gente entrava, pedia informações, balançava a cabeça desanimada, ia embora. Um funcionário por trás de uma janelinha recebia folhas de papel, lançava um olhar geral, por cima, batia um carimbo e despachava. Eram muitos os interessados, eram muitas as petições, o empregado lia o cabeçalho e sentava o carimbo sem dó nem piedade, pam! pam! pam!, o barulho ecoava do interior do cartório para a rua.

Uma hora que ele se acalmou, cheguei a cabeça perto do guichê:

Não fica atordoado com esse barulho todo — pam, pam, pam?

Já estou acostumado, de tantos anos que eu trabalho aqui. Sabe quantos? Dezoito. É muito tempo ouvindo esse pam-pam-pam. Quer saber mais? Nos dias de folga, sábados, domingos, feriados, em dias de jogo do Brasil, quando estou em casa sem ouvir esse barulho fico nervoso, achando que estou doente... Chego até a sentir dor de cabeça. O drama fica tão forte que às vezes não agüento ficar em casa, subo à padaria e jogo palitinho com os amigos até me acalmar.

Voltei à minha cadeira e continuei esperando. Passado algum tempo, Isaías chegou ao corredor, olhou na minha direção, certificou-se de que eu era eu, e se aproximou. Mostrou um papel. As palavras estavam rabiscadas a caneta, com pressa, mas eram perfeitamente compreensíveis. O imóvel da José de Alencar estava registrado em nome de Maria Luísa Jacob Sinis. O endereço comercial dela era um achado. Ficava na Sete de Abril, 155, 1º andar, conjunto 10. Enfiei o papel no bolso.

Isaías, você é o máximo. Obrigado.

Lembranças ao Aloísio. E se precisar de mais alguma coisa, passe aqui.

Deu um sorriso largo e demorado, como se precisasse reforçar o que acabara de dizer, e voltou à sua sala.

Saí. Parei na calçada, tirei o papel do bolso, olhei de novo a informação, disse a mim mesmo que não tinha erro. Aparecia mais uma seta solidificando, aprofundando um caminho. Alarguei as passadas pela rua. A tarde não apenas avançava; se fechava também. O frio apertava. Virei na praça da República, virei na Sete de Abril, cheguei ao prédio 155 e subi a escada. Localizar o conjunto 10 foi apenas questão de meia dúzia de passos pelo corredor. Só tinha um detalhe: estava fechado.

Toquei uma campainha, bati com os nós dos dedos na porta, encostei o ouvido nela, esperei, mais ou menos como faria um carteiro ou um cobrador. Ninguém se manifestava. Do interior do conjunto não saía som algum. Desse mato não sai coelho, falei para mim mesmo.

Achei que era uma boa dar um bordo pelas cercanias. E as cercanias eram compreendidas por outros escritórios iguais ao 10 — pelo menos as portas se pareciam. Interroguei uma porção de gente. As respostas, vagas, incertas, inseguras, temerosas, eram sempre as mesmas, não sei, não vi, não mexo com essas coisas, meu senhor — que coisas? —, trabalho o dia inteiro, não fico regulando quem entra ou sai do 10. Um garoto moreno e esquálido com cara de office boy queria minha identidade, pois no seu entender gente estranha não podia entrar no prédio e ficar interrogando as pessoas.

E se você for um assaltante?, perguntou ele, os olhos dentro dos meus, me furando.

Assaltante não fica interrogando as pessoas. Saca arma, ameaça e toma os bens. Pare de pensar em violência o tempo todo. Agora, chame seu chefe aí.

O patrão do garoto recusou comparecer à porta. No lugar dele apareceu uma empregada morena, magrinha, de cabelos enroladinhos — bem que poderia ser irmã do garoto que havia me atendido primeiro. Talvez se tratasse de uma empresa familiar. De um clã. Aquele que veio da periferia e deu certo no centro da cidade. Até que ela foi gentil. Para compensar a mancada do empregadinho, talvez.

Olhe, moço, eles estão sempre aí. O pessoal do 10. Abrem de manhã e só fecham de noite. Trabalham com a porta trancada.

É mesmo? Qual a razão?

Isso eu não sei. Eles nunca me disseram.

Hoje é quinta-feira. Deviam estar trabalhando... Conhece uma mulher chamada Maria Luísa Jacob Sinis?

Não.

E um homem chamado Marco Antônio?

Não.

E um cara chamado Renato Costabello Filho?

O único Renato que eu conheço era um garoto que eu namorava no colegial. Agora dá licença.

Era tempo de bater em retirada. Quando a coisa não vai, não vai. Em certos prédios, como em certas favelas, impera a lei do silêncio, quanto mais se fala mais se compromete, daí que é melhor ficar mudo. Joguei um aceno para a menina — que tanto poderia significar agradecimento como despedida — e segui para a escada. Ia pensando em compensações. Tipo "Não tem nada, vocês não perdem por esperar, eu volto amanhã. Ou depois de amanhã. Ou depois de depois". Embaixo, no térreo, vi um porteiro no qual não tinha reparado antes, já que ele não vestia roupas de porteiro e não tinha aquela pose própria de quem sabe das coisas. Achei melhor ignorar. Tem horas que me dão uns estalos.

Mal pus o pé na calçada, meu telefone começou a tocar. Atendi com o velho, poético, romântico e sensual alô. Do outro lado não chegou nenhuma voz. Falei de novo a palavra mágica e outra vez fui atendido pelo silêncio. Quase gritei: Alô! E nada. Tirei o fone do ouvido, olhei o mostrador, vi que estava escrito Pronto, sinal de que ele estava inoperante mesmo. Atravessei a rua e entrei no mesmo restaurante onde estivera com Laércio. Encontrei um lugar vago junto ao balcão e pedi um café. Ao ser atendido pelo garçom, pedi informações sobre o pessoal do 10, no prédio em frente. Ele foi breve:

Só conheço a turma daqui do restaurante. E muito mal.

Terminei o café, paguei, fui andando em direção à praça da República. Mal tinha acabado de virar a esquina, o celular tocou de novo. Era um homem:

Você é o investigador Venício?

Eu mesmo.

Aqui é do 36º DP. Escrivão do plantão.

Não quero prestar nenhuma queixa agora.

Muito engraçado. Muito mesmo. Se eu não estivesse tão ocupado, se não tivesse tanta gente no corredor esperando o momento de prestar queixa, eu ficaria um bom tempo dando risada. Escute: tem um investigador preso aqui. Diz que é seu amigo.

Meu amigo? Em cana?

Eu sugeri ao delegado da equipe que ele lhe telefonasse, mas ele recusou. Disse que não é babá de tiras. Perguntei se eu mesmo podia telefonar, e ele também recusou. Então aproveitei que ele subiu até a sala do titular e disquei pro seu número. Acho melhor vir à delegacia. Se é que você quer fazer alguma coisa.

Eu até posso ir à sua delegacia, mas preciso antes de algumas informações, saber quem é esse investigador, qual é a acusação contra ele... Logicamente, se está detido é porque cometeu um crime. Se cometeu um crime, deveria estar na Corregedoria, não em um distrito policial. Agora, tudo tem...

Não posso mais falar. Tchau.

E desligou. Recoloquei o fone no cinto e continuei andando em direção à avenida Ipiranga. Minha primeira decisão foi não comparecer à delegacia. Meus amigos não costumavam se envolver em ocorrências policiais, eu não podia ter certeza de que o telefonema fora mesmo do escrivão do distrito, eu não era advogado nem assistente social, isso mesmo, não iria comparecer. Continuei andando. Envolto em pensamentos e dúvidas, eu esbarrava nas pessoas, ouvia xingamentos e tomava empurrões enquanto continuava avançando. Num cruzamento perto da Lanchonete Angra 1, botei o pé fora da calçada no momento errado, quase que um ônibus me pega.

Ao chegar do outro lado, já perto do estacionamento onde eu havia deixado o carro, tomei outra decisão. Iria ao 36. Era da minha natureza. Se me recusasse seria pior, ficaria remoendo o assunto e o telefonema, pensando coisas, levantando hipóteses, e o meu dia poderia descambar para a decepção e a angústia. Iria ao DP. Estava decidido. O colega dissera que era meu amigo, não dissera? Paguei o estacionamento, retirei o carro e comecei a penosa aventura de atravessar a cidade.

Entrei na delegacia. No corredor onde ficam os queixosos, havia bem umas vinte pessoas esperando a vez. Plantãozinho pesado, eu pensei. Cheguei ao cartório. Sobre a mesa do escrivão não tinha computador, só máquina de escrever (talvez ele estivesse apenas fazendo declarações e atestados, daí ter deixado o micro numa sala próxima), e atrás da escrivaninha, um homem jovem, pálido, desencantado. Adiantei meu nome. Ele nem levantou a cabeça.

Um momentinho, falou.

Era como se eu fosse o empregado da padaria próxima levando o lanche da tarde. Ou, pior ainda, como se eu fosse um queixoso que esqueceu de assinar a cópia do boletim de ocorrência.

Dei um tempo por ali, olhando a placa pendurada numa coluna, onde a delegacia informa ao distinto público o nome dos componentes da equipe de serviço. Fiquei sabendo que o delegado se chamava Evandro, que eu não conhecia, o escrivão era o Ananias, os investigadores eram o Flávio e o Alcyr, que eu também não conhecia.

Pensei na carcereira. Seu nome era Rosa A. Calmineri, e eu tinha a impressão de já haver trabalhado com ela, por isso fiquei andando pelo corredor e pensando de onde eu a conhecia. Se era mesmo que a conhecia. Mulheres começaram a povoar minha mente — Rosas, Ângelas, Sandras, Vitórias, acabei me confundindo ainda mais, já me faltava a certeza de alguma vez ter trabalhado com uma Rosa qualquer, na carceragem ou na tiragem. Ou de alguma vez ter saído com uma Rosa.

Parei de pensar naquele *grave* problema no momento em que Ananias chegou. Ele me pegou pelo braço e gentilmente me levou para fora. Fomos conversar na frente do prédio. Entrou direto no assunto:

O doutor Evandro não está.

Você me disse no telefone que ele tinha subido à sala do delegado titular.

Já desceu. Pegou o paletó e saiu, acho que foi numa loja de automóveis retirar um carro que acabou de comprar. Mas isso não quer dizer nada. O plantão é um covil de olhos-grandes, de vigias, de dedos-duros. Aqui é assim. A gente dá a mão prum colega pensando que é amigo e recebe uma facada pelas costas.

Vamos aos fatos, Ananias. Você falou que um tira preso aqui tinha dito que era meu amigo. Eu tenho poucos amigos na polícia. E nenhum deles costuma baixar em delegacia. Qual é o nome dele?

Laércio.

Fiquei frio. Tão frio como fico no fim do mês, quando recebo meu holerite e descubro que o salário ainda é o mesmo do ano anterior, que é igual ao do ano anterior do anterior, e do anterior do anterior do... Até os centavos. Saber que Laércio estava detido e dera meu nome como referência era tão normal para mim como um delegado se aproximar e dizer "A viatura foi consertada, mas já baixou oficina de novo". Fiquei apenas curioso: O que o cretino tinha feito daquela vez? O escrivão falou com visível desconforto: Laércio estivera na casa de um morto, um vereador, interrogando a família e tentando tomar dinheiro.

Mais tarde, bem mais tarde, o delegado da equipe, Evandro, voltou à delegacia acompanhado de um homem de macacão azul, gordo e suado, não obstante o frio que fazia. Puseram-se a conversar no pátio. Volta e meia gesticulavam, olhavam um carro próximo, nacional, bem conservado, apontavam parte da lataria, calotas, um amassado no capô. Depois de um tempo, achei que urgia tomar alguma providência. Atravessei o pátio. Quando me aproximei da dupla, o delegado me sentou um olhar firme e perscrutador, desses que descem até a alma.

Precisava falar um momentinho com o senhor, doutor.

Sobre?

Bem, eu sou investigador, 38º DP, plantão, equipe do doutor Tanaka...

Eu conheço, disse ele, como se eu tivesse perguntado alguma coisa. É um japa manhoso e esperto, metido a cu-de-ferro.

Acho que estamos falando de pessoas diferentes. O Tanaka com quem eu trabalho é direito, pontual, trabalhador e amigo da equipe.

O homem robusto de macacão azul examinou o tempo, as nuvens cada vez mais baixas, as sombras se alojando sobre o pátio, deu um tapinha no ombro de Evandro e tratou de vender seu peixe. Precisava ir embora, tinha muito trabalho na oficina, no dia seguinte podiam conversar melhor. Em todo caso, o delegado ficasse tranqüilo, o carro era bom, não iria dar problemas. Evandro disse que, embora seu plantão no dia seguinte começasse às oito da noite, iria ao distrito à tarde, só para conversar com ele. O mecânico — só podia ser mecânico, com aquela roupa e aquele papo — fez uma mesura, me olhou de esguelha e tratou de cair fora.

Tem um colega seu detido aqui, disse o delegado. Um bom filho-da-puta. É por causa dele que você veio?

Isso mesmo.

Quem avisou você?

A pessoa no telefone não se identificou. O que o Laércio fez exatamente?

Veio pra estes lados tomar dinheiro. O pilantra nem trabalha nessa área... aliás, não trabalha em área nenhuma, porque está de licença... mas vem aqui, no Jabaquara, na circunscrição da MINHA delegacia, levantar cacau. Pode? Eu mesmo peguei a viatura e fui buscar o sujeito. Encanei ele. Só estou esperando que as vítimas apareçam pra formalizar a queixa.

A que horas se deu o fato?

Acho que eram umas quatro e meia.

Deve ser mais de seis agora. Se as vítimas... estou falando em vítimas só porque não tenho palavra melhor... se elas não compareceram até agora, é sinal de que não vêm mais. Por outro lado, o senhor me desculpe, mas por se tratar de um policial, não acha que o caso deveria ser apresentado à Corregedoria?

Você parece entender um bocado dos macetes.

Tenho quarenta e dois anos, estou na polícia há vinte e sou formado em direito.

Evandro continuou olhando direto na minha cara.

Posso dar uma sugestão, doutor? Posso fazer uma coisa que vai ser boa pra todo mundo? Eu levo o Laércio na Corregedoria. Lá eles tomam as providências que acharem justas, boas e legais.

Ele continuou em silêncio, me olhando, avaliando, talvez tentando descobrir pela minha cara que diabos exatamente significavam as palavras "justas, boas e legais". Quando se cansou do exame, perguntou se eu conhecia alguém na Corregedoria. Tive certa dificuldade para pegar o ponto. Como o tempo corria e eu não tinha nada a perder, acabei dizendo que sim, conhecia, e até levantei um nome, Geraldo. Doutor Geraldo. Impossível saber o que se passava na cabeça de Evandro. Seria temerário levantar hipóteses sobre o efeito que o fato de eu conhecer um delegado na Corregedoria poderia causar.

Agora, dar aquela informação foi uma boa.

Preciso telefonar para as vítimas, disse ele. Primeiro tenho que telefonar para as vítimas.

No interior da delegacia, no cartório, apanhou um telefone e grudou no ouvido, tirou da calça um papel pequeno e leu um número, enfiou o papel de novo no bolso e discou. Esperou. Esperamos. Depois de um tempo, devolveu o fone ao gancho e voltou ao corredor a fim de falar comigo.

Não tem ninguém em casa. Parece que não tem ninguém em casa.

Levantou a voz:

Ananias!

O escrivão estava por ali e com meia dúzia de passos chegou ao cartório.

Libere o preso. Ou melhor: o detido. As vítimas não compareceram para formalizar a queixa e tudo indica que hoje não compareçam mais. Tá claro?

Ananias nem respondeu, era claro que estava claro, eu e ele mergulhamos no interior do distrito. Paramos diante da cela provisória, também chamada correcional, também chamada corró, também chamada chiqueirinho. Laércio estava de pé, nos fundos. Ainda usava tênis de pano, camiseta e uma jaqueta de veludo cotelê na qual pontuavam manchas de café e que dava a impressão de que rios de sujeira corriam por entre as fibras do tecido. Quando me viu, caminhou até a grade.

Até que enfim, Venício! Puta merda. Que roubada, hein?

A figura dele é que era uma roubada. O rosto com a barba crescida, os olhos úmidos e tristes. E o maucheiro de suor, café e cigarro. Levantei a voz:

É melhor ficar calado. Guardar silêncio. Por enquanto, se possível.

Ananias esticou o pescoço em direção à carceragem e deu um grito:

Rosa!

Ouvimos uma cadeira se arrastando, ouvimos passos, e logo a Rosa estava bem ali, diante de nossos olhos. Era uma figura. Alta, corpulenta, loura — só na ponta os cabelos eram louros, na raiz eram negros —, nariz grande e bojudo como uma pêra, ombros largos. Usava uma blusa dois números menor, por isso os bíceps forçavam o tecido. Depois de informar que o delegado mandara liberar o preso, Ananias olhou a todos, saiu, voltou ao cartório e a seus afazeres. Rosa tirou um chaveiro do bolso da calça. Um chaveiro enorme, negro, pesado. Tudo na mulher era grande e pesado.

Eu tinha uma dúvida crucial:

O presídio aqui é masculino ou feminino?

Masculino, esclareceu ela. Cento e sessenta e oito machos até o momento.

Eles se comportam numa boa? Não ficam fazendo gracinhas, te convidando prum programinha?

Se um vagabundo desses falar em fazer um programa comigo, eu arranco o saco dele.

Eu e Laércio trocamos um olhar, ele chegou mesmo a dar um rápido e tímido sorriso — não estivesse alquebrado pela cana, teria sorrido de forma mais efusiva, acho. De minha parte, tinha absoluta certeza de que Rosa arrancaria mesmo o saco de um preso, se ficasse devidamente enfurecida. Quando a porta foi aberta e Laércio se viu em liberdade, perguntou por sua arma. Rosa serpenteou o corpo avantajado até a carceragem, daí a pouco voltou com o cano, que ele, como se temesse que ela mudasse de idéia de repente, enfiou rápido no cós da calça, por trás. Agradecemos e saímos da sala escura e úmida.

No cartório, Ananias continuava sua luta na máquina de escrever. Levantou a cabeça só para retribuir nossa despedida.

Juízo, garoto, disse a Laércio.

Também passamos pela sala de Evandro, paramos na porta e esticamos o olhar para dentro. Ele estava no banheiro. Ouvimos os ruídos da válvula de descarga. Dissemos quase ao mesmo tempo "Té logo, doutor, valeu", e ele respondeu lá de dentro que se as vítimas

213

formalizassem a queixa ele chamaria Laércio, estivesse onde estivesse. O tira foi rápido:

Eu estou em casa, doutor. E meu endereço consta dos prontuários da polícia. Estou em casa... dia e noite, de segunda a domingo.

Puta mentira. O raio do colega nem ficava vermelho.

Chegamos à rua. Escolhemos um sentido e fomos andando pela calçada. Laércio me olhava de vez em quando, ansioso e tímido. Até que não agüentou mais:

Não vai querer saber o que aconteceu na casa do vereador?

Eu já sei. Você foi lá tomar dinheiro.

Eu? Tomar dinheiro? Puta que pariu, cara, como pode pensar uma coisa tão vergonhosa do seu velho amigo? Fui na casa de Laurente, ou melhor, na casa dos descendentes dele, pensando em checar umas informações. Você já parou pra pensar que a morte dele, sendo um homicídio de autoria desconhecida, deveria ser responsabilidade da Homicídios? A investigação não deveria ter sido atribuída a uma das equipes da Homicídios? Deveria. Mas o inquérito foi parar nas mãos de um delegado distrital, um simples assistente. Aí tem coisa, meu. É claro que tem coisa. Por isso eu fui na casa da família do morto. Perguntar se os malas que mataram o vereador tomaram grana também.

Como é que eles iriam saber?

Ué! Não sabiam se a vítima costumava carregar dinheiro nos bolsos? Não sabiam se levava cartão de crédito, cartão magnético, esses baratos? Não falaram com a polícia e com testemunhas? Se a vítima foi assaltada antes de ser morta, o crime foi de latrocínio, e daí é normal que o inquérito seja comum, igual aos outros, é natural que seja presidido por um delegado de bairro. Agora, se não...

Laércio, vamos parar com essa palhaçada. Eu e você sabemos que um inquérito pode tomar várias direções. Pode ir pra delegacia do bairro, pra Homicídios, subir à Corregedoria, ao gabinete do secretário da segurança, pode ir direto pro Judiciário. Há jogos de empurra, tráfico de influências, avocações, o diabo a quatro. Como policial você sabe muito bem disso. Pare de me embromar. Você não foi à casa do vereador para tentar levantar informações. Além do mais, sabia que eu estava desistindo de procurar o dono do motel. Te falei isso ontem, na Sete de Abril.

Paramos na calçada. Ele me encarou e eu segurei seu olhar.

Foi na casa pra tomar dinheiro, sim, porra!

Você não acredita nisso.

É claro que acredito, afirmei.

Eu só queria checar umas coisas. Eu também tenho curiosidades mórbidas. Deformação profissional... Sei que você acredita em mim. Um mínimo que seja. Se não acreditasse não teria vindo no distrito me tirar do xadrez.

Vim aqui por outros motivos, e principalmente porque Ananias me telefonou, já que você fez a extrema gentileza de lhe dar meu nome e meu telefone. Vim aqui porque não gosto que meus colegas sejam encanados em delegacias de bairro... investigadores têm de ficar na frente das grandes, não atrás. Vim aqui porque somos amigos... Não. Pelo fato de já termos trabalhado juntos. De juntos termos corrido perigo de vida naquela maldita diligência no bairro do Limão, na noite em que Afrânio nos telefonou. Merda, Laércio, nem sei por que estou dizendo tudo isso.

Com certeza ele queria dizer algo mais, protestar, jurar de novo inocência. Alguma coisa, porém, o fez mudar de idéia. Abaixou a cabeça e nós continuamos pela calçada até avistar um boteco do outro lado. Atravessamos a rua, entramos, pedimos café, mas depois que olhamos para a cafeteira sobre o balcão, mudamos de idéia. Um refrigerante ia bem, não ia? Escolhemos a marca ao acaso e tomamos um gole sôfrego assim que o dono do lugar abriu as garrafas. Lembrei do distrito. Do meu. Era mais que tempo de dar alguma satisfação, mostrar que continuava vivo.

Tirei o celular do cinto esperando que ele estivesse disposto a trabalhar naquele momento aziago.

Laércio ficou curioso:

Vai falar com quem?

Com a minha delegacia. Passei lá só de manhã, não voltei até agora, acho que devo explicações.

Usar celular para chamadas de serviço é mancada. Seja esperto. Fale no celular só quando quiser se acertar com a namorada. Use aquele telefone ali, ó.

Apontou para um aparelho vermelho, de plástico, moderninho, encaixado entre duas divisórias de uma prateleira. Como no local não havia fregueses nem música, o dono ouviu perfeitamente a sugestão de Laércio. Não assimilou o golpe, não reagiu. O colega nem se mancou.

Você aí, meu! A gente é polícia. Estamos precisando do seu telefone. Traga ele pra cá.

216

Se eu fosse o dono do bar teria continuado na minha, fingindo não ter escutado, ou mesmo ser surdo, mas o homem não pensava assim. Pegou o aparelho, levou até o balcão e empurrou bem na nossa frente — o fio ficou esticado como um varal. Detesto esse tipo de expediente, esse tipo de boçalidade, entendo que são práticas policiais do passado, mas não iria desmoralizar o colega ali, diante de um estranho. Disquei para o 38. Tinha esperança que Roney não atendesse. Era um gozador, e em certos dias, como aquele, eu simplesmente não agüentava as piadinhas dele. Mas dei azar. Foi ele mesmo que atendeu:

Venício? É você mesmo, cara?

Escuta, Roney, estamos usando o telefone de um amigo, um senhor que tem um bar aqui perto do 36. Preciso falar rápido.

Não precisa correr tanto... agora que ele já ouviu suas palavras deve estar mais calmo e confiante. O que aconteceu? Porra, meu, você desaparece de manhã cedo, não dá mais notícias... Tanaka, o grilado, já perguntou umas duas ou três vezes por você.

Ele está por aí?

Não. E também não está na sala dele. Eu sei porque cheguei de lá agorinha mesmo. Acho que foi na padaria tomar café. Ou está puxando o saco do titular. Escuta: por que estamos falando essas bobagens todas?

Nós não estamos falando. *Você* é que está falando. E o plantão? Algum flagrante? Fuga de preso? Estupro, gente chorando pelos cantos, mãe gritando e pedindo providências da polícia?

Isso mesmo. O plantão tá supercarregado. Fuga de preso, flagrante, estupro, a mãe do Mauricy já veio aqui umas quatro vezes, gritando, se descabelando, diz que não sabe como foram fazer isso com o filho dela.

Diga a ela que seu problema é ter um filho muito bonito. E diga ao nosso preclaro chefe que se ainda não voltei ao distrito é porque continuo trabalhando. No mais, um abraço.

Devolvi o telefone ao dono do bar, que o enfiou no mesmo escaninho. Pedi a conta. A princípio ele recusou cobrar. Talvez imaginasse que meu colega não iria querer pagar nem permitir que eu pagasse, e não quisesse correr o risco de se decepcionar. Paguei. Depois voltamos ao pátio da delegacia. Ao ver a situação precária do meu carro, Laércio tomou um susto. O que tinha sido aquilo? Eu havia trombado com uma jamanta? Falei nos tiros que havia levado na noite anterior, quando chegava em casa. Ele ficou chateado. Se não com a minha situação pessoal, pelo menos com a situação da polícia.

Essa cambada não respeita mais a nossa instituição. Tem idéia de quem foi?

Presumo que tenha sido alguém envolvido na investigação que eu vinha fazendo. Alguém comprometido o suficiente para me encarar e me encher de balas. Falando nisso, ontem, quando você conversou com aqueles malas da Sete de Abril, não deu meu nome, deu?

Que foi que eu te disse ontem no restaurante?

Disse que não.

Então a conversa acaba aqui. Vai passar pelo centro?

Após deixar Laércio no centro, num ponto de ônibus no largo do Paissandu, diante do antigo cine Premiê, me arrastei até o 38, onde o plantão chegava ao fim. Ajudei no que pude, dei as explicações que tinha para dar e ainda fiquei um pouco pelo cartório, conversando com o pessoal da equipe que entrava para o plantão noturno.

Cheguei ao bar do Luís por volta das nove. Era uma típica noite de quinta-feira. O raio da espelunca estava lotada, bêbados e jogadores saindo pelo ladrão, desocupados escorados no balcão ou junto das mesas peruando o jogo de dominó ou de baralho. Como não havia mesa disponível, fiquei de pé. Luís e Cármen trabalhavam juntos para dar conta do recado. Foi ele quem se aproximou primeiro, escorrendo entre as mesas e cadeiras, lépido como um animal.

O que você andou aprontando dessa vez?

Fingi surpresa:

Eu? Nada, porra.

Andou enchendo o saco de alguém? De alguém importante, eu quero dizer.

Gastei o dia inteiro na investigação que venho fazendo. Em todo trabalho desse tipo a gente pisa nos calos de alguém. E é bom que seja assim mesmo, para apimentar o serviço.

Andou perturbando delegados de polícia?

Agora eu não precisava fingir surpresa. Estava surpreso mesmo.

Luís abaixou a voz para não ser ouvido pelos *habitués* mais próximos. Talvez uma medida desnecessária, já que no tumulto geral era pouco provável que alguém ouvisse alguma coisa. Contou o que tinha visto e o que vinha esquentando sua cabeça. "Minha moleira", nas palavras dele. No começo da noite, aí pelas sete, sete e meia, uma viatura da Polícia Civil começou a rondar os prédios. Mais tarde parou na padaria, dois policiais entraram, fizeram perguntas, olharam para o boteco do Luís e caminharam até ele. Perguntaram de mim. Luís informou o pouco que sabia.

Os caras não deram a menor bola, Venício. Querem falar direto com você.

Levantei os olhos para o prédio, era mesmo imponente, uns quinze ou vinte andares de apartamentos grandes — via-se pelo espaço entre as janelas —, a portaria ampla e bem iluminada. Concluí que ali as coisas deviam mesmo andar bem, sempre. Informei ao porteiro que precisava falar com Almada. Falando devagar, como se quisesse ganhar tempo, ele pediu que eu esperasse, e foi o que eu fiz efetivamente, já que era tudo o que me restava fazer.

A rua Francisca Júlia não é larga, mas tem ladeira, e o vento correndo pelo declive ia bater direto na minha orelha. Levou um bom tempo para eu ouvir de novo a voz do porteiro.

O doutor Almada disse que o senhor pode entrar.

O portão se abriu, eu passei para dentro, parei diante da portaria e pedi ao empregado que vigiasse meu carro, pois ele não tinha pára-brisas. O homem esticou o pescoço na direção da rua a fim de checar a informação. Não sei o que ele viu daquela distância e sob a luz fraca. Em todo caso, prometeu olhar. "Deixa comigo, seu investigador, aqui ninguém tasca o seu carro." E até sorriu. De vez em quando eu topava com porteiros simpáticos.

Pensava em tomar o elevador até o 12º andar, mas nunca cheguei lá. No saguão, de pé, firme e atento como um leão-de-chácara, o carcereiro Bruno. Por uma infeliz coincidência, tínhamos trabalhado juntos em duas delegacias.

Oi, tira. Está perdido?

Avancei um passo na direção dos elevadores. Ele me pegou pela manga da jaqueta:

Eu falei com você.

Eu ouvi. Não sou surdo, porra. Acontece que eu quero falar com o delegado Almada e ele não está neste saguão. É lícito supor que esteja no apartamento dele, caso contrário o porteiro não teria me autorizado a entrar. Agora dá licença...

Vamos conversar, sugeriu ele. Só um minutinho. Depois você fala com o doutor. Ou sobe até o apartamento, ou ele desce até aqui. Vamos conversar. Não custa nada... A menos que você esteja com medo, claro.

De você? Não me faça rir. Se eu começo a dar risadas nesse momento, pode ser perigoso. Recusei almoçar com uma gostosa num hotel, recusei o almoço de um restaurante da São João, estou sem comer até agora, se caio no riso aqui no saguão deste prédio chique posso ter um troço.

O que você quer com o delegado?

Não sei. Estou aqui a fim de descobrir. Ele esteve no meu condomínio no começo da noite me procurando. O dono do bar disse que havia outro homem com ele, um segurança. Era você?

Está me ofendendo, sabe que não sou segurança, sou funcionário público — e concursado.

Era você?

Ele continuou me examinando profunda e silenciosamente, e eu segurando firme o seu exame. A porta dos elevadores se abriam e liberavam moradores, gente que passava ao nosso lado, nos olhando, alguns cumprimentando com a cabeça. Outros moradores chegavam de fora, da rua, com ar cansado, a pasta pesando no braço, estes passavam sem nos olhar. Deviam ser umas dez e meia, onze da noite, mas o movimento ali era quase tão intenso como no centro comercial da cidade. Bruno finalmente voltou a falar. Queria descobrir como eu soubera que fora Almada a me procurar no Conjunto dos Bancários, já que ele não dera o nome.

Achei que podia responder aquilo sem me complicar. Depois que Luís dera a descrição do homem que lhe parecera ser o delegado, eu fizera algumas pesquisas pela polícia e havia descolado aquele endereço. Bruno ficou puto:

A polícia não pode dar endereço de autoridades a torto e a direito. Isso tem de acabar. Muita coisa na polícia tem de acabar.

Concordo plenamente. E uma das coisas que têm de acabar são certas mordomias. Quem é tira tem que trabalhar como tira, quem é carcereiro tem que tomar conta de preso, nos presídios e nos plantões.

Solicitaram os meus serviços junto ao doutor Almada.

Imagino, eu disse com desprezo. Enquanto isso, enquanto você tira plantão nas saias do doutor, muita delegacia não tem carcereiro, são os escrivães que têm de lidar com os presos, cumprir alvará de soltura, pagar o rango, executar mandado de prisão em flagrante ou preventiva. Às vezes o escrivão nem é homem, é mulher, e a pobre coitada tem de entrar no pátio dos presos, ouvir coisas, sentir mãos passando pelo corpo, o escambau.

O ódio de Bruno crescia a olhos vistos:

Eu acho que a gente não se topa mesmo.

Eu não acho. Tenho certeza.

Continuamos um tempo na mesma posição, de pé, nos encarando, em guarda, eu imaginando que a qualquer momento ele avançaria sobre mim. Era mais jovem, embora um tanto franzino, se me atacasse eu teria que me valer dos velhos músculos entorpecidos, dos velhos nervos deteriorados. Talvez levasse a pior. Foi com alívio que ouvi um celular tocar. O dele. Sacou o aparelho do bolso lateral da calça — era muito chique guardar o celular no bolso, em vez de pendurar no cinto, como fazem as pessoas da plebe — e falou poucas e boas palavras:

Sim... Ele mesmo... Tá aqui... Metido. Boçal. Como o senhor tinha dito mesmo. Não. Eu tentei, mas... Sim. Claro... Eu espero.

Desligou, sentou numa das poltronas revestidas de couro e apanhou um jornal na mesinha de centro com tampo de acrílico. Eu continuei de pé. Pensei em fumar, mas logo mudei de idéia. A garganta estava seca e amarga, o cigarro não teria sabor nenhum, só me deixaria aborrecido — e mais tenso.

Ouvimos a porta do elevador se abrir. Almada estava ótimo, para dizer o mínimo. Usava um pijama de listras, dos antigos, a bainha batendo nos chinelos de couro, por cima do qual vestia um roupão vermelho com desenhos no peito. Se fosse outro, um cara simples de classe média ou um pobre mesmo, ia pegar mal descer assim de pijama no saguão do prédio, mas as pessoas que têm dinheiro e poder são diferentes, até usar sandália de dedo em festa society vira notícia, se torna imitável. Tinha feito a barba recentemente, como se estivéssemos no começo do dia. Seu perfume era suave e másculo... Másculo? Bem, vá lá.

Evitou me dar a mão. Eu não esperava que desse mesmo.

Soube que andou me procurando, doutor. O dono do bar me falou.

Foi. Andei. Como descobriu meu endereço?

Perguntando a uns e outros na polícia.

Bruno mexeu o corpo, mais ou menos como faz um pescador cansado da imobilidade na beira do rio:

Isso tem que acabar, doutor. Essa palhaçada não pode continuar. Onde já se viu um tirazinho de plantão sair por aí levantando endereço de autoridade policial!

Depois do olhar mortal que Almada lhe endereçou, o carcereiro se calou. O delegado voltou-se para mim.

Eu estive mesmo no seu prédio... no conjunto de prédios onde você mora. Condominiozinho vagabundo, hein? Oquei. Oquei. Talvez não seja vagabundo, seja só pobre mesmo. O dono daquele boteco é muito eficiente na descrição das pessoas. Meus parabéns. Diga isso a ele. Talvez um dia eu precise da argúcia dele... Escute, Venício. O motivo que me levou ao seu endereço foi o seguinte. É muito simples. Saber como andam as investigações sobre o sujeito chamado Anatole.

O senhor podia ter me telefonado, acho que deixei o número do meu celular quando estive na sua delegacia.

Se deixou, eu não me lembro.

De qualquer forma, foi bom. Assim o senhor teve a oportunidade de sair de casa à noite, dar um passeio, um bordo, olhar o lugar onde eu moro... Foi legal. Sobre a investigação, está péssima. Falei com uma porção de gente, com o gerente do hotel do desaparecido, interroguei a noiva, alguns amigos e inimigos, velhas e rejeitadas amantes, e nada. O cara continua desaparecido. Acho que está morto. Tudo leva a crer que esteja morto. Agora, certas pessoas não se conformam, não aceitam o fato, daí me pediram pra continuar na estrada.

Soube que andou tomando uns tiros ontem à noite.

Quem lhe contou?

Não me lembro mais. Talvez eu tenha recebido informações da polícia... eu tenho muitas e boas relações na polícia. Talvez gente do seu bairro mesmo, hoje. Quem atirou em você?

Bem que eu queria saber. O carro de onde partiram os disparos está registrado em nome de Renato Costabello Filho. Ladrão, estelionatário, assaltante... O endereço dele fica na avenida José de Alencar. Estive lá de manhã, mas é só um terreno grande, com uma mísera edícula nos fundos... uma ridícula edícula. E não está registrado em nome de Renato, e sim no nome de uma mulher.

Os olhos de Almada cresceram e brilharam na minha direção.

Que mulher?

Como eu achava temerário dar todas aquelas informações, larguei uma mentira:

Esqueci. Desculpe, mas esqueci. Desde segunda-feira estou enrolado nesse caso, falando com muita gente, eu que sou um tira enferrujado, que só sei lidar com plantão... O senhor sabe, dirigir viaturas, intimar pessoas, botar e tirar bêbados do chiqueirinho... Minha cabeça já não consegue guardar nomes.

Isso também importa pouco. Conseguiu localizar esse tal de Renato? Por outros meios, quero dizer.

Não consegui.

Quer uma ajuda?

Bruno mexeu-se de novo, como um trabalhador cansado e entediado no ponto de ônibus.

Vai ajudar esse cara? *Você* vai ajudar esse cara?

Achei engraçado e interessante que o carcereiro chamasse a autoridade de "você". Era como se o delegado, de noite, no saguão do seu edifício, não tivesse muita autoridade. Almada assimilou a porrada. Talvez aquele tratamento fosse comum entre eles, vá saber a razão. Informou ao subordinado que a sua intenção era mesmo me ajudar, que eu era um tira legal, direito, estava fazendo um trabalho da maior importância e, o que era notável e nobre, trabalhando na folga dos meus plantões. E mais notável e meritório ainda: sem ganhar nada por isso.

Mudei o peso do corpo de uma perna para outra. A conversa estava péssima, tomando rumos inauditos e suspeitos. Eu me sentia como um pária analfabeto pedindo ajuda de madrugada numa delegacia e ouvindo palavras enroladas e citações de leis e constituições. Um tira legal, eu? Da maior importância, o meu trabalho? Tratei de tomar uma providência:

Acho que vou indo. Agradeço seu oferecimento.

Eu nem terminei ainda, ele disse.

Desculpe. Termine.

Sua investigação é importante pra mim. O cara que está desaparecido — ou morto, como é mais provável, já que você mesmo disse — trabalhou uns tempos com o vereador Laurente. Um caso pode ter relação com o outro. Vá que Anatole tenha matado o vereador. Ou descobriu quem matou, começou a chantagear o cara, o assassino se invocou e matou o chantagista, escondeu o corpo e...?

... pegou sua identidade, cometeu outro crime, foi parar na carceragem do 45º DP, lá encontrou um amigo do vereador, o amigo se invocou e...

O carcereiro levantou a voz:

O cara é um gozador, Almada. Um gozador. Tira sarro de você, de mim, de nós, da polícia, do Estado que *nós* representamos.

A autoridade lhe deu um tapinha no ombro:

Fica frio, Bruno. Fica frio.

Me pegou pela manga:

Vamos ali fora.

Fomos conversando em direção ao portão da rua. Falamos sobre Laurente, o inquérito, a investigação, falamos sobre Anatole e sobre Suzy, o crime da General Jardim. E falamos sobre Bruno. Almada explicou que ele era seu cunhado. Não. Tinha sido seu cunhado no tempo que fora casado com uma das irmãs do carcereiro. Gostava do ex-cunhado, embora ele fosse complicado, tivesse exercido seu mister em várias delegacias e tivesse criado caso em todas. Era boa gente, apesar de tudo. Um pouco estouvado talvez. Precipitado. Mas gostava dele. Tanto que ele, Almada, deixou a mulher, mas não deixou o cunhado.

Nesse ponto, riu. Ali na rua, debaixo das luzes fracas e envolto pelo vento frio, o riso do delegado não era apenas cínico. Era sinistro também.

E esse carro aí?, perguntou, olhando as fuças do meu fusca.

É meu. Os vidros quebrados são conseqüência dos tiros de ontem à noite.

O que vai fazer com ele?

Consertar. Quando eu receber o holerite no fim do mês e acertar as contas, pagar o aluguel, o condomínio, as penduras nos botecos, pagar as prestações, a faxineira, esses troços. Aí conserto os vidros. Ponho outros. Depois procuro vender.

Não pode rodar com o carro assim: é contra a lei. E, dependendo do tempo, é contra a saúde também. Deixe num estacionamento ou numa oficina. Eu te empresto um, você usa no seu trabalho, numa boa.

Um seu? Vai me emprestar um carro seu?

Não. Meu, não. Carro da minha delegacia. Apreendido na minha delegacia. Você passa lá amanhã, a gente escolhe um, em boas condições, claro, você não vai sair por aí com um carro caindo aos pedaços, eu faço uma carga em seu nome. Sabe como a coisa funciona, não sabe?

Sei. O carro está apreendido no distrito porque foi envolvido em crime, estelionato, apropriação indébita, tráfico de entorpecente, e a lei permite que seja usado pela polícia em trabalho policial, vai daí eu assino a carga, saio com o carro feliz da vida rodando pela cidade... Obrigado, doutor. Desculpe, mas sou obrigado a recusar.

Por quê?

Não admito essas mumunhas. Não trabalho na sua delegacia e portanto não vou usar carro da sua delegacia. Obrigado. Agora, se o senhor me dá licença, vou indo.

Bruno tinha nos seguido e estava ali, junto ao portão, nos olhando pelo lado de dentro. Com um passo ganhou a calçada e se aproximou de nós. Estendeu o braço na minha direção e virou a cabeça para o seu superior hierárquico:

O cara não presta, acusou ele, se referindo a mim. Antes de você descer ao saguão eu já tinha dito isso a você. O cara não presta.

Pensei em mandar o carcereiro tomar. É o que teria feito se outras fossem as circunstâncias. Vontade não me faltava. Mas ali seria contraproducente. Havia um delegado de polícia, uma autoridade do Estado, não ficava bem dois subordinados baterem boca diante de seus olhos, debaixo de suas barbas. Além de falta de respeito, seria burrice também. Até por uma questão de coerência, ele seria levado a tomar providências, e um dos subalternos iria dançar. Ou seja: *eu*. Dei as costas aos dois, entrei no carro e sumi na rua.

Dirigi direto e reto até o meu bairro, larguei o carro no estacionamento, entrei de novo no bar do Luís, comi dois sanduíches e tomei duas latas de cerveja. Arrastei a carcaça até o meu prédio. Demorei para dormir.

Quando acordei, o dia já estava claro, um raio de sol batendo na janela. Havia um rádio em algum lugar transmitindo um programa de perguntas e respostas. Talvez estivesse no apartamento embaixo do meu, perto da janela, a todo volume, por isso o som ia bater nos meus ouvidos. Levantei, andei trôpego para o banheiro, voltei ao quarto.

Meia hora depois eu estava parado na porta do meu prédio. Sempre parava na porta do edifício quando saía pela manhã. Olhei numa direção e noutra, não vendo ninguém e nada suspeito.

Depois do café e do cigarro na padaria, subi a rua para apanhar meu carro. Uma decepção. O motor se recusava a pegar. Tentei umas três ou quatro vezes, em vão; ele estava preguiçoso mesmo. Ou fazendo greve. O empregado do estacionamento se aproximou e ofereceu ajuda. Achando que era uma boa, aceitei, ficando combinado que ele empurraria o carro enquanto eu manteria a marcha engatada em segunda. Quando ele pegasse embalo, eu soltaria a embreagem. Tudo simples e direto. Só que não tinha ladeira ali. Botei a cabeça pra fora da janela:

Como é que você vai empurrar o carro no plano?

Vamos tentar, respondeu firme o empregado. Gire a chave na ignição e engate a marcha.

Aí compreendi uma verdade verdadeira: eu queria que o rapaz desistisse. Não me agradava ver empregados de estacionamento empurrando meu carro — nem éramos amigos, eu só o conhecia do dia anterior, quando fora estacionar o carro lá pela primeira vez. Receber favores me deixa cabreiro. De estranhos, pior ainda. Mesmo um empurrãozinho de nada. Por outro lado, o guarda de trânsito da Radial Leste dissera que dirigir com os vidros quebrados era contra a lei, e Almada havia dito que poderia ser contra a saúde também.

Deixa pra lá, amigo. Obrigado.

Saí do carro, agradeci a força, dei-lhe uma gorjeta e me despedi. Contei o dinheiro que me restava — cacetada, eu estava no fim da minha poupança. Da poupança que Suzy havia feito. E naquela rua não passava ônibus. Achei que podia tomar um táxi. Assim ficaria falido logo de uma vez.

Quando chegamos ao condomínio na Moreira de Barros, mandei que o motorista parasse.

Vai querer que espere?, perguntou.

Mal posso pagar pela corrida até aqui, acha que vou poder pagar pelos minutos parados?

Saquei minha fortuna, paguei, enfiei o restante no bolso, me aproximei do portão que dava para a portaria. Lá dentro, atento, ereto atrás dos vidros, como um animal que perdeu as forças, dentro da jaula, meu velho e conhecido Ferdinando. Aquele que odiava seu nome, por isso se rebatizara de Fernando. Fiz um aceno e lhe enderecei meu melhor sorriso. Ele me reconheceu e caminhou até o portão. Podia ter usado o telefone interno, mas preferiu ir ter comigo cara a cara.

Lembrou-se de mim, hein, Ferdinando?

Foi, lembrei. Mas é chato me chamar de Ferdinando. Aqui todo mundo me conhece por Fernando. Só no escritório sabem o meu nome verdadeiro.

Estendeu a mão por entre as grades e eu a apertei com satisfação. Era um homem simples e bom que gostava das pessoas. Gostava até mesmo de policiais.

Esqueci seu nome, reconheceu ele.

Venício. Investigador.

O cargo eu sei, só tinha esquecido o nome. Veio procurar pistas do desaparecimento do seu Anatole e da morte da amante dele, a dona Suzy?

Imagino que a Homicídios já esteve aqui.

Ferdinando disse que sim, a Homicídio tinha estado ali, um delegado e dois investigadores, mais um fotógrafo e um perito. Ele parecia muito chegado a detalhes. Talvez a função monótona que desempenhava lhe aguçasse os sentidos, como acontece com certos deficientes físicos. Também arriscava opiniões. A polícia não tinha descoberto nada. No apartamento não havia impressões digitais suspeitas, os vizinhos não deram informações que prestassem, e ele, na portaria, também não pôde colaborar. Até ficou com medo de dizer o pouco que sabia.

Mas a Homicídios é legal, não é?, ele me perguntou.

Ele deixava escapar a desconfiança que lhe despertavam outros setores da civil. Pulei a pergunta.

Escuta, Fernando, este apartamento aqui onde o Anatole morava era alugado. No começo até estranhei, já que ele era um empresário, mas depois compreendi, empresários estão sempre morando de aluguel e aplicando o que ganham em novos negócios. Tudo bem. Me diga, quem é o dono do apartamento dele?

Seu Heliodoro. O dono do apartamento é o seu Heliodoro. Dono de uma imobiliária na Doutor Zuquim. Tem esse apartamento e tem muitos outros, o cara é podre. Peraí. O telefone tá chamando.

Voltou ao seu aquário e atendeu o interfone, me olhando de vez em quando. Terminada a conversa, pôs o fone no gancho e abriu a porta com o controle remoto. Fez um sinal. Eu deveria entrar. Não só entrei, cobrindo com passos rápidos a curta distância entre o muro e a portaria, como encostei a cara no vidro, a voz saindo por aquele buraco planejado e executado para deixar passar vozes. Fiz a pergunta óbvia. Onde ficavam seu Heliodoro e a imobiliária? Ferdinando quis sair pela tangente. Ficavam na Dr. Zuquim, mas ele desconhecia o número. Acrescentou que era inútil eu ir falar com Heliodoro, pois ele não sabia de nada sobre os crimes. Estranhei:

Como é que você pode estar tão certo? Tem falado com ele? São íntimos?

Com ele diretamente não tenho falado, não. Mas a gente ouve coisas. Numa portaria a gente sempre ouve coisas.

Dei a volta pelo aquário, empurrei a porta de alumínio que ficava nos fundos, entrei, fiquei cara a cara com Ferdinando. Ele tentou dar marcha à ré, mas não havia espaço suficiente para se livrar de mim. Joguei na direção dele um olhar tão duro que eu mesmo podia ouvir o atrito com o ar em volta.

Você sabe, sim, o endereço de Heliodoro e da imobiliária, vociferei. E vai entregar. Ah, vai. — Dei um grito, um pouco de saliva batendo no rosto dele. — Vai informar agora, porra!

Ele amoleceu, "Calma, calma, eu vou informar", e apanhou uma folha de papel numa gavetinha da mesa em que atendia telefones. Rabiscou um endereço e me entregou. Conferi e vi que era mesmo a Dr. Zuquim. Talvez eu até já tivesse passado diante daquela imobiliária uma vez ou outra. Tratei de sair da cabine. Ferdinando veio atrás de mim. Um dos telefones começou a tinir, ele fingiu que não era com ele, e do lado de fora começou a

233

pedir desculpas, até gostaria de colaborar com o meu trabalho, porque eu era um cara legal.

Deixe disso, Ferdinando. Cara legal o cacete. Ninguém acha que policiais sejam caras legais. Apenas têm medo ou esperam a prestação de favores.

Saí para a rua, sempre acompanhado pelo olhar canino do porteiro. Parei na calçada e olhei na direção da Nova Cachoeirinha, contando tomar um táxi. Aí me lembrei de conferir meu dinheiro de novo. Tirei os trocados do bolso e descobri que não dava. Tomar um táxi, fosse para onde fosse, até mesmo para o bairro de Santa Terezinha, o mais próximo, estaria acima das minhas posses. Vi um ônibus passando, com destino a Santa Cecília. Tive uma idéia.

Eu ainda não conhecia aquele porteiro. Colei no balcão e tratei de adiantar o expediente:

Meu nome é Venício. Gostaria de falar com uma hóspede, dona Vera. Está no...

Uma que veio do Paraná?, perguntou ele.

Essa mesma.

Ela já conhece o senhor?

Respondi afirmativamente, Vera me conhecia. Ele apanhou um telefone e discou um número, esperou, se identificou e informou a meu respeito. Ouviu mais ou pouco e aí recomendou que eu esperasse.

Caminhei até o centro do saguão, ali onde havia o sofá, as poltronas, a mesinha toda de madeira e os principais jornais da cidade. Depois de me sentar, fui passeando os olhos pelas manchetes. A campanha presidencial continuava a todo vapor. Candidatos prometiam o óbvio, mais empregos, moradia, mais exportações e menos importações e, claro, menos impostos. Não diziam onde iriam arranjar os recursos necessários e também ninguém parecia interessado em perguntar. Talvez porque ninguém acreditasse mesmo naquilo tudo. As promessas eram uma farsa e todo mundo parecia saber disso.

As campanhas eram um primor de sujeira, falsidades, rasteiras, traições. Candidatos que na semana anterior haviam chamado adversários de pau-de-galinheiro agora eram fotografados beijando-se no rosto, em público, a desfaçatez beirando os casos de polícia. Candidatos que ontem pugnavam por um socialismo radical agora aliavam-se a partidos de centro ou de direita, com direito a rezar pelo catecismo de proprietários de igrejas evangélicas. Ninguém se mantinha fiel ao partido ou a seu programa. Governadores que haviam fundado partidos, e que no começo da corrida presidencial tinham apoiado seus companheiros, aliavam-se cinicamente a adversários.

Joguei o último jornal sobre a mesinha. Hóspedes saíam do elevador e vinham sentar ali perto, liam os jornais, atendiam o celular, pediam café, cigarros, saíam. Outros vinham da rua, passavam às minhas costas, seguiam para o elevador ou para a escada. Nada em particular chamava a minha atenção. Era tudo igual, monótono, tenso, organizado e rotineiro, como em qualquer hotel de cidade grande, imagino. A única coisa que me incomodava era sentir gente parando às minhas costas. Não gosto disso.

Em dado momento, quando a porta do elevador se abriu e ouvi passos, algo me chamou a atenção. Instintivamente, virei a cabeça e vi Norberto passando pelo saguão rumo à porta da rua. Estava muito elegante. Sobretudo pela capa chique, aquelas capas de gabardine tão caras aos detetives do cinema. Sobretudo pelo sobretudo. Gritei:

Ei, Norberto!

Parou no mesmo instante, ciscou um pouco por ali, a uns dois metros da porta, me olhou e fingiu não me reconhecer. Andei na sua direção. Agora já não precisava gritar.

Oi, Norberto. Não me viu, não?

Vi. Mas não reconheci. Desculpe, sou um mau fisionomista.

Isso é ruim para um detetive. Especialmente para um investigador particular do seu gabarito, que anda aí pela cidade com roupas assim tão caras...

Peguei na gola do sobretudo, sentindo a maciez do tecido. Corri a unha pelas costuras.

Detetives bem-sucedidos, presume-se, devem ser bons observadores, ótimos fisionomistas, terem uma memória elefantina. Isso é o mínimo. Mas tudo bem. Não vamos ficar aqui conversando sobre as qualidades e os defeitos de investigadores particulares. Veio visitar a Vera?

Foi. Vim. A gente tinha uns assuntos pra conversar.

Que assuntos?, se não for muita indiscrição perguntar.

Bem, Venício, coisas estranhas à polícia e ao trabalho policial. Que não interessam a você. Eu e a Vera somos amigos agora, eu ia passando por aqui, resolvi fazer uma visita, bater um papo. Cortesia profissional. Não creio que você entenda o que eu quero dizer. Como você sabe, ela deixou de ser minha cliente, mas nada impede que volte a ser um dia. Ou que lá na cidade dela dê referências minhas a pessoas que precisem de alguma investigação em São Paulo. Agora, me diga: e os caras que meteram bala em você naquela noite? Já identificou, prendeu e arrebentou?

Não sou de prender nem de arrebentar. Mas é tolice ficar repetindo isso pra você. Não creio que entenda.

Norberto me deu a impressão de que estava procurando um argumento para jogar na minha cara. Não encontrando, levantou o punho, olhou o relógio e disse que precisava ir andando, tinha um compromisso no centro velho da cidade. Perguntei se por acaso estava se referindo a algo na avenida Liberdade, pois ele tinha me dito que estava montando um escritório lá. O respeitável *private eye* nem deu resposta. Jogou um tchau, abriu a porta e saiu. Comecei a voltar à minha poltrona, mas nem cheguei a sentar, porque o porteiro me avisou que eu já podia subir.

Tomei o elevador. Vera já estava na porta do quarto, quando cheguei lá. Muito bonita e muito elegante num agasalho vermelho estalando de novo. Eu disse que achava um exagero, pois nem estava tão frio assim. Apesar de aceitar minha opinião, tinha a dela também:

É costume. Estou habituada a vestir agasalhos pela manhã... antes mesmo de ligar o rádio no serviço de meteorologia ou olhar como está o dia. Entra.

Afastou o corpo para que eu pudesse passar ao interior do quarto, indicou uma poltrona com um gesto e sentou-se em outra. Recusei, preferindo ficar de pé.

Encontrei com Norberto no saguão, eu disse. Ele esteve aqui te visitando... O que ele queria?

Veio pedir seu antigo emprego de volta. Bem, nem era verdadeiramente um emprego. Eu me expressei mal. Era só um contrato, um trabalho, uma missão. Mas ele queria voltar a trabalhar na investigação. Reclamou da vida, dos poucos clientes, da falta de dinheiro, dos calotes que leva... Na profissão dele (foi o que me disse) toma muitos calotes. Eu ainda falei que em todas as profissões é assim, até na minha, de psicóloga, mas ele continuou acabrunhado, reclamando do governo, do ministro da Fazenda, do presidente do banco...

Pois não me deu a impressão de estar nem um pouco acabrunhado. Parecia muito fagueiro com aquela capa de gabardine própria dos profissionais de sucesso.

Disse que comprou a prestações e que só pagou a primeira. De qualquer forma, não acho que isso interesse muito. Recusei contratar ele de novo. Agora já tenho você... Quer dizer, agora que você prometeu me ajudar.

Disse isso a ele?

Disse... de certo modo.

Achei que podia me sentar, pois já havia meio caminho andado. Me sentia menos desconfortável na presença daquela mulher jovem e bonita. Assim que arriei o corpo numa poltrona, ela perguntou se eu havia descoberto algo importante. Era natural que perguntasse, eu já esperava por isso. Falei rápido e claro. Não. Tinha andado por um lugar e outro com meu carro de vidros quebrados, ou a pé ou de ônibus, e não tinha conseguido nada. Precisava me avistar com o homem que havia alugado o apartamento para o noivo dela, mas não tinha grandes esperanças.

Vera tinha esperanças:

Ele pode saber de alguma coisa. Se alugou o apartamento pro Anatole, talvez conheça ele, talvez saiba por onde ele anda, o que aconteceu. Pode te dar alguma pista.

O cara é dono de imobiliária, é rico, tem outros imóveis, é lícito supor que nem conheça seus inquilinos. Talvez nem conheça a empregada da própria casa. Em todo caso, vou falar com ele. Numa investigação não se desprezam pistas nem se menosprezam informantes... mesmo aqueles que aparentemente não sabem de nada. Vou falar com ele. Já tenho o endereço da imobiliária.

Ela se mexeu na poltrona, mudando a posição das pernas. As coxas forçavam o moletom. Que de maravilhas não rolavam por ali, debaixo do tecido... Tentei não olhar, mas talvez tenha me saído mal — sempre me saio mal quando tento disfarçar meus exames eróticos. Talvez Vera tenha percebido meu desconforto, pois virou o olhar em outra direção. Depois voltou-se para mim:

Quer uma bebida?

Obrigado. É cedo pra começar a beber.

Um refrigerante... um suco...

Vera, estou com um problema. Como você sabe, os vidros do meu carro estão quebrados. Andar pela cidade nessas condições não é apenas incômodo, é contra a lei também. De mais a mais, o motor está velho e fraquinho, preguiçoso, agora pela manhã recusou trabalhar. Significa que o carro pode morrer em qualquer lugar, num estacionamento, numa vaga de zona azul, num cruzamento esperando o farol abrir. Vai daí, tomei um táxi. Vai daí, fiquei sem dinheiro. Duro. Quebrado. Pra continuar trabalhando no caso, eu preciso de algum... dinheiro... para pagar condução, restaurante, coisas assim.

Mil reais dão?

É muito. Eu estava pensando em quinhentos.

Vou apanhar lá embaixo. Eles têm cofre na portaria. Dá licença.

Abriu o armário de madeira, no qual vi roupas penduradas, peças novas e coloridas, puxou uma gaveta embaixo, pegou uma bolsa de couro. Sem me olhar, abriu a porta e saiu. Continuei um pouco na mesma posição, balançando as pernas cruzadas, até começar a pensar em Paula e sentir vontade de falar com ela. Pelo telefone do hotel, liguei para sua casa. Márcia atendeu. Mal-humorada, como vinha se tornando nos últimos tempos. Trocamos cumprimentos e impressões passageiras e logo em seguida ela caiu de pau na filha.

O veneno parecia escorrer pelo fio do telefone e cair direto no meu coração.

O que a Paula anda querendo?, indagou ela.

Quer se mudar daí. Acha que chegou no limite dela, não tem mais condições de continuar morando com vocês.

E por quê?, se posso perguntar.

Acho que você sabe, Márcia.

Não, não sei. Me diga.

Ela acha que você anda transando com o marido dela.

Ficou em silêncio um tempo, eu imaginando-a na sala, ao lado da estante, em trajes caseiros, o telefone no ouvido, pensando e mordendo os lábios. Quando ela voltou a falar, estava puta. Jurou inocência, não andava transando com ninguém, nem mesmo comigo — isso eu sabia, não precisava que ela me dissesse — muito menos com Pedro, que era seu genro e ela considerava como filho. Se Paula estava pensando isso dela é porque se tratava de uma filha ingrata, sem consciência, insensível. Tinha mesmo puxado ao pai.

Ouvi aquela xaropada com má vontade. No decorrer da lamentação, parece que ela começou a acreditar nas próprias palavras, daí passou a falar em altos brados. Eu detesto isso.

Não grite comigo!, ordenei.

Eu grito com quem quiser. Especialmente com você. Pensa que está na delegacia?

Abaixe essa voz, sua escandalosa. E quer saber de uma coisa? Quer saber o que eu penso?

Antes que eu dissesse o que pensava, Márcia bateu o telefone. O som da porrada foi tão forte que faltou pouco para me estourar os tímpanos. Pensei em ligar de novo, mas voltei atrás. Devolvi o fone ao gancho, andei um pouco pelo quarto, abri a janela, olhei para fora, vi prédios e mais prédios, gente lá embaixo, na rua. Fechei a janela. Paula tinha mesmo razão. Era urgente que ela se mudasse da casa da mãe.

Voltei ao telefone. A voz feminina do outro lado procurava ser alegre, juvenil, otimista, candidamente positiva — e todos esses papéis que gente de empresa está sempre disposta a interpretar diante do público.

Aqui é da polícia, informei. A Irene está?

A secretária afirmou que sim, pediu que eu esperasse, aí ouvi o clique de ligação sendo transferida. Quando atendeu, Irene foi a mesma de sempre, educada, solícita, sempre passando a impressão de que o cliente, eu, no caso, era a pessoa mais importante do mundo. Perguntei se havia encontrado um apartamento na conformidade dos rendimentos de Paula. Antes de responder, ela pediu desculpas, ia me telefonar mas não teve tempo, muito serviço precisando de atenção. Acreditei. Depois ela entrou no assunto que verdadeiramente interessava:

Tem um conjunto aqui perto, o Condessa Vilanova. Talvez você conheça. É barato, porque os apartamentos são pequenos, os prédios são baixos, não precisam de elevador, por isso o condomínio é barato também. Acho que a tua amiga vai gostar. Se eu encontrar um apartamento de dois quartos, você acha que ela topa?

Presumo que sim, porque foi o que ela me disse ontem. Mas tudo, claro, depende do preço. Se tiver apartamento só de um quarto, melhor ainda. Minha amiga está se separando da família. Por que iria querer dois quartos?

Nunca se sabe, não é mesmo? E, de qualquer maneira, de um quarto só é mais difícil. Os apartamentos em geral têm dois. Agora é tudo pequenininho, os apartamentos não passam de sessenta metros quadrados. Os apartamentos-padrão, eu quero dizer.

Legal, Irene. Dê uma busca no Vilanova. Veja se acha um apartamento que a minha amiga possa pagar. Ela é escrevente do Judiciário, acho que te falei.

E fiador?

A mãe dela tem escritura da casa onde mora, na Santa Terezinha. Está em pé de guerra com a filha, mas acho que não vai fazer a sacanagem de negar a fiança.

Oquei, Venício. Hoje mesmo... agora mesmo... vou procurar um apartamento pra tua amiga. Tenho certeza que vou conseguir. Por mais trabalho que me dê.

Desligamos. No momento exato, pois Vera já estava bem ali, de pé, com o dinheiro à mostra. Achei que nem precisava contar, de modo que simplesmente enfiei o maço de notas no bolso. Ela me ofereceu a poltrona de

242

novo. Por que não conversávamos mais um pouco? Era apenas cortesia, claro. Ambos sabíamos que já não havia motivo nem tempo para conversas no quarto. Informei que precisava trabalhar e andei para a porta. Ela me seguiu, abriu a porta, ficou escorada no batente, o agasalho vermelho, não sei por quê, parecendo menos vermelho que antes.

Talvez ofuscado pela beleza dela.

Vai me dar notícias?, indagou.

Assim que eu tiver alguma que não seja confidencial, que não esteja protegida por sigilo.

Ainda tem meu telefone, não tem?

Os dois, o celular e o número aqui do hotel.

Tomei uma rua perpendicular à São João que me levasse à praça da República. Podia não ser o caminho mais curto para a Sete de Abril, mas talvez fosse o mais interessante. Se a gente chegar inteiro do outro lado. No fim da viela, parei na calçada, vi os carros diminuindo de marcha, por causa do grande número de táxis e ônibus, esgueirei o corpo entre eles e entrei na praça. Mal tinha começado a percorrer uma das alamedas sombrias e tristes da praça, quando meu telefone tocou. Pensei em Vera, talvez por ter falado com ela havia tão pouco tempo, depois pensei em Irene.

Não era nem uma nem outra. Aliás, não era ninguém, já que do outro lado não chegou nenhuma voz. A ligação havia caído antes mesmo de começar.

Continuei avançando pela alameda, até chegar a uma pequena ponte, na qual dois homens conversavam, escorados no parapeito. Abaixaram a voz, um deles me olhou e sorriu, esperando coisas que eu fingi não entender, e continuei avançando. Topei com uma mulher. Vinha em sentido contrário, parou bem perto de mim, me encarando com seus olhos lerdos e turvos, um filete de água entre o glóbulo e a pálpebra.

Tem algum aí, meu?

É duro ser abordado em praça pública por estranhos que ainda por cima nos chamam de meu.

Contornando a mulher, tratei de seguir em frente. Ela me agarrou pela jaqueta, na altura do ombro. Além de estar de porre, era orgulhosa também:

Ei, eu tô falando com você, seu merda!

Dei um safanão a fim de me livrar dela e, em contrapartida, ganhei um chute na perna. Ergui o braço, ia bater nela, mas a bêbada, experiente, correu pela praça, passando pelos dois homens na ponte e continuando na direção da viela pela qual eu tinha vindo. Quando se sentiu a uma distância segura, parou e se voltou, me olhou e falou coisas — não muito delicadas, imagino. Foi atropelada por um homem com pasta de executivo que vinha por trás dela e, por causa disso, os dois passaram a discutir, gritando e fazendo gestos obscenos.

Segui em frente. No momento em que passava pelo deteriorado coreto, o telefone tocou de novo. Vamos ver se você fala agora, pensei tirando o aparelho do cinto. Sim. Falou. Era Laércio:

Grande chefe, como vão as coisas?

Bem. As coisas vão bem. Continuo vivo, não topei com nenhum cobrador pela frente, não tomei tiros...

Você anda impressionado com tiros. A gente que é tira sempre anda. Tiras impressionados com tiros. Como vai a investigação?

244

Qual delas?

O desaparecimento daquele cara, o tal de Anatole. Encontrou?

Abandonei o caso, já te falei umas duas vezes.

É mesmo. Eu tinha esquecido.

Mas estou no caso de novo, agora a pedido da noiva do cara, uma moça chamada Vera, que veio de... Escute, Laércio, eu estou na rua, o ruído aqui é ensurdecedor, a ligação está de amargar, a linha pode cair a qualquer momento. Onde você está?

Na delegacia. 45º DP. Vim falar com o Adaílton, saber se tinha alguma coisa rolando. E sabe o que aconteceu?

A sua licença venceu e você tem de voltar às fileiras.

Melhor que isso. Ou pior, dependendo das conseqüências. Olha, é o seguinte: ontem à noite um preso apelidado de Caicó foi recolhido ao seguro. Problemas com um colega que ele tentou matar a faca, só não matou porque não deixaram. Depois da briga, Caicó fez ameaças, disse que ia pegar o inimigo quando estivesse dormindo. A fim de evitar tragédias e encheções de saco, o carcereiro botou ele no seguro. Lá ele encontrou outro preso, um tal de Ébert, Herbert, não sei bem. É gente da tiragem, amigo do Adaílton... não, amigo, não. É cagüeta do Adaílton. Pá daqui pá dali, você imagina como as horas custam a passar na cela...

Só tenho uma vaga idéia, nunca estive em cana. Disso você entende mais do que eu.

Puta que pariu — a voz de Laércio baixou alguns decibéis, como se ele estivesse falando com alguém ao lado do telefone. Ou consigo mesmo. — Puta que pariu, a gente querendo ajudar o cara e ele ainda vem com escama.

Laércio, porra, eu tô na rua, mais precisamente na praça da República.

No zoológico da praça da República, você quer dizer.

Laércio, pelo amor de Deus, pode ir direto ao ponto?

O outro preso, aquele que chegou por último no seguro, o Caicó, que na real se chama Ozires, confessou um negócio que a gente achou muito legal. Domingo passado, no final da tarde, querendo ganhar algum tutu, ele apagou outro preso. A navalha. Que é que você acha disso?

Bem, é difícil dizer neste momento o que eu acho. Ainda vou pensar no assunto. Mas me dê o nome completo do Caicó. Se eu atinar com alguma coisa que possa ser feita, não vou precisar procurar você nem telefonar pra esses sangues-bons do 45. Tem o nome aí?

Consegui chegar ao primeiro andar, mas estava sem fôlego, diabos, a escada entre o térreo e o segundo piso não era tão curta como entre os demais andares. Além disso, eu estava mais fora de forma do que havia pensado. Parei e tentei me recompor. Quando me senti melhor, caminhei até a porta do conjunto 10 disposto a tocar a campainha. Então ouvi uma voz às minhas costas.

Olá!

Virei-me. Ela tinha posto um vestido estampado, de comprimento médio, a bainha batendo no meio das pernas, e tinha cortado o cabelo mais curto. Parecia estar com um bom aspecto — um pouco mais, pelo menos, do que tinha quando a encontrei me esperando aquela noite na porta do meu prédio. Entretanto, continuava com um ar triste e derrotado. Talvez devido à bolsa debaixo dos olhos. Taí uma coisa que deve arrasar uma dona. Mazelas que não podem ser disfarçadas com ruges, batons, nem nada do gênero.

Oi, Teresa. Que é que você está fazendo aqui? E onde você estava, que eu não te vi?

Com o polegar ela apontou um ponto às suas costas: Ali, mais pra cima na escada. Cheguei cedo, toquei a campainha desse conjunto aí, o 10, fiquei esperando, não saiu ninguém, toquei outra vez. E outra e mais outra. É evidente que não tem ninguém. Por via das dúvidas, me plantei nos degraus, no escuro, e fiquei esperando. Cada pessoa que vem da escada ou sai do elevador, eu estico o pescoço feito um lagarto e olho. Então vi você.

Imagino que tenha uma razão forte, se veio fazer toda essa campana.

E tenho mesmo. Sabe o meu filho, o Alfredo? Aquele que atendeu você quando foi me procurar lá em casa? Ele tem umas amizades meio suspeitas. Nada de drogas, crimes, homossexualismo, ele não mexe com essas coisas, não é invertido... Deus me livre. Mas tem umas amizades muito chatas, um pessoal que não trabalha nem estuda, que não faz nada, só fica pelos bares, cantinas, pizzarias, conversando e contando piadas, fazendo planos mirabolantes pro futuro. E um desses amigos deu uma dica ao meu filho. Conhece alguém que conhece o Anatole.

E o endereço do cara é aqui, disse eu. Como ele se chama?

José Carlos.

De quê?

247

De nada. Quer dizer, não sei o sobrenome dele. Logicamente eu não pus muita fé na informação. Me acostumei a desconfiar de quase tudo que meu filho me diz. Mas você sabe que eu me amarro no Anatole... ainda. Então vim aqui. Toquei a campainha, toquei, esperei e...

Teresa, isso você já disse. Me fale como foi que o amigo do teu filho soube que o teu ex-namorado tinha ligação com esse José Carlos.

Ele não me contou. Venício, o meu filho tinha ciúmes do Anatole. De todos os meus namorados, na verdade. Não quis entrar em detalhes. Chegou em casa ontem à noite meio bêbado, disse que tinha ouvido falar no meu ex e em José Carlos, e me deu esse endereço. Mas pediu que eu não viesse. Morre de vergonha da mãe andar pela cidade procurando um gigolô feito o.... Eu disse que não viria. E de noite não dei um passo mesmo. Aliás, não ia adiantar coisa alguma procurar um prédio comercial na Sete de Abril durante a noite. Mas de manhã eu vim.

Eu te dei o nome do motel do Anatole. Chegou a ir lá?

Fui, mas não descobri nada, as meninas ali não atendem mulheres sozinhas.

Tem sua lógica, admiti.

Achei que devia tocar a campainha do 10, nem que fosse por mero desencargo de consciência. Teresa se aproximou tanto de mim que seu peito ficou me batendo no braço. A proximidade dela me deu nos nervos, por isso recuei um passo. De qualquer forma, ninguém atendeu mesmo. Dois homens que vinham subindo a escada pararam no andar para pôr o fôlego em ordem. Comentaram sobre uma viagem que não havia dado certo, e, a julgar por um deles, sempre iria dar errado mesmo. Quando se sentiram revigorados, continuaram a subida.

Uma coisa era certa: outras pessoas também ficavam cansadas com a maldita escada.

Teresa, vou indo. É mancada ficar aqui de plantão como você. Tenho mais coisas que fazer. Posso te pedir um favor?

Até dois.

Você tem o número do meu celular, tem o número de uma vizinha, a Mitiko, e o número da minha delegacia. Se vier a falar com esse tal de José Carlos — coisa que eu duvido muito —, me ligue. Por favor.

E você também. Quer dizer, se vier a descobrir alguma coisa interessante a respeito dele... você sabe de quem... me informe.

Fiz um gesto vago, que tanto poderia significar "Está certo, eu prometo", como poderia significar "Até logo". Peguei as escadas de volta.

Embaixo, na porta do prédio, parei e olhei para a frente, para os lados e até para cima. O tempo continuava firme, o sol batendo forte, o céu azul. Na calçada passava muita gente apressada, como se todos precisassem chegar logo a algum lugar e temessem que o tempo a qualquer momento virasse. Entrei à direita e segui para a praça da República. Uma fila de táxis. Peguei o primeiro. O motorista era jovem e forte, os bíceps ameaçando rasgar a manga da camisa de tricoline. E mascava chicletes. O cabelo cortado à escovinha, no estilo militar.

Pra onde, amigo?

Zona norte. Pode pegar a Rio Branco, depois a ponte da Casa Verde, depois a Brás Leme, passe pelo quartel do CPOR, passe pelo Colégio Salesiano... A esta hora não tem aluno entrando ou saindo.

Quando tem aluno entrando ou saindo, o trânsito ali vira um inferno, sentenciou ele.

Por isso mesmo que eu falei.

Não muito entusiasmado, parecia, ele engatou a marcha e foi seguindo no rumo da São Luís, naturalmente com o intuito de virar na Consolação e descer para a Xavier de Toledo. Era evidente que não havia gostado que eu lhe indicasse o caminho. Na avenida Rio Branco ele abaixou o quebra-sol a fim de pegar alguns papéis. Tinha tanto papel ali que duas ou três folhas caíram no chão. O homem olhou, não deu maior importância, simplesmente continuou a mascar sua goma. Depois de vasculhar de novo aquele pequeno e improvisado escritório, apanhou um extrato bancário.

Só falta querer conferir o extrato aqui, em plena Rio Branco, pensei.

Foi o que ele fez. Segurava o volante com a mão direita, com a esquerda mantinha o extrato diante dos olhos, conferia os registros do computador e soltava muxoxos, que se misturavam com os ruídos da mastigação do chiclete. O filho-da-puta vai acabar batendo a droga do carro, calculei. Saindo da Rio Branco, pegou a ponte da Casa Verde, perguntou se podíamos ir pela Marginal e Caetano Álvares, concordei, podíamos, ele desceu a Marginal. Mais adiante, perto do Estádão, tomou a Caetano e acelerou.

Minhas previsões não se confirmaram, o que foi ótimo. Para mim e para o motorista. Já no pátio do 38º DP saquei uma nota grande, cinqüenta mangos, uma das que Vera havia me dado, e paguei. Só falta agora ele não ter troco, imaginei, ainda com um restinho de má vontade pesando no meu coração. Ele tinha. Pagou cada centavo de volta e depois, quando eu descia do carro, ainda me desejou um bom dia. Fiquei observando o carro descer com toda a cautela e competência a rampa para a avenida. Em seguida, entrei no saguão da delegacia.

Subi a escada que leva ao primeiro andar. Lá em cima tomei o corredor e andei até a sala do delegado titular. Olhei para dentro, tímido como um aluno que chegou atrasado à aula. Ele estava atrás de sua mesa, rodando o corpo na poltrona giratória, como parecia estar sempre fazendo desde que fora nomeado. Tinha uma pança avantajada e usava uma calça segura por suspensórios de tiras largas e estampadas. Fazia a barba regularmente e penteava o cabelo com gel.

Talvez tivesse sido bonito quando jovem e ainda se sentisse assim.

À sua frente, sentado com as pernas cruzadas, uma pasta de couro sobre uma das coxas, havia um homem de meia-idade e de poucos cabelos, barba de um dia, parecendo um advogado. Como não quis interromper a conversa, dei um tempo por ali, circulando diante da porta e pelas imediações. Escrivães deixavam os cartórios, silenciosos e cautelosos como animais domésticos, me cumprimentavam com tapinhas no ombro, tiras saíam da chefia de investigação e passavam por mim, alguns me cumprimentando, outros fingindo não me ver.

Forcei um pouco a barra, parando diante da porta do dr. Hélder. Ele levantou a voz:

Que é que você quer afinal parado aí diante da minha porta como um guarda-noturno?

Falar com o senhor.

Que assunto?

Eu espero. Não tenho pressa.

Era mentira, claro, eu tinha pressa, mas não queria entrar na sala e abrir o jogo diante do estranho. Assuntos policiais devem ser tratados exclusivamente por policiais, era assim que eu pensava. E ainda penso. O homem com cara de advogado desconfiou que se fazia tarde, levantou, deu a mão ao titular, segurou a pasta e saiu da sala. Deu a mão também a mim. Era mesmo advogado. Aproveitando o vácuo, entrei na sala. Hélder não me autorizou a sentar. Só ficou me olhando com seus grandes olhos negros.

Do que se trata? Pode não parecer — ele olhou para uma pilha não muito grande de inquéritos na ponta da mesa —, pode não parecer, mas tenho muito trabalho pela frente.

Fique tranqüilo. Parece, sim.

Então fala logo.

Bem, é o seguinte: o senhor sabe que estou fazendo uma investigação extraprofissional. O doutor Tanaka falou com o senhor por telefone. Estou procurando o dono de um motel que sumiu no mês passado, e também procurando uns caras que tentaram me matar. Vai daí...

Agora me lembro. Um colega do 4º DP me telefonou, o Almada. Estava cismado com você.

Ainda está, na verdade. Mas não me preocupo com isso. Um amigo do doutor Tanaka, o delegado Fratelli, que trabalha no gabinete do delegado-geral, prometeu dar uma força, se eu precisasse. Agora, voltando ao caso desse homem desaparecido, Anatole... Não faz muito tempo, um sujeito com o mesmo nome deu entrada no presídio do 45º DP. Acusado de estupro e, soubemos depois, com documentos falsificados, se fazendo passar por Anatole. Agora em julho, foi morto no pátio por outro preso. A navalha. O Laércio trabalha no 45. Quer dizer, trabalhava, não trabalha mais, está de licença médica, mas é ligado ao distrito, mora perto da delegacia e se dá com o pessoal de lá.

Quem é esse tal?

Investigador. Trabalhou aqui durante um mês cobrindo as férias do Roney. O senhor deve se lembrar dele.

Peraí, acho que me lembro... é um cara meio magro, desengonçado, mal-arrumado, olhar de fome, físico inadequado para um policial... Sim, me lembro. Quando as férias do Roney acabaram ele veio me procurar, junto com o chefe da tiragem, pedindo pra continuar na delegacia. Eu até estava a fim de consentir, mas andei fazendo umas perguntas aqui e ali e descobri que o cara é barra-pesada, daí mandei ele andar. Sem dizer isso a ele, claro. Só disse que no momento eu estava satisfeito com o meu pessoal, que era injusto permutar alguém.

Pensei em perguntar que informações ele tinha obtido de Laércio para julgá-lo tão barra-pesada, no entanto o tempo urgia, era melhor avançar no terreno. Sufoquei a curiosidade. Falei:

Isso agora não tem importância nenhuma, eu acho. O fato é que o colega descobriu quem matou o Anatole — quem matou o homem que se fazia passar por Anatole. Na verdade, Laércio ainda não descobriu nada. Apenas desconfiou junto com o pessoal da chefia que um preso vulgo Caicó apagou o cara com documentos falsos. As suspeitas são fortes. Esse rato, que na verdade se chama Ozires, baixou no seguro ontem à noite e meio que abriu o jogo para seu colega de cela. O pessoal do 45 está convencido que foi ele.

Interrogaram? Subiram o cara e deram prensa?

Não podem fazer isso porque o preso que estava no seguro é cagüeta do chefe dos tiras, o Adaílton. Se Caicó for interrogado, vai desconfiar ter sido dedurado, e daí pode fazer uma besteira. O cara é daqueles que não pensam duas vezes antes de apagar um.

O que você quer de mim exatamente?

Que traga o preso pra cá.

Não fosse o corpo avantajado, Hélder teria dado um pulo da sua giratória. Policiais odeiam problemas, e a idéia de levar um preso para o 38 deixou o titular arrepiado. Com calma e paciência, expliquei que precisava interrogar Caicó, numa boa, precisava dele ali no 38, para onde ele poderia vir mediante permuta. Hélder continuou indeciso. Como permuta, porra? Sugeri que ele escolhesse o pior dos seus presos, aquele que dava mais problemas, que enchia o saco, mais que os demais, e trocasse por Ozires. Minha sugestão foi um erro. Hélder era amigo do titular do 45 e detestou a idéia de fazer cachorrada com ele.

Parei na calçada e fiquei esperando um táxi. A manhã continuava prometendo. As pessoas que passavam pela rua pareciam acreditar nas promessas tanto quanto eu.

O supermercado ficava ali perto, gente ia e vinha com sacolas ou empurrando carrinhos, carros com crianças alegres e ruidosas — como se estivessem indo para o parque ou para a praia. Para algumas pessoas, até mesmo ir ao supermercado pode ser um programa.

O táxi que parou diante de mim era de tamanho médio, quatro portas, estalando de novo... ao contrário do motorista, um senhor de certa idade, mais de sessenta e cinco, calculei, era magro e seu cabelo precisava de um corte. Parecia modesto, eficiente e silencioso. Do tipo que eu gostava. Mandei que fosse para a Zuquim. O homem engatou a marcha e enfiou o pé no acelerador assim que a corrente de tráfego permitiu.

Eu em paz, de bem com a vida. A conversa com Hélder fora árdua, mas dera frutos. A princípio ele se invocou com a idéia de mandar um dos nossos presos "filho-da-puta" pra cadeia do 45, cujo titular era seu amigo, mas eu voltei atrás e tentei convencê-lo a enviar um preso boa-gente, mesmo que eu não soubesse exatamente o que significava um preso boa-gente. Depois ele ficou com medo que eu e minha equipe torturássemos Caicó. Embora eu tivesse feito um monte de promessas garantindo que não, ele preferiu falar com o Tanaka, ouvir a palavra dele. Só depois se convenceu dos meus bons propósitos.

Quando eu pensava que tudo estava arranjado, que eu já podia planejar o interrogatório de Ozires, quando eu pensava que já podia contar com informações importantes sobre o destino do desaparecido e sobre os tiros contra mim, eis que Hélder se invoca de novo. Talvez seu colega do 45 não topasse a permuta. Arrisquei um palpite:

255

Telefone pra ele.

Hélder ligou, falou com duas pessoas, foi informado que o titular do 45 não era mais o titular do 45, pois fora removido, no momento trabalhava na Mooca. Era lógico que Hélder quisesse falar com o substituto do ex-titular. Que não era o substituto, mas *a* substituta, dra. Alessandra. Enquanto esperava que ela chegasse ao telefone, Hélder tampou o fone com a mão:

Conhece?

Nunca ouvi falar, confessei.

Será que é gostosa?

Diga que quer falar pessoalmente sobre uma permuta de presos e marque um encontro.

Se ele chegou a pensar na minha sugestão, não sei. Alessandra atendeu e os dois matraquearam por algum tempo sobre delegacias e remoções compulsórias de delegacias, sobre a política policial do governador e do secretário de segurança. Embora fosse lícito esperar que passassem a criticar também a atuação do delegado geral, não chegaram a esse ponto. De qualquer forma, talvez por estar começando naqueles dias em seu novo distrito, Alessandra aceitou a permuta numa boa.

Hélder girava o corpanzil na cadeira:

Bem, se a permuta não der certo pra você, a gente desfaz depois. É muito simples.

Alessandra deve ter concordado que seria simples, e a conversa parou por aí. Hélder chamou o chefe dos investigadores e mandou escolher um preso para permutar com o 45. O chefe fez algumas perguntas e levantou suspeitas sobre os propósitos do meu trabalho. Ao fim e ao cabo, os dois se acertaram, forneci o nome completo de Ozires, que Laércio havia me dado, recebendo a promessa de que a troca de presos seria feita naquele dia mesmo. Agradeci e me despedi. Saí rapidinho da sala, antes que o titular mudasse de idéia.

Entrei no prédio onde ficava a imobiliária e caminhei para a recepcionista. Meu tênis velho, cansado e roto contrastava com o tapete vermelho e azul, fofo, grosso e macio. A recepcionista não era bonita: era linda. Mais, muito mais, que a maioria das estrelinhas da TV.

Bom dia, senhor.

Achei que devia ser um pouco formal com ela, de modo que tirei minha credencial do bolso da jaqueta e abri diante de seus olhos. Ela pareceu preocupada:

Algum problema com um de nossos funcionários?

Fique tranqüila.

Com algum de nossos clientes?

Sim. Certamente. Eu gostaria de falar com seu Heliodoro. Espero que ele esteja.

Enquanto ela pegava o telefone no canto da mesa, foi avisando:

Não sei se ele está. Às vezes desce de elevador direto para o estacionamento e eu nem vejo. Se não estiver, serve outra pessoa?

O ruim de ser atendido por subalternos, eu disse a ela, é a dificuldade de conseguir alguma informação confidencial.

Ela telefonou para alguém, esperou, depois falou com o próprio chefe, que lhe fez um monte de perguntas, algumas que a secretária pôde responder e outras que ficou devendo. Depois que ela pôs o fone no gancho, recomendou que eu sentasse e esperasse. Na grande sala em que estávamos já havia outras pessoas aguardando — sentadas tranqüilamente em poltronas individuais, recobertas de couro, lendo revistas que pegavam de uma pilha na mesinha lateral. Mais rápido do que eu podia imaginar, a secretária me convocou à sua mesa:

O elevador fica ali atrás, depois da primeira parede. Segundo andar.

Agradeci, tomei o elevador, saltei no segundo andar, ali deparei com meia dúzia de portas, uma das quais estava aberta. De pé, um homem alto e robusto, com ar confiante, a cabeça lisa como uma rocha, me aguardava. Ele parecia não estar nem aí. Gente com muito dinheiro não dá nenhuma importância à ausência de cabelos. Arrisquei um palpite:

Imagino que você seja o Heliodoro.

Eu mesmo. Vamos entrar.

Enquanto passávamos para o interior da sala, ele procurou estabelecer alguma intimidade.

Como vai a nossa polícia?

Bem. A *nossa* polícia vai bem.

Se melhorar estraga?

Eu não sabia se ele estava falando sério ou me gozando. Na dúvida, achei melhor continuar de bico fechado. Aceitei a cadeira que ele me indicou diante de sua mesa e tratei de arriar o corpo. Enquanto ele sentava do outro lado, espiei duas fotografias brilhando entre os vários objetos. Numa delas apareciam três crianças, duas meninas e um menino, na outra um iate em alto-mar. Ali estavam Heliodoro, mais uma mulher jovem, loura e bonita. Cacete. Era a recepcionista. Que era muito mais que recepcionista, logicamente, quando a noite caía e eles fechavam o expediente. Heliodoro foi rápido:

Em que posso ajudar?

Bem, é sobre um inquilino seu. Um certo Anatole France Castanheira. Um que morava na Moreira de Barros.

Eu soube que ele foi morto.

É mesmo? Quem disse?

Heliodoro ficou em dúvida sobre o que responder, com medo de abrir o jogo e falar besteira. Começou cautelosamente:

Bem, não me lembro mais. Sei que alguém me disse que ele tinha sido morto e que a polícia tinha estado no prédio da Moreira de Barros fazendo perguntas. Foi o senhor?

Me chame de você. De nós dois, acho que o mais jovem sou eu.

Certamente, certamente. Bem, continuando, eu soube que... me disseram, já nem lembro quem, que esse indivíduo tinha sido morto e que a polícia tinha estado no prédio fazendo perguntas. Se foi você ou outro policial, não interessa muito. Minha versão dos fatos seria a mesma. Depois de alguns dias parece que a mulher dele... ou companheira, ou amante, ou fosse lá o que fosse... acabou sendo assassinada numa quitinete da Vila Buarque. A morte da mulher é uma certeza, a foto dela saiu no jornal.

Em qual? Não me lembro de ter visto.

Também não me lembro, sei que saiu porque vi a fotografia dela, a moça jogada numa cama. Se for importante, posso mandar pesquisar em nossos arquivos.

Por enquanto não é necessário. Heliodoro, é o seguinte: preciso saber o que aconteceu com o seu inquilino desaparecido. Gente que tinha relação com ele — primeiro a companheira, Suzana, depois a noiva, Vera — me pediu para descobrir o paradeiro do homem. Preciso saber se está morto ou vivo, se está apenas escondido por aí ou se foi seqüestrado e está em cativeiro. Enfim, preciso descobrir o destino do cara. E não é só porque me pediram, não. É porque a essa altura tenho motivos pessoais. O apartamento alugado na Moreira de Barros é seu. Um dos inúmeros que você tem. O que sabe do inquilino? Desse inquilino em particular. Tinha fiador? Se havia um contrato entre vocês, e imagino que havia, era garantido por um fiador, ou por uma fiança, ou por um seguro? E sobre testemunhas? Ele chegou aqui sozinho ou acompanhado? Foi apresentado a você por alguém? Encontrou o apartamento pelos jornais ou já conhecia a sua imobiliária?

Infelizmente fico devendo todas essas respostas, disse ele. Não sei nada disso. A imobiliária é minha, alguns dos imóveis à venda ou para aluguel são meus, eu assino os contratos, mas não conheço os clientes. Agora, isso pode ser resolvido. Se não no total, pelo menos em parte. Vou mandar vir uma cópia do contrato. Serve?

Sim, claro. Valeu.

Ele pressionou um botão em um aparelho no canto da mesa, teve que abaixar a cabeça para falar mais perto dele, eu precisei repetir o sobrenome de Anatole porque Heliodoro não lembrava mais. Depois de pedir o contrato — tinha um jeito todo especial de pedir coisas a seus empregados: parecia mais uma ordem —, permanecemos em nossos lugares, papeando sobre o comércio de imóveis.

Na opinião de Heliodoro, sua área atravessava momentos difíceis. Sempre estivera ruim, mas naquele momento, em especial, estava péssima, com raras locações, vendas quase inexistentes, calotes aqui e ali. Não estranhei que ele mentisse. Gente de alto coturno como Heliodoro está sempre mentindo, minimizando as facilidades e enfatizando os problemas, fato que tem sua lógica... vai que o cara do outro lado, naquele momento eu, cisma de pedir um empréstimo ou um contrato qualquer nas coxas? Mandou vir café. Assim que sua voz se afastou do interfone, um rapaz branco e imberbe entrou com bandeja, bule e xícaras.

Tomei duas lapadas. Porque era ótimo. Naquele ambiente, até cachaça falsificada com fermento estaria ótima. Depois que o garçom saiu, acendi um cigarro, meu anfitrião acendeu um cachimbo e ambos nos entregamos à nobre tarefa de encher o ambiente de fumaça e os pulmões de nicotina.

Eu achava que o contrato ia demorar, pelo tamanho da empresa, pelo provável grande número de clientes. Foi uma agradável surpresa verificar que ele chegou logo. A moça tímida e simpática ficou ali de pé, no canto da mesa, esperando enquanto o patrão lia os papéis. Durante aquele esforço, ele dizia palavras desconexas:

Hum, hum... parece lógico... Era mesmo o que eu tinha pensado.

Empurrou as folhas na minha direção.

A mocinha continuava esperando, o patrão deve ter pensado que ela fazia falta em outro lugar, lhe fez um gesto com o polegar, cai fora, e sorriu, ela nem percebeu que estava sendo chutada da sala.

Comecei a ler o contrato. As cláusulas eram muitas, escritas com letras miúdas, meio espaço, justamente para dificultar a leitura e propiciar honorários a advogado. Surpresas mesmo, nenhuma. Um contrato-padrão de aluguel, com recomendações, valores, vantagens, direitos e obrigações, as assinaturas embaixo. O endereço fornecido por Anatole era travessa Soldado Aquino, 226. Ou seja: o endereço do motel. Como não possuía fiadores, ele fora obrigado a adiantar três meses de aluguel. Havia duas testemunhas nomeadas. A primeira, obscura, talvez um funcionário da própria imobiliária, já que o endereço era o mesmo.

A outra tinha um domicílio comercial conhecido: travessa Soldado Aquino etc. e tal. Levantei os olhos:

Preciso de uma cópia.

Tropeçou em alguma coisa interessante?, perguntou Heliodoro.

Nada. Todo mundo aqui é desconhecido. Todo mundo, não. Conheço o Anatole e conheço você. Os demais me são estranhos. Em todo caso, gostaria de levar uma cópia. A gente nunca sabe, não é mesmo?

Eu não esperava que Heliodoro acreditasse naquele quas, quas, quas. Ele porém não chiou. Era muito bom em esconder suas convicções. Anos de vida empresarial, vendendo, comprando e alugando imóveis, deixaram-no curtido e dissimulado, essa era a impressão que eu tinha. Depois de informar que a xerox ficava no andar de baixo, me convidou a descer. Sugeriu que fôssemos pela escada, pois o elevador às vezes demorava. No primeiro andar, entramos numa sala grande de

262

muitas mesas quase coladas umas nas outras, com homens e mulheres de todas as idades e de todas as gorduras trabalhando em máquinas ruidosas. Telefones tocando, computadores exibindo telas cobertas de gráficos e tabelas.

Um funcionário de cabelos grisalhos aproximou-se de nós:

Precisa de alguma coisa, chefe?

Uma cópia. Mas eu mesmo tiro.

Se quiser, posso tirar pro senhor.

Eu mesmo tiro, rosnou o chefe.

O funcionário voltou à sua mesa, humilde, Heliodoro abriu uma máquina de fazer fotocópias, grande, enfiou o papel. Enquanto esperava pelo resultado, me olhou e me sorriu, e eu sorri de volta, por pura gentileza, já que não sabia por que estávamos mostrando os dentes um para o outro. Em questão de segundos a cópia estava pronta. Ele enfiou a papelada nas minhas mãos. Saímos em direção à escada que descia para o térreo. Antes do primeiro degrau, parei, agradeci a gentileza dele, nos despedimos.

Tinha um aperto de mão franco e forte. Talvez fizesse parte de suas qualidades de *big boss*.

Parei na calçada, pensei se valia a pena correr até o outro lado, onde poderia tomar um táxi já no sentido de Santana, ou se devia ficar ali mesmo, deixar que o carro descesse ao Jardim São Paulo, manobrasse e tomasse a direção que me interessava. A corrente de trânsito era pesada e não havia farol diante da imobiliária nem faixa para pedestre. Enquanto eu tentava resolver de maneira satisfatória aquele fenomenal problema, um carro saiu da garagem do prédio e parou ao meu lado, aguardando vez para entrar na corrente de trânsito. O motorista era um corretor da Heliodoro Imóveis. Virou o rosto para o meu lado:

Vai pra cidade?

Só até Santana.

Entra aí. Eu te levo.

Imaginei que fossem umas onze e meia. Subi o par de degraus que levava à recepção do Deneuve. Na portaria, cercada por telefones, máquinas para recebimento de cartão de crédito e escaninhos onde ficavam os documentos dos hóspedes, estava a moça que eu tinha visto na segunda-feira, quando fora pedir informações sobre a morte do falso Anatole. Ela havia cortado o cabelo. Estava menos feia. Encostei a barriga no balcão, botei o cotovelo no tampo e tentei parecer simpático:

Oi. Lembra de mim?

Lembro, trabalha na polícia. Só esqueci o nome. Venâncio... Vinicius...

Não quebre sua linda cabecinha, o nome é Venício. Estive aqui na segunda de tarde falando sobre a morte do seu patrão — daquele cara que estava usando o nome do seu patrão. Até agora não descobri nada. E vocês aqui? Souberam de alguma coisa?

Nada.

Ninguém procurou o Anatole, ninguém telefonou, não surgiram ameaças nem notícias de seqüestro? Não receberam um envelope com o dedo mindinho dele dentro?

Ai, seu investigador, que horror! Aqui não chegou nada, não.

Um homem veio da rua, as mãos nos bolsos da calça larga, dando a impressão de que tinha vindo a pé. Perguntou o preço dos quartos. Muito pronta, entusiasmada e eficiente, a recepcionista forneceu a lista de preços, período completo tanto, meio período tanto, só pernoite tanto, com café-da-manhã e sem café-da-manhã, preço tal e tal. O homem quis saber se todos os quartos tinham hidro. Não. Alguns tinham hidro, por isso custavam mais caro, mas as banheiras estavam em plena forma, pois tinham sido reformadas. Todas. O interessado não disse se achava bom ou ruim, caro ou barato. Simplesmente voltou à rua.

Ainda hoje penso que motel deve ser um negócio muito promissor, mais talvez que imobiliárias, porque toda vez que eu estive na portaria do Deneuve apareceu gente interessada.

Voltei aos meus objetivos:

Quero falar com Sávio.

Vou ficar devendo, disse a recepcionista. Ele não está.

É mesmo? Pra onde ele foi? Quando volta?

O senhor faz muitas perguntas ao mesmo tempo. É difícil responder. Bem, o seu Sávio não tem aparecido. Quarta-feira de tarde ele saiu cedo, logo depois do almoço, e não voltou mais.

Na quarta de tarde morreu aquela dona, a amante de Anatole, Suzy. Lembra?

Não sei nada sobre isso.

Um casal vindo da rua se aproximou do balcão, pensei que iam consultar a recepcionista, mas eles se limitaram a olhar a tabela de preços afixada em um quadro na parede. Depois foram embora, silenciosos e discretos como um casal de crentes após conferir a programação do culto. Eu e a recepcionista falamos um pouco sobre Suzana, sobre Sávio, sobre o crime na rua da Boca, sobre o dono do motel e sobre o próprio motel. Era natural que eu perguntasse quem estava administrando o negócio, já que o dono e o gerente tinham se mandado. A empregada explicou que ninguém estava incumbido daquela tarefa.

Não temos administrador. Os chefes que a gente tinha eram o seu Anatole e o seu Sávio. Agora que nenhum dos dois está aqui, a gente vai se virando como pode. O dinheiro que entra é guardado num cofre, os cheques são depositados, pagamos as contas que chegam e o resto continua lá, esperando o seu Anatole voltar.

Deve ter um funcionário mais velho, mais experiente, aquele que em todo lugar fala mais alto numa circunstância como esta.

Tem a Ester. Mas ela não está aqui agora.

Qual é seu nome mesmo?

Carolina.

Escute, Carolina, eu quero dar uma olhada no escritório do Sávio. Ou do Anatole. Ou do Sávio e Anatole juntos. Tudo bem?

O local é um só, o quarto 202, que foi transformado em escritório. Mas acho que o senhor não pode entrar, não. Acho que ia precisar de um mandado... eu já ouvi falar nisso.

Bem, então é o seguinte: vou entrar no escritório por conta própria. Sem mandado e sem a sua autorização. Se quiser, tome suas providências.

Subi até o segundo andar. Àquela hora o movimento era bastante reduzido. Vi um homem com uma pastinha preta, igual a essas usadas para carregar computador, caminhando sozinho pelo corredor, sem nenhum entusiasmo — era compreensível, eu pensei, pois estar sozinho num motel na hora do almoço não devia ser muito entusiasmante mesmo. Vi também uma mulher igualmente sozinha. E vi algumas faxineiras carregando baldes, escovões e rodos. Girei o trinco do quarto 202. A porta estava trancada.

Virando o corpo a fim de procurar alguém que pudesse me ajudar, dei com uma mulher às minhas costas:

Faz o favor de abrir essa porta.

É o senhor que é o homem da polícia?

Sou eu que sou o homem da polícia. Pode abrir? Tem a chave? Se disser que não tem, fique sabendo logo que vou abrir do meu jeito.

A expressão "do meu jeito" costuma dar resultados diversos: algumas pessoas acatam a ameaça que a frase encerra, mas outras encaram, pagam pra ver. A funcionária do motel pertencia ao primeiro grupo. Convocou uma faxineira que estava ali perto e pediu a chave.

Entramos no quarto transformado em escritório. Era uma graça. A cama-padrão de motel tinha sido removida, assim como os criados-mudos e todo aquele painel onde ficam os comutadores. Restou a televisão na parede, provavelmente ainda conectada a um videocassete em algum lugar, carregado com filme pornô, mais duas escrivaninhas, um telefone, um computador e máquinas de calcular, afora algumas cadeiras simples. A empregada deixou claro que pretendia cair fora. Achei melhor que ela ficasse. Para o bem ou para o mal.

Vasculhei gavetas, encontrei contas e mais contas, agendas de endereços — com uma letra miúda, difícil, eu não entendia quase nada —, cópias de multas, relação de pessoal, lista de material de limpeza, o diabo a quatro. Encontrei também uma carta escrita a mão e assinada por uma certa Dalva. Continha confissões implícitas de amor e desalento — "Depois que você subiu na vida não me procurou mais" — e, embaixo, com segundas intenções, claro, um endereço na Parada Inglesa. Dobrei e botei no bolso da jaqueta.

A empregada assistia a tudo, atenta como um cliente no banco observando os movimentos do caixa.

Está vendo que estou levando a carta, não está?, perguntei.

O senhor pode fazer isso? A lei permite?

Se a lei permite são outros quinhentos. Vou levar assim mesmo. A nossa polícia tem um órgão fiscalizador, se chama Corregedoria, se for o caso você procura o endereço, vai lá e me denuncia.

Eu não disse que queria fazer isso com o senhor.

Estou só adiantando o expediente. E, de qualquer modo, eu me viro.

Fui saindo, a mulher se arrastando atrás de mim, andei o que faltava do corredor, peguei a escada e desci ao saguão. A morena que tinha me atendido não estava em seu posto. Em seu lugar havia outra dona, bem parecida com ela — quem sabe fossem irmãs —, só que um pouco mais arrojadinha de corpo. Talvez Carolina tivesse saído para almoçar. Ou para ir ao banheiro. Embora ela não me conhecesse, atirei-lhe uma despedida, depois do que caminhei até a porta e desci à rua.

268

Olhei o pequeno restaurante na esquina com a Cruzeiro do Sul, mas não senti fome.

Acho que eu estava excitado.

Ao chegar ao prédio central da Polícia Civil, tomei um dos elevadores para subir ao Departamento de Homicídios. Na sala da equipe B Centro dei com um rapaz de óculos sentado atrás de uma mesa estudando em um livro de direito. Um livro que eu conhecia bem. Grosso e pesado, abrangia toda a matéria de processo penal. No momento em que levantou os olhos para o meu rosto, achei que ele tinha cara de Jaime.

Você é o Jaime?

Suponha que eu seja. E daí?

Eu sou o Venício. Seu colega do 38. Você me ligou e falou sobre a morte daquela garota de programa, Suzy.

Ele fechou o livro. Era o Jaime. Sentei numa poltroninha vermelha ao lado da mesa dele:

É o seguinte: agora há pouco estive numa imobiliária da rua Doutor Zuquim, a Heliodoro. Pedi o contrato do apartamento que Anatole alugava na Moreira de Barros. Caso você tenha esquecido, Anatole era o cara que vivia com a Suzy. Ele não apresentou fiador para alugar o apartamento, fez apenas um depósito de três meses. E levou uma testemunha, um tal de Sávio Brizola Vargas. O nome já é uma piada, como se alguém precisasse inventar uma identidade falsa na hora, no ato, e se lembrasse dessas duas figurinhas da política brasileira, o Leonel e o Getúlio. Sávio é o nome do gerente do motel Deneuve, que era, ou é, propriedade de Anatole.

269

Fiz uma pausa, esperando a reação de Jaime. Ela me surpreendeu:

Colega, caso lhe tenha passado despercebido, eu estou trabalhando. Aqui dentro, esperando a equipe voltar do almoço, mas trabalhando. E também estudando — ele virou o livro na minha direção, a fim de que eu lesse o que estava escrito na capa. Isso aqui é um livro de processo penal.

Não precisa me dizer, já li esse livrão aí umas quinze vezes, quando fazia faculdade. Vou ser breve. Dá uma olhada neste contrato.

Saquei a cópia tirada na Heliodoro e passei para ele. Enquanto Jaime lia o contrato, eu lia um cartaz na parede: O CIGARRO É UMA ARMA, SEU FILHO DA OUTRA. Eu não estava pensando em fumar, mas se estivesse teria desistido na hora. O colega leu o contrato por cima. Talvez metade do seu cérebro ainda estivesse colada à matéria de estudo, sendo lícito supor que suas notas em direito penal estavam perigosamente baixas. Depois da leitura, empurrou o contrato de volta para mim. Falou com sua voz grave:

E daí?

Parecia gostar muito daquela expressão.

Dá uma olhada na assinatura do cara, pedi. Não parece assinatura de Sávio Leonel Brizola, digo, de Sávio Brizola Vargas.

Mas é uma rubrica.

As rubricas guardam semelhança com o nome verdadeiro. Essa aí não parece ter nada a ver com Sávio Brizola Vargas. Parece mais a rubrica de Sílvio Lopes Ximenes.

Quem é?

Presta atenção, Jaime. Anatole era muito chegadinho num policial chamado Sílvio Lopes Ximenes. Que está foragido. Porque foi processado e condenado por assalto. Sílvio e Anatole moraram juntos num apartamento da Boca do Lixo. Anatole chegou a comprar um carro de Sílvio. Quando um montou o Deneuve, logo, logo, rapidinho, o outro se enfiou lá como gerente... Desculpe. Estou me adiantando. Vamos de novo. Assim que comecei a investigar o desaparecimento de Anatole, estive no hotel falando com Sávio. Ele me disse que era carioca, que não conhecia direito São Paulo etc. e tal, ficou escondendo o leite, chegou a dizer que não tinha mesmo sotaque carioca, mas que também não falava do jeito sãopaulês.

Jeito *sãopaulês*?

Nem olhe pra minha cara, a palavra é dele.

Você apertou o cara?

Eu não tinha motivos pra apertar. Apenas dei as costas e saí. Hoje voltei lá, queria falar com ele de novo, mas Sávio não estava no motel. Desapareceu na quarta-feira depois do almoço, segundo me informou uma funcionária. Quarta-feira de tarde te diz alguma coisa?

Deveria dizer?

Foi a tarde em que mataram Suzy. A amante do Anatole.

Jaime voltou a ler a cópia do contrato, parecendo um pouco mais interessado agora, embora estivesse claro que não estava conseguindo chegar a lugar nenhum. Procurei apressá-lo.

Precisamos urgente checar essa assinatura, descobrir se pertence a Sílvio. Porque estou desconfiado que Sílvio, usando o nome falso de Sávio, é o gerente do motel Deneuve. E também desconfio que ele tem responsabilidade na morte de Suzana. Acho muito estranho ele ter desaparecido no mesmo dia em que ela foi assassinada.

Podemos fazer a checagem no Departamento de Administração da Polícia. Eles têm a ficha de todos os funcionários, policiais concursados ou empregados celetistas. A assinatura do cara deve constar dos arquivos.

Levantei:

Vamos lá.

Agora não. Sou investigador, não delegado. Vou ter que esperar o doutor Aloísio chegar, falar com ele, mostrar esse papel, abordar a tua visita e os teus argumentos, pedir permissão pra ir ao DADG. No mínimo eles vão querer um ofício, e só quem faz ofício, como você sabe, são os delegados. Ele está almoçando. Se quiser esperar, espere. Fique à vontade.

Funcionário público, quando sai pra almoçar, é problema. Ele pode demorar. Vou descer. Você fala com o seu delegado, vai ao DADG, checa a assinatura. Depois me liga. Ainda tem o número do meu celular, presumo.

Tenho o número do teu celular. Eu ligo.

Nos despedimos formalmente, segundo o costume, voltei ao corredor e ao elevador, desci. No saguão, no alto de uma das paredes, tinha um relógio grande, que eu não tinha visto quando entrei no prédio. Na parte de cima do mostrador estava escrito SEGURANÇA É VIDA e na de baixo LOJA DE PNEUS MELQUÍADES. Muito bonito. Muito prático e objetivo. Os ponteiros marcavam uma hora em ponto. Passei pela portaria e cheguei à rua. Ainda estava quente, o sol firme e brabo batendo na parede dos prédios, na capota dos carros, refletindo no fecho de metal das bolsas femininas e nos revólveres dos policiais fardados que passavam por ali.

Tirei a jaqueta, enrolei no braço, sobre o cano, já que detesto exibir arma a estranhos e inocentes. Mesmo sem ainda estar com fome, decidi almoçar. Pra ganhar tempo. Fui andando na direção da rua Aurora.

Encontrei um restaurante simpático, limpo, as toalhas em ordem, uma lista de sugestões do dia escrita a giz numa lousa equilibrada num cavalete, escorado na porta como uma aranha. Numa pia, nos fundos, lavei as mãos, depois escolhi uma mesa entre as muitas desocupadas. No momento em que o garçom se aproximou, meu telefone tocou. É o Laércio, pensei. Quem mais iria me telefonar na hora do almoço, justo quando acabei de lavar as mãos? Atendi. Era o Laércio:

Grande chefe, como vão as coisas?

Vão bem, cara. E por aí?

Por aí onde? Tá se referindo ao 45º DP?

Não sei. Mas até pode ser. Como vai o 45?

Deve estar indo bem, normal. Não estou lá agora, mas deve estar indo legal. Escute, o que você resolveu a respeito do Caicó?

Consegui uma permuta dele por um preso do 38. Pedi ao doutor Hélder que fizesse isso hoje, assim posso interrogar ele durante o plantão noturno.

Legal. A idéia da permuta foi boa. Posso participar do interrogatório?

Bem, Laércio, é que... Você não trabalha no 38, o pessoal de lá não te conhece direito, o delegado titular suspeita um pouco de você...

De mim? O que foi que eu fiz?

Quando você estava tentando ficar no 38 depois de cobrir as férias do Roney, foi falar com o chefe dos tiras e o chefe dos tiras te levou até a sala do doutor Hélder. Lembra? Bem, ele andou dando uns telefonemas pra saber mais de você, e parece que não gostou do que ouviu.

Até aí morreu Tancredo Neves... Escute: a polícia tem duas partes. Duas bandas. Se você está de um lado, e alguém pedir informações sobre você à turma daquele lado, vai ouvir coisas boas. Se pedir informações à outra banda, vai ouvir coisas ruins. Você devia saber disso, Venício.

Eu sei, porra. Mas eles não. Ou fingem não saber. De qualquer forma, não vou ficar discutindo isso numa mesa de restaurante, com um celular na orelha. Vamos fazer o seguinte: passa no 38 à noite. Vamos ver que bicho dá.

Falou, grande chefe. Eu sabia que podia contar com você.

Desliguei o telefone, pendurei no cinto, estendi o braço para apanhar o cardápio que o garçom insistia em me enfiar na mão. O prato do dia era peixe. Por ser sexta-feira. Um prato muito simples, filé de pescada com arroz, purê de batata e salada.

O prato do dia parece bom, eu disse. Traga uma cerveja também.

O 433 era muito rápido — quase tão rápido como um tiro de 765. O nome era um achado. Se chamava 433 porque esse era o número do prédio. Mal terminei de dizer "Traga uma cerveja também", o garçom correu para a cozinha e voltou com o prato na mão. Mais alguns segundos, chegaram a cerveja e o copo baixo,

americano, o tipo errado de copo, mas em todo caso...
Ao abrir a garrafa, a tampinha caiu no chão, o garçom
aplicou-lhe um pontapé, ela voou sob as mesas, indo
bater na parede. Era um cara muito agitado, com pen-
dores futebolísticos.

Mais alguma coisa?, perguntou.

Não, amigo. Valeu.

Ele enfiou o abridor no bolso do avental e se afastou.

Depois do almoço, voltando à rua, me lembrei do
telefonema de Laércio e, levado pela lembrança, me
ocorreu telefonar à Irene. Quando meu aparelho chamava pela segunda vez, a recepcionista atendeu. Fez
algumas perguntas, ouviu as respostas, em seguida
botou sua patroa na linha. Irene tentou demonstrar
jovialidade:

E aí, meu amigo? Tudo bem?

Tudo. Vou entrar direto no assunto, porque estou
falando da rua. É sobre o caso da minha amiga Paula.
Ainda. Você encontrou o apartamento?

Encontrei. Só estava esperando passar a hora do
almoço pra te ligar. Um apartamento jóia, na medida
pra tua amiga. Ela é escrivã de polícia, né?

Escrevente de cartório judicial.

Bem, não faz diferença. Escrivãs e escreventes devem ganhar mais ou menos a mesma coisa. Encontrei
um apartamento no conjunto Condessa Vilanova, um
apartamento pequeno, só dois quartinhos, no térreo,
condomínio barato, uma beleza. Tua amiga tem que
pegar com as duas mãos. Porque é o tipo de oportunidade que ninguém perde. É de uma advogada. Deixa eu
ver aqui nas minhas anotações... Ah, tá aqui. A doutora
se chama Florentina. Separou do marido, tem um filho

pra criar, parece que o escritório de advocacia anda ruim das pernas, por isso ela vai deixar o apartamento e voltar a morar com a mãe. Acho que vocês deviam ir falar com a doutora. Se quiserem ir hoje à noite, vai ser ótimo. Sabe onde fica o Condessa Vilanova?

Sei. É perto do meu condomínio. O Condessa é dividido em blocos. Me dê o número do bloco e do apartamento.

Não havia necessidade de anotar, pelo menos não numa folha de papel. Quando Irene acabou de falar, eu sabia que nem precisava me esforçar para lembrar. Parecia que eu estava vendo a toca. Agradeci.

Dei uns passos pela calçada, até descobrir que não podia sair assim de mãos abanando, como se minha função estivesse encerrada. Parado na rua diante de uma loja que vendia e comprava computadores usados, saquei o telefone de novo e liguei para a vara em Guarulhos onde Paula trabalhava. Falar com ela era sempre um sufoco. Tinha-se que esperar ouvindo máquinas de escrever estalando, pessoas batendo gavetas e falando, grampeadores caindo no chão. Um homem disse:

Pergunta pra ele, sô.

Uma mulher respondeu palavras que não pude entender. O mesmo homem, que certamente estava mais perto do telefone, voltou à carga: Ele é que é o juiz. Não eu.

Outras gavetas bateram, outras portas, talvez aquelas que ficam embaixo do balcão onde as escreventes guardam os livros de atas e os registros de processos. Foi com prazer que ouvi a voz de Paula. Era com prazer, sempre, que ouvia a voz dela. Depois da introdução de praxe, tratei de ir direto ao ponto:

É o seguinte: a Irene, da imobiliária, acha que encontrou um apartamento ideal pra você — pelo preço, pelo fato de estar sendo alugado por uma advogada em dificuldades e por ficar na zona norte. Sugeriu que a gente fosse ver hoje mesmo. Posso apanhar você na estação do metrô, depois que você sair do fórum. O que você acha?

Acho você um amor.

Passei pelo porteiro sem me identificar, e ele nem se importou. Subi três ou quatro degraus, mas então mudei de idéia, desci e encostei no balcão de fórmica. O cara não estava nem aí. Era como se todos os dias visse homens começando a subir a escada, se arrependendo e descendo. Era minha vez de avançar uma casa:

Tudo bem, amigo?

Ele continuou na dele, lendo, ou fingindo ler, uns envelopes que pareciam ter acabado de chegar do correio. Tirei a credencial e mostrei a ele:

Polícia. Quero falar com você.

Pode falar.

Estou procurando o pessoal do escritório 10. Já vim aqui duas vezes e nunca encontro ninguém.

Mudaram essa noite.

Ah, é? Beleza. Muito conveniente. Pra onde?

Isso eu não sei, porque só trabalho de dia. De noite fica um colega que atende a portaria até às dez. Depois, cuida da limpeza. Mesmo assim... Acho que ele não sabe de nada, não.

Telefona pra ele.

O porteiro tirou o corpo, não podia telefonar para a casa dos empregados do edifício, eram ordens, aliás ordens muito justas, o colega tinha trabalhado a noite toda e merecia descansar. Eu disse que também trabalhava de noite, sabia como eram essas coisas, mas ele bem que poderia falar com seu colega, mesmo contrariando ordens. Eram só alguns minutos, afinal. Mesmo assim o porteiro continuou recusando a colaboração. Ainda argumentei que estava fazendo um trabalho importante, fundamental, uma investigação atrelada a inquérito da polícia, mas falar em procedimento policial foi o mesmo que falar no último jogo entre Limeira e Ponte Preta.

Qual o seu nome?, perguntei.

Erlikian. Com K. Quer ver meus documentos?

Fiquei na minha, vigiando seus gestos, enquanto ele enfiava a mão no bolso de trás da calça, pescava uma carteira pequena, inchada como uma broa, sacava um documento muito velho e muito amassado, e me mostrava. Realmente se chamava Erlikian. Além disso era filho de Elias Não Sei Do Quê e de Julia Não Me Lembro Mais Quem. Natural de Bauru. Devolvi. Tornei a dizer que precisava falar com seu colega, era assunto da maior importância, ameaça, estelionato, homicídio — palavras que no passado tiveram sua força, mas que hoje eram tão descartáveis como pilhas descarregadas.

Ele continuou tirando o corpo. Era muito bom em fazer lambanças na cabeça das pessoas. Acabei perdendo a paciência:

Sabe de uma coisa, Erlikian? Acho que vou levar você pra delegacia. Talvez no distrito sua língua se solte um pouco.

Na mesma hora ele pegou um telefone bem ali, na mesinha que lhe servia de instrumento de trabalho, um aparelho negro e grande, dos antigos, e passou a falar com alguém. Logo nas primeiras palavras saquei que era o patrão dele. Do escritório que administrava o prédio. A pessoa do outro lado parecia estar com pouco saco. Ou saco nenhum. Pra começo de conversa, disse que não tinha problema, se ele fosse à delegacia a empresa mandaria um advogado e, quanto à substituição de turnos, outro empregado tomaria rapidamente seu lugar. Depois de pôr o fone no ganho, Erlikian voltou a me encarar:

Podemos ir, se o senhor quiser.

Dei um soco no balcão, disse uma palavra obscena, recomecei a subir a escada, mas realmente não tinha mais sentido — se os malas do 10 tinham se mudado de noite, quem dos vizinhos iria saber?

Tornei a descer. Erlikian continuava lendo seus envelopes (parecia uma atividade muito importante para ele; talvez já tivesse cometido alguma rata, tomado puxão de orelha, e não quisesse se expor de novo aquela tarde), sem dar sinais de que percebia minha presença. Pessoas vieram da rua, passaram pelo corredor às minhas costas, pegaram o elevador ou a escada, desapareceram. Olhei na cara de quem saía do elevador, mas ninguém me parecia digno de nota, digno de um segundo olhar. Tratei de amolecer a voz.

Erlikian, é o seguinte: preciso mesmo dessa informação, entende? Por acaso tenho algum dinheiro aqui comigo. Que não é meu nem do governo, foi uma dona que me deu, ela está pagando os custos da minha investigação atual. Posso passar alguma coisa pra você.

Eu teria que dar ao colega da noite também.

O pulha parecia sincero. Não sei como ele conseguia. Talvez pelos muitos anos de fingimento. Agora que eu estava um degrau acima, pude dar uma ordem:

Pegue o telefone e fale com ele.

O porteiro era mesmo muito competente:

Quanto?

Tirei do bolso o dinheiro que Vera havia me dado, contei, tomando cuidado para não ser flagrado por estranhos. Tinha bastante ainda — para os meus padrões, claro, para os padrões de Erlikian, claríssimo. Passei algumas notas para o outro bolso. Ele ficou mais confiante.

Pegou de novo aquele telefone que parecia ter pertencido ao Palácio dos Campos Elíseos, aquele que Jânio Quadros usava para convocar seus secretários, informou a alguém que queria falar com o Sebastião. Seguiram-se alguns entendimentos, Não, nada disso, é só pra me quebrar um galho, chama ele aí, até que finalmente Sebastião, muito importante e tudo, chegou ao telefone. Erlikian teve com ele uma conversa praticamente em código. Era a meu respeito, a respeito da minha investigação e dos caras do 10, eu estava bem ali, diante dele, e, mesmo assim, não consegui entender quase nada.

De qualquer forma, o problema foi resolvido. Depois de convencer Sebastião de seus bons propósitos e, sobretudo, dos propósitos do patrocinador, eu mesmo, Erlikian pegou uma esferográfica, um pedaço de papel, e anotou um endereço. Olhei. Rua Rodrigues Alves. Conhecia. Ficava perto da praça João Mendes.

Enfiei o papel no bolso. Erlikian me olhava fundo, naturalmente temendo que eu não cumprisse minha parte no trato. Quem sabe quantos canos de policiais ele já não tinha levado. Passei-lhe as notas. Ele enfiou no bolso traseiro da calça, do lado direito — a carteira recheada de documentos ficava no lado esquerdo.

Saí pela Sete de Abril, debaixo do sol da tarde, que me atingia de vez em quando — não atingia totalmente devido à parede formada pelos prédios. Calculei que fossem umas duas e meia, três da tarde. Não me sentia legal. Estou acostumado a pegar informações com o prestígio e a força da Polícia Civil, não mediante pagamento. O fato me deixou aborrecido. Cruzei com vendedores, mendigos, desocupados, homens-sanduíche e loucos, passei inclusive pelo boteco do ex-guarda de presídio, aquele que me dera informações sobre Laércio. Ele estava de serviço, a postos atrás de sua caixa registradora. Não me viu, o que foi ótimo.

Tomei o metrô na estação Anhangabaú. Desci na Liberdade e caminhei até a rua que Erlikian havia indicado. Dentro do prédio examinei de novo o papel, pois já havia esquecido o número do conjunto — à medida que o trabalho avançava, minha capacidade de memorização ia diminuindo. Já cruzava a portaria em direção ao elevador quando ouvi alguém me chamar.

O senhor aí!

Parei, retrocedi até o porteiro, tratei de sacar a credencial e mostrar, para ganhar tempo, enquanto lhe dizia que precisava ir ao conjunto 62. Foi uma idéia razoável. O homem era daqueles tipos raros que ainda respeitam e temem a polícia. Não só me deixou entrar numa boa como informou, sem necessidade, que o 62 ficava no sexto andar. Ainda acrescentou que saindo do elevador eu teria de virar à direita. Agradeci. O elevador já não tinha a mesma eficiência, era velho, cansado, mal-humorado e perigoso.

Não havia ascensorista. O próprio interessado é que precisava apertar o botão do andar desejado, fechar as portas sanfonadas de ferro e rezar para que o troço não despencasse.

Quando o elevador parou no sexto, abri as portas com as duas mãos e, já do lado de fora, no corredor, olhei meus pés, só para constatar se estavam mesmo plantados no piso cerâmico, em segurança. Procurei arrancar o mais depressa possível dali.

Depois de tocar a campainha do 62, senti que pessoas se aproximavam da porta e me examinavam pelo olho mágico. Levantei a credencial na altura dos olhos. O ruído dentro da sala cessou, ouvi novos passos, houve novo silêncio, e finalmente a porta se abriu. Só o suficiente para um rapaz moreno e magro de cabelo penteado com gel enfiar o rosto na abertura. Detesto esse tipo de coisa. Acho insuportável tanta cautela. Não sou ladrão nem falsário nem estelionatário nem proxeneta. Joguei o ombro contra a folha da porta e entrei.

Lá dentro deparei com várias escrivaninhas, um cofre, alguns telefones, grandes e pequenos, brancos e pardos, bem como com prospectos jogados no chão. Havia mais quatro homens — homens mesmo, não garotos como aquele que tinha me atendido —, um dos quais estava numa escada atarraxando uma lâmpada num soquete.

Já sabem que sou da polícia, declarei com empáfia. Agora vamos ficar frios, tudo bem? Documentos... documentos... falou?

Um dos indivíduos achou por bem me questionar:

Por que a gente tem de se identificar? Nós não fizemos nada!

Isso não importa. Preciso ver os documentos de vocês pra saber quem são. Estou procurando Renato Costabello Filho, Marco Antônio Não Sei das Quantas, José Carlos Idem, Maria Luísa Jacob Sinis — essa eu já sei que não está aqui —, portanto, documentos. Rapidinho. Na moral, antes que eu perca a paciência.

Pode pelo menos dizer do que se trata? É prisão?... Inquérito policial?... Está checando alguma denúncia?

Estou checando a denúncia que eu mesmo fiz na delegacia em que trabalho, depois de tomar uns tiros no bairro onde eu moro. Foi feito um boletim de ocorrência, houve perícia, o carro que me perseguiu está registrado em nome de Renato Costabello Filho. Vão mostrar os documentos, ou eu vou ter que enfiar a cambada toda na delegacia? É longe. No Horto Florestal. Mas a gente chega lá. Com tempo e paciência, chegamos.

Enfiaram a mão nos bolsos para sacar as identidades. Um deles, entretanto, tentou bancar o espertinho. Disse ao colega mais próximo, que parecia ser o chefe:

Vou indo, Amaral. Senão perco a hora. Tchau.

Tratou de passar ao meu lado e seguir na direção da porta. Era mesmo muito cara-de-pau. Muito reles e vagabundo, se pensava que eu iria deixar que se mandasse assim, sem mais nem menos, depois de toda aquela lengalenga que eu tinha largado em cima deles. Peguei o cara pela manga do casaco. Ele tentou me empurrar, talvez planejando correr e se livrar de mim, mas joguei no peito dele a outra mão e o empurrei contra a parede. Seus companheiros, todos ao mesmo

283

tempo, falaram uma porção de abobrinhas. Não entendi uma palavra. Quase cuspi em cima do detido:

Quieto aí, cara. Quieto aí. Vai mostrando os documentos, antes que eu rasgue seus bolsos e arranque a carteira.

Não pode fazer isso. A polícia não tá com essa bola toda, não.

Não? Pois agora você vai ver... Agora vai ver!

Fui enfiando as mãos nos bolsos dele, tinha dinheiro miúdo, bilhetes de loteria — vencidos, imaginei —, volantes da sena e da esportiva, recados e recortes de jornais. O homem começou a grunhir. Não tinha documentos, havia perdido fazia uma semana, tinha requerido a segunda via, mas ainda não fora buscar, iria quando tivesse tempo. Gritei: onde ele tinha pedido a segunda via? Em que delegacia? Como os documentos são importantes, é natural que as pessoas, requerendo uma segunda via, saibam quando e onde devem retirar. O homem não sabia. Abaixou a voz:

Foi minha mulher que pediu a segunda via. Eu preciso falar com ela.

Seu nome é Renato Costabello Filho?

Não.

E Marco Antônio?

Nem sei quem é.

José Carlos, por acaso?

Também não.

Por razões óbvias, deixei de repetir o nome da mulher a quem pertencia o terreno na José de Alencar.

Você vem comigo, eu disse. Lá embaixo a gente toma um táxi e ele nos leva ao 38º DP, eu tiro as suas impressões digitais e descubro logo, logo quem você é.

Agora, facilite as coisas: venha por bem. Como um bom garoto. Não vai doer nadinha... por enquanto.

Lançando um olhar glacial aos demais, procurei um tom de voz ameno, que às vezes funciona melhor que o tom duro e incisivo. Estava indo embora, mas voltaria; eles que ficassem na deles, não perdiam por esperar.

Pressionei a mão em volta do braço do detido. Bom garoto ele não era, com certeza, mas fingia muito bem. Ali dentro do escritório não opôs resistência. Nem seus pares, nem principalmente o quase adolescente que tinha me aberto a porta. Ele me olhava consternado e silencioso, como se eu fosse um marciano que tivesse acabado de descer de um disco. Eu e o detido fomos andando para fora. Os outros me interessavam também, mas no momento eu podia passar sem eles: esperava que o homem que eu arrastava para fora ia ser de importância fundamental... pelo tipo de atitude que havia tomado, tentando tirar o dele da reta.

Entramos no elevador antediluviano e descemos ao saguão. O porteiro que tinha me atendido estava sentado em um banquinho de madeira. Quando deu pela nossa presença, ergueu-se e esticou o pescoço, depois voltou, ou fingiu voltar, a suas ocupações.

Ao chegar à calçada, fiz sinal para um táxi. Como ia muito apressado, o motorista não me viu. A voz do homem ao meu lado bateu na minha orelha direita:

Vamos conversar, seu polícia. É conversando que a gente se entende.

Não diga! E sobre o que poderíamos conversar?

Não posso baixar na delegacia. Tenho uma condenação.

É mesmo? Qual é a bronca?

Estelionato. Sabe o conto do prêmio? Quando dois malas abordam uma mulher no centro da cidade e lhe dizem que ela ganhou um prêmio, mas pra ir buscar precisa deixar a bolsa? Eu e um amigo costumávamos fazer isso. Agora não fazemos mais. Mas já fizemos. E numa dessas eu caí. Primeiro DP. Fui processado, condenado, e se eu entrar num distrito e alguém puxar meu DVC vou entrar em cana por três anos e meio. Quebra essa, vai.

Como é mesmo que você disse que se chamava?

Eu não disse, mas posso dizer agora. Eu sou o Renato Costabello Filho. Você veio me procurar por causa dos tiros que tomou no seu prédio. Bem, vou abrir o jogo: não fui eu. E nem sei quem foi. Tem um carro aí, um jipe, no meu nome, mas não é meu. Me obrigaram a licenciar o carro no meu nome. Por isso você veio me procurar. Eu sabia que você vinha. Tentei tirar o corpo, mas não deu. Tenho mulher e filho pra sustentar, meu ganha-pão é com essa turma aí que você viu.

Não acredito numa única palavra sua, inclusive porque você não tem só estelionato, tem outras broncas também, furto, receptação, tentativa de homicídio. E não está condenado só a três anos e meio, mas a seis anos e dois meses. Agora, vamos dispensar os detalhes secundários: conhecia o vereador Laurente?

Conhecia, admitiu ele.

O que ele estava fazendo no conjunto 10 da Sete de Abril, número 155, no dia em que foi morto?

Eu não sei. Conhecia ele, sabia que tinha um mandato municipal, mas não sei o que ele estava fazendo no escritório naquele dia. Talvez tenha ido descontar um cheque. O ramo do escritório é *factoring*. Você manja? A gente desconta cheques pré-datados. Descontamos os juros do valor a receber, descontamos a comissão, pagamos o restante e ficamos com o cheque. Aí negociamos com outros caras do ramo ou simplesmente esperamos o momento de receber no banco. Acho que era esse o caso de Laurente.

Quer dizer, o cara era vereador, ganhava bem, tinha macetes — é lícito supor que tivesse, todo político tem — e vai ao escritório de vocês descontar cheques pré-datados. Ótimo. Faz de conta que eu acredito. Conhece um cara que trabalhava com Laurente, chamado Anatole?

Não.

Vamos em frente. Conhece o carcereiro Bruno? Um que dá assessoria a um delegado chamado Almada?

Não.

Eu acredito, você é mesmo um rapaz muito sincero. Fez catecismo quando era garoto? Anda pela cidade com uma bíblia pregando o evangelho? Sabe o que significa evangelho?

Você é um gozador.

Me chame de senhor. No geral antipatizo com a idéia de me tratarem de senhor, mas quando se trata de um vagabundo filho-da-puta como você, faço questão. Me chame de senhor.

Sim, senhor.

Vamos indo.

Renato não deu um passo. Fiz pressão em seu braço, mas ele fincou o pé ali na calçada, como um jumento no sertão, sob o sol, empacado devido à carga exagerada. Achei que iria precisar de força. Agarrei seu colarinho sujo, gritei com ele, sacudi seu corpo para a frente e para trás como um gorila faria com um coqueiro a fim de derrubar os frutos. Renato me olhava pasmo. Como se estivesse numa sessão espírita na qual não tivesse levado muita fé, e de repente, pumba, o fantasma do avô começa a rondar por ali, sobre a mesa e entre as cadeiras, gemendo, arfando e ameaçando contar segredos de família.

Dei-lhe um solavanco, como se fosse derrubá-lo na calçada, mas era só para que ele começasse a pensar.

Se eu der uma dica sobre esse tal de Anatole, perguntou ele, o senhor quebra a minha? Faz de conta que não me encontrou hoje?... Eu tenho condições de procurar um advogado e descolar um contramandado de prisão. Mas só posso fazer isso se estiver em liberdade... pra ganhar o dinheiro e pagar os honorários. Dou a dica a respeito do homem que o senhor procura, continuo em liberdade, levanto o contramandado de prisão, levo a cópia na sua delegacia. Quebra essa, vai.

Primeiro você me fala de Anatole, depois eu dou uma resposta.

Conheci ele na época que trabalhava com o vereador Laurente. Os dois iam ao escritório resolver coisas, problemas. Não me pergunte o que era, porque o contato deles era com os meus chefes, não comigo, eu sou só uma parte da arraia-miúda. Anatole costuma andar pelo Parque da Luz. Pede sobras de sanduíche, restos de refrigerante, cigarro, dinheiro. Faz isso porque está meio louco. Lelé. Xarope. Acho que tomou uma porrada na cabeça, talvez em acidente de carro.

Vamos ao Parque da Luz, eu disse. Quem sabe nós topamos com ele. Depois eu te dou aquela resposta.

O parque parecia menos ruim do que da última vez que eu o tinha visto. As alamedas estavam mais bem conservadas, quase não se via lixo pelo chão, e nos bancos não havia marcas de sapatos sujos. Enquanto eu seguia, olhava em todos os cantos e no rosto de todo mundo. Gente passava com pastas e livros, gente andava com agasalho e tênis, fazendo footing, velhos sentados nos bancos, os olhos vazios de vida e esperança, olhando o tempo escoar.

Continuei avançando, fui até o portão principal, de onde retornei ao portão secundário, por onde eu tinha entrado. Nada de Anatole. Renato dissera que ele costumava freqüentar o parque, mas, pelo menos naquela tarde de sexta-feira, não estava à vista. Talvez tivesse resolvido matar o expediente. Gazetear. Como os alunos fazem na escola. Como os funcionários públicos e os privados fazem nas repartições e nas empresas. Voltei para o táxi que eu tinha deixado me esperando.

O carro estava lá, o motorista também. Renato tinha se mandado.

Debrucei na janela para dar uma bronca no taxista, mas antes que eu pudesse dizer a primeira palavra ele me mostrou a maçaneta do lado direito. Arrebentada. Um dos parafusos voara, o outro estava pendurado, caindo como um dente podre e velho. Sentei no banco do passageiro:

O que aconteceu?

Aconteceu que o homem simplesmente deu um soco na algema e ela arrancou. Quer dizer, arrancou a maçaneta do carro.

Eu pensei que elas fossem de metal por dentro.

289

São de plástico. Nos carros modernos, são de plástico.

Falei um palavrão contra mim e outro contra Renato, disse um também contra Anatole. De qualquer forma, nenhum deles me adiantou de nada — não me ajudou a engolir a frustração. Droga. Que rata! Antes de entrar no parque minha primeira idéia era carregar Renato comigo, algemado, punho contra punho. Depois me ocorreu que se eu encontrasse Anatole iria querer conversar com ele, o cara poderia mesmo estar xarope, como o estelionatário tinha informado, poderia estranhar ver aquele dois homens algemados, meter os pés pelas mãos e correr, desaparecer das minhas vistas... para sempre, inclusive. Daí a *brilhante* idéia de algemar Renato na maçaneta do carro.

Concentrei a atenção no motorista:

Vou pagar a corrida e os seus minutos parado.

Olhamos o taxímetro. Saquei o dinheiro que Vera me havia dado e paguei. Ele não se mexeu. Nem mesmo para enfiar o dinheiro na carteira. Queria saber quem iria pagar pelo prejuízo, a maçaneta estourada. Respondi o que eu pensava naquele momento. Quem devia pagar era o detido. O ex-detido. A culpa é sempre do criminoso, não das pessòas comuns, e muito menos dos policiais. O taxista ficou desolado. Olhava a maçaneta danificada, olhava para a minha cara, balançava a cabeça, pensando coisas — não muito simpáticas à polícia, certamente. Deixei o carro e dei uns passos pela calçada, na direção da Prestes Maia, mas era impossível esquecer o prejuízo do taxista, impossível acreditar que eu não tivera culpa nenhuma.

Retrocedi. O táxi continuava parado no meio-fio.

Quanto custa uma maçaneta dessas?, perguntei.

Uns quarenta reais. Mas se o senhor der vinte, tudo bem, eu banco o resto. Fazer o quê?

Examinei mais uma vez a maçaneta, que não me parecia valer quarenta mangos. Separei duas notas de dez e empurrei na direção do homem:

Vou bancar os vinte reais. Tchau. Vai desculpando aí, tá?

Ele não respondeu, não disse se desculpava ou não, apenas seu olhar era revelador, ele me desculpava. Retomei a caminhada até a Prestes Maia. Vi o táxi chegar àquela esquina, esperar o farol abrir, virar à direita e seguir em direção ao centro, a fim de tomar a Brigadeiro Tobias ou Senador Carneiro. Pensei no que fazer. Retornar ao Parque da Luz parecia uma idéia furada. Eu não tinha qualquer esperança que Anatole aparecesse ainda naquele dia. E era possível que Renato tivesse contado uma história falsa. Afinal, ele ganhava a vida mentindo às pessoas.

Pensei em telefonar para Vera. Fazer uma pequena cortesia, dar satisfações, afinal de contas ela estava me pagando. Liguei para o seu celular. Ele chamou umas seis vezes antes que eu ouvisse sua voz.

Vera, é o seguinte, estou telefonando do Parque da Luz, e vou falar rapidinho, estou com pressa. Vim aqui porque consegui uma informação de que o teu queridinho estava freqüentando o parque. Para filar dinheiro e cigarros, comida...

Por que ele andaria em um parque filando dinheiro e comida?

A pessoa que me deu a informação disse que ele está ruim da cabeça.

É mesmo?

291

Sinto muito, Vera. Sei que é chato falar essas coisas, mas tenho que te dizer. Acho que a informação que me deram faz sentido, pela maneira como o Anatole desapareceu, pelo fato dos documentos terem caído na mão de um criminoso qualquer e considerando também que até hoje não surgiu nenhuma queixa sobre o Tempra. Por isso eu vim ao parque. Na esperança de encontrar o teu namorado... Desculpe, teu noivo. Mas ele não está aqui, e eu não vejo sentido em ficar esperando. Vou embora. Se for o caso, volto ainda hoje, de noite, ou amanhã, ou depois de amanhã.

Onde fica esse parque?

No bairro da Luz, pegado ao centro da cidade. Se você quiser vir aqui, eu te ensino.

Perguntei só por curiosidade, não pretendo ir. Acho melhor esperar por outras notícias suas. Cada vez me convenço mais de que se alguém pode encontrar o Anatole, esse alguém é você.

Falou, então. Eu dou notícias. Tchau.

Tomei um táxi. Gostei do motorista: ele usava gravata e parecia saber das coisas.

Na frente do sobrado havia uma grande porta de ferro, dessas usadas em estabelecimentos comerciais (talvez fosse a porta da garagem), que dava pena. Estava riscada, amassada e enferrujada nos cantos. E pichada. O palavrão menos ofensivo era este: PHODA. Ao lado, tinha um portãozinho de metal, também deteriorado, salvo entretanto dos vândalos, talvez por ser composto de barras finas e trançadas. Depois dele havia uma escadinha de cimento, sem reboco, os degraus nus, com sinais de lodo e sujeira. A família daquela casa parecia estar passando por maus pedaços.

Toquei a campainha ao lado do portão. Nada se moveu lá dentro e não houve nenhum som. Toquei de novo, de novo e outra vez. O sobrado inteiro estava silencioso e mudo como um navio abandonado. Talvez a mulher tenha saído, pensei. Não custa esperar um pouco. Colei as costas à porta de ferro pichada.

Algum tempo depois meu telefone tocou. Era o Jaime, o tira da Homicídios. Sua voz estava mais alta, mais forte, sonora, dando-me a impressão de que tinha notícias boas.

Colega, é o seguinte, nós estamos chegando agora da administração.

Nós quem?

Eu e o delegado da equipe. Fomos ao departamento pessoal e pedimos o prontuário de Sílvio Lopes Ximenes. Confrontamos a assinatura com a que está na funcional dele. Imagina o que descobrimos?

Mal posso esperar pela grande revelação.

Os caras são a mesma pessoa: Sílvio Lopes Ximenes, investigador exonerado da Polícia Civil, procurado por assalto à mão armada, e Sávio Brizola Vargas, que trabalha, ou trabalhava, no motel Deneuve. Pegamos uma cópia das impressões digitais dele no DADG pra comparar com as impressões deixadas no apartamento dessa tal de Suzy. Se forem iguais, ele tá fodido.

Acho que vocês não devem se entusiasmar muito. Uma puta-velha como o Sílvio não iria deixar impressões no local do crime.

Poderia deixar, se entrou no apartamento com outros propósitos, resolver uma pendência, por exem-

293

plo, cobrar ou prestar favores, e depois mudou de idéia e decidiu praticar o homicídio. Isso acontece muito.

Bem, espero que vocês estejam certos. É claro que depois de checar as impressões, se o resultado for positivo, vocês vão querer localizar o cara. Vou dar uma dica. Que pode não valer nada. É a casa da mãe dele. Ela diz que não vê o filho há um século, mas pode estar mentindo. Tem papel aí?

É claro que tenho papel aqui... Acha que num cartório policial não ia ter papel?

A resposta era mal-educada e brusca, pois ele não tinha me informado que falava do cartório da equipe. Em todo caso, deixei passar. Já ouvi respostas piores, e também já falei as minhas grosserias. Jaime anotou o endereço que eu passei — como eu já não tinha certeza quanto ao número da rua Tucuna, forneci o que minha memória ditava, acrescentando que a casa era branca, pequena e pobre, localizada perto de uma esquina, a primeira para quem desce da avenida Sumaré.

Volto a telefonar, ele disse, assim que puser o nosso ex-coleguinha em cana.

Era um otimista: prender Sílvio lhe parecia certo, líquido e fácil.

Continuei ali, escorado no sobrado decadente, olhando os carros que desciam em direção ao centro ou subiam rumo ao Tucuruvi, vendo os ônibus que se arrastavam ladeira acima gemendo e soluçando. Quando um deles parou no ponto para despejar passageiros, o motorista virou a cara para o meu lado e me encarou demoradamente, embora eu desconhecesse o motivo... Eu não estava fazendo nada, só estava diante de uma garagem, parado, esperando, olhando a paisagem. Ainda se passou uma meia hora antes que Dalva chegasse.

A escada dava direto na sala. Ali me acomodei, numa poltroninha perto da janela, pela qual soprava um vento morno, ameno e agradável. Dalva pediu desculpas por não poder me dar atenção imediata. Tinha tarefas mais importantes. Uma delas se chamava Lila — um poodle de pêlo encaracolado e branco — e a outra se chamava Luna — gata ralé mesmo, vira-lata, gorda e manhosa... Não fosse a hora do rango, teria deitado e dormido sobre meu sapato.

Dalva ciscou por ali, entre a sala e a cozinha, botou ração e água para suas "filhas" — pelo menos era o que dava a entender sua linguagem. "A mamãe vai botar sua comidinha." "Peraí, a mamãe tá ocupada agora." Depois que as *filhas* sossegaram em volta das tigelas, ela sentou diante de mim, em outra poltrona. Creio que nunca foi bonita. Era magra demais, ossuda demais, os seios pequenos e caídos, os ombros estreitos e frágeis. Seus olhos azuis não ajudavam em nada.

Estive no motel Deneuve hoje, eu disse. Na hora do almoço. Entre as coisas do proprietário, encontrei um bilhete seu. Com o endereço daqui.

Fui atrás do Anatole porque achava que ele me devia alguma coisa. E porque ele não me atendia pessoalmente. Deixei o endereço de propósito, para que me procurasse, se quisesse. Ele não me procurou. Aconteceu alguma coisa com ele?

Desapareceu do apartamento onde morava, na Moreira de Barros. Sabia que ele vivia com uma companheira, de nome Suzana?

Não sabia... mas imaginava. Conquistar mulheres era bem a praia dele. Ainda é, acho.

Ele conquistou você?

O senhor estava falando do desaparecimento dele.

Durante as diligências, quando tô cavando informações, trabalho melhor se as pessoas me chamam de você... talvez por me sentir mais à vontade. Bem, como eu ia dizendo, Anatole desapareceu do apartamento e do motel no dia vinte do mês passado. Mais tarde, um cara se fazendo passar por ele baixou carceragem do 45º DP e lá foi morto. Mas isso não interessa a você, eu acho. Como a companheira dele me pediu que eu fizesse algumas investigações, saí a campo, andei de um lado e outro, conversando aqui e ali, e topei com uns caras estranhos que em vez de me ajudar me deram foi tiro. Hoje localizei um estelionatário que informou ter visto Anatole no Parque da Luz.

Ela se mexeu nervosa na cadeira:

E era verdade?

Bem, é tolice botar fé em conversa de criminosos. Mesmo assim, fui ao parque e fiz umas buscas, mas nada, Anatole continua desaparecido. Talvez eu volte lá. Ou quem sabe eu procure de novo esse estelionatário, lhe dê outro aperto, ouça uma nova versão, ouça uma nova mentira.

Então por que veio me procurar? Acha que sei o paradeiro do Anatole? Acha que ele poderia estar aqui em algum canto da minha casa? Se for essa a sua idéia, pode dar uma busca.

Eu nem tinha pensado nisso.

Vamos. Vou me sentir melhor depois que você terminar.

Percorremos a casa. Naquele primeiro andar, onde estávamos, havia dois quartos, a sala, uma cozinha, banheiro e área de serviço. Embaixo, um salão grande acomodava a garagem, um quarto de despejo e um banheiro, além de um depósito de ferramentas e de pneus velhos. Tudo sujo, desmazelado. Em todos os cômodos, exceto no quarto onde Dalva dormia, havia pedaços de jornal pelo chão, cascas de frutas, restos de ração das *filhas* da casa. Na cozinha ela havia colocado dois tapetes, mas a solução fora pior. Lógico, não encontrei Anatole. Dalva talvez tenha se sentido melhor. Voltando à sala, sentei no mesmo lugar de antes.

Parece que você não tem muito amor pela casa. Ou por seu marido... ou por seus filhos... Claro, não me refiro à gata e à cachorra.

Quando ela tornou a sentar, juntando os joelhos magros e alisando a saia com as mãos, parecia mais calma, como se o fato de expor as entranhas de sua casa a um agente policial tivesse provado sua inocência.

Eu não tenho marido, quer dizer, tenho, mas ele se mudou daqui. Mora em Pernambuco, em Recife, toma conta de um restaurante do irmão. Também não tenho filhos — sem contar a Lila e a Luna. Nunca tivemos. O que aconteceu foi o seguinte. Vou contar logo, assim a gente economiza tempo. Dois anos atrás, em junho, a gente estava passando por uma situação difícil, o Adalberto desempregado, eu fazendo uns bicos aqui e ali que não rendiam quase nada. Como tínhamos um quarto sobrando em casa — o quarto menor, porque o maior a gente usava —, ele teve a infeliz idéia de anunciar no jornal. O Anatole estava chegando de Maringá... foi o que ele disse. Talvez estivesse mentindo.

Era verdade. Ele nasceu e se criou em Maringá. Filho de uma professora do primário, uma que gostava de literatura, lia autores franceses e por isso deu o nome de um escritor francês ao filho. Ele deve ter lhe contado essas coisas.

Não, nunca contou nada. Era fechado como uma ostra. A gente podia conhecer ele a vida toda e não saber nem o dia do seu aniversário. Isso não quer dizer que fosse um homem sério e compenetrado, intro... intro...

Introvertido.

Isso mesmo. Ele não fazia o tipo introvertido. Era alegre, falador, contador de piadas. E ria. Tinha um sorriso maravilhoso, aberto, franco, juvenil, que ele usava como uma arma — era sorrindo que ele conquistava as pessoas. Que apanhava as trouxas... como eu.

Abaixou a cabeça, e duas lágrimas rolaram pelo rosto. Ela enxugou com as costas da mão.

Se quiser falar sobre isso, fale. Se não quiser, eu fico na minha. Fatos como esses são irrelevantes para as investigações.

Não começamos assim, de repente, pof, como talvez você esteja pensando. Foi muito diferente. Ele chegou aqui com uma mala pequena, marrom, de papelão... sei que era de papelão porque tinha tomado chuva na viagem, e na parte de cima, no meio, tinha um buraco do tamanho de uma caçapa de sinuca. Conheço mesas de sinuca mais ou menos bem. O Adalberto participava de torneios. Nunca ganhou prêmio nenhum, ficava lá pelo terceiro, quarto lugar, as semifinais. Tem um clubinho aqui perto, na sede da sociedade Amigos do Bairro da Parada Inglesa. Uma caçapa de sinuca é do tamanho...

Sei que tamanho é, Dalva. Além disso, não vim aqui pra falar de caçapas. Continue.

Anatole ficou no quarto menor. De manhã comprava o jornal e lia os anúncios, tomava o ônibus e ia visitar as empresas. Nunca arrumava nada. Se era filho de professora devia ter algum estudo — a mãe podia ter ensinado. Ele não tinha profissão, não sabia nada, nem redigir uma carta decente. Saía de manhã com os recortes do jornal e chegava em casa de noite. Não pense que ficava acabrunhado, derrotado. Nada disso. Ele não se deixava abater. Nunca ficava triste. Estava sempre sorrindo... puxa, eu preciso tomar um café. Tenho o costume do cafezinho e do cigarro quando chego em casa do trabalho. Mas fiquei sem pó.

Posso ir comprar, se for do seu agrado.

Eu preferia terminar a conversa, depois dou um jeito. Eu e a vizinha aí do lado temos um esquema, ela me socorre e eu socorro ela. Depois eu dou um jeito. Vamos continuar?

Por favor, Dalva.

Anatole era muito legal comigo. Na época eu era uma mulher bonita, acho que posso dizer isso, e estava em melhor forma. Muito atencioso. Sempre me chamava pelo nome, sempre, desde o segundo dia em que estava conosco era Dalva pra lá, Dalva pra cá, oferecendo seus préstimos, quer que eu ligue a televisão?, quer que eu troque o bujão de gás?, deixa que eu faço o café... E sempre sorrindo. E assim foi ocupando espaço... quando o Adalberto não estava, claro.

O que significa ocupar espaço, no caso?

Eu saía do banheiro e ele estava bem ali, perto da porta, sorrindo para mim. Eu ia no tanque lavar roupa, e logo ele aparecia... eu sentia a presença dele em todo canto da casa... Uma noite eu estava deitada no meu quarto, tinha deixado a porta aberta, estava de olhos fechados pensando na vida, e de repente eu soube que ele estava ali, na porta. Abri os olhos, virei o rosto e ele estava mesmo na porta. O resto não foi possível evitar.

É impossível evitar, eu disse, sentimental, quando os dois querem.

Naquele mesmo mês de junho o Adalberto flagrou a gente. Expulsou nós dois de casa. Eu fui morar com meu irmão, o Sandro, que tinha apartamento nas Palmas do Tucuruvi, e Anatole foi pra uma pensão. Eu já estava louca por ele. Querendo ficar com ele a toda hora. Mas era difícil. Na pensão não dava, porque tinha outros forasteiros, nordestinos, nortistas, essa gente que costuma infestar as pensões da cidade, e no apartamento do Sandro era impossível, por causa da mulher dele. E a gente sem dinheiro pra pagar hotel. Os motéis ainda não tinham se espalhado pela cidade como hoje.

Fez uma pausa, talvez esperando que eu dissesse alguma coisa. Eu não tinha nada para dizer.

Com algum esforço e sacrifício, consegui instalar Anatole no apartamento do Sandro. Foi um tempo duro. Ele ficava num quartinho de empregada, junto à área de serviço, não tinha cama, só colchonete, e no armário mal cabia a mala e o tênis dele. Em todo caso, de noite eu me enfiava lá, e a gente se amava, e era bom, ai, Deus, como era bom. Quando é difícil, parece que o amor fica ainda melhor... A mulher do Sandro, Isabel, se revoltava contra aquela situação. Odiava. E começou a pegar no pé do Anatole. Por influência dela, o Sandro embarcou na mesma canoa. Um dia tiveram uma discussão. Sandro e a mulher disseram na lata que Anatole não queria trabalhar, que só queria era transar comigo, aí ele se ofendeu, levantou a voz, foi um rebu federal.

Tirei o maço de cigarros e ofereci um a ela. Dalva recusou. Sem café não fumava — o vício ficava sem graça. Agora, quanto a mim, podia fumar, se quisesse. Devolvi o maço ao bolso. Prosseguiu:

O Sandro é um cara legal. Digo isso não por ele ser meu irmão. É um sujeito bom. Na firma em que trabalhava, a SBI, falou com algumas pessoas, conseguiu colocar o Anatole lá dentro — na seção de compras de material, junto com um tal de Valdemar.

Essa história eu conheço, eu disse. Valdemar chegou a convidar Anatole pra morar com ele na rua Amarildo.

Convite que Anatole aceitou... rapidinho. Sem pensar duas vezes. Era muito rápido para aceitar mimos e oferecimentos. Foi morar com Valdemar e ficou muito feliz com isso — arranjou outras companhias, foi o que eu quis dizer. Não quis mais me ver. Recusava se encontrar comigo. Fui muitas vezes na empresa, no apartamento deles, e Anatole sempre tirando o corpo fora. Mais tarde, no mesmo ano se não me falha a memória, deu um golpe na firma. Perdeu o emprego, se ferrou... Acho que ainda não tinha muita prática em enganar o próximo.

Quando você soube que o teu ex-namorado tinha saído do apartamento na rua Amarildo, chegou a procurar por ele?

Procurei, mas não encontrei. Vim a saber do motel por acaso. A filha da minha patroa, eu trabalho na casa dela como faxineira, falou que tinha ido num motel com o namorado e que o motel tinha um nome engraçado, Deneuve, e o dono também, Anatole. Fui no motel. Cheguei a conversar com Anatole, mas ele tirou o corpo, disse que precisava cuidar de muitas coisas ao mesmo tempo, aí eu insisti, disse que tinha sofrido muito, perdido minha felicidade... então ele mandou duas empregadas me expulsarem de lá. Deixei um bilhete contando que minha vida tinha destrambelhado por causa dele, e mesmo assim, nada. Foi aí que numa outra visita deixei aquele bilhete curto e grosso.

Ela olhou para as mãos, que estavam tremendo. Ligeiramente. Tentou disfarçar, não conseguiu, então deixou que o barco corresse, que as mãos continuassem tremendo.

De pé junto à porta, Florentina parecia ingênua, simples e indefesa, por ser magrinha, baixinha e de olhos grandes e tristes. E por causa também daquela mancha na face esquerda, quase tão grande como um farolete. Depois das apresentações, passamos ao interior do apartamento, percorremos um pequeno corredor, ao lado do qual ficava a cozinha, e chegamos à sala. Um garotinho saído não sei de onde de repente estava ali perto segurando na calça comprida da mãe.

Vamos sentar, vamos sentar, convidou ela. Este aqui é o André.

Tanto eu como Paula dissemos "Oi", e eu até fiz uma gracinha no cabelo de André, mas ele não estava para

302

conversa. Sobretudo conversa fiada de adulto. Sentamos num sofazinho reto e duro. Florentina se acomodou numa poltrona com a criança nos braços. Lancei uma pergunta bem genérica:

Tudo bem com você?

Ela suspirou:

Mal. Não sei se a dona da imobiliária contou, mas o fato é que eu tenho passado um sufoco.

Não precisa contar, se não quiser.

Acontece que eu gosto de contar... Faz bem aos advogados abrir o coração e o jogo. São atitudes que transmitem confiança e lealdade. Eu tenho escritório na praça da Sé. No começo, quando eu montei ele reformando duas salas que tinham servido a um despachante, as coisas andaram bem. Sempre andam bem quando a gente está começando. Talvez só para nos dar ilusão. Eu tinha clientes, tinha amigos, os honorários eram altos e as contas eram pagas, tudo legal. Mas agora, não sei por quê, baixou uma urucubaca infernal, de repente todos os meus clientes desapareceram como por encanto.

Paula procurou se mostrar solidária, como em geral acontece quando duas mulheres conversam e uma delas está mais fraca e desolada.

Talvez haja uma explicação natural. Quem sabe o seu escritório não esteja num bom ponto. A praça da Sé é um horror, isso todo mundo sabe. E depois hoje tem muita justiça gratuita.

Florentina recusou o argumento:

Justiça gratuita, como o nome está dizendo, é só para pobre. Para os que não podem constituir advogado. Não é o meu caso. Todos os meus clientes podiam pagar... parece incrível, mas eu tinha até fazendeiros na minha carteira. Gente do Mato Grosso. Criadores de cavalo de raça na Serra da Cantareira. De repente — a advogada fez um gesto mostrando primeiro a mão direita fechada e depois se abrindo com nada dentro —, de repente, puf, tudo se foi. Simplesmente a clientela foi embora.

Eu trabalho no fórum de Guarulhos.

Como a frase carecia de qualquer importância, era possível que Paula quisesse ir mais longe, fosse acrescentar outras informações e sentidos. Não acrescentou coisa nenhuma, já que André começou a ficar rabugento, falando alto e puxando o cabelo da mãe. Interrompendo a conversa, Florentina levou o filho para o quarto, onde tiveram uma conferência difícil. Ouvimos argumentos, ameaças, súplicas e por fim o som de beijos. Dali a pouco Florentina voltou à sala. Sem o garoto.

Tentei imaginar o que ela teria usado no convencimento do filho. O esforço foi inútil. Nunca tive filhos e não sei o que os pais fazem para convencê-los. Se fosse na polícia, quando os particulares tentam induzir os funcionários a descumprir a lei... Florentina retomou suas desditas:

Meu marido me deixou. Foi embora. Arrumou uma japonesinha do interior, de Itatiba, alugou um apartamento na Aclimação e se amigou com ela.

Paga a pensão do filho pelo menos?, perguntei.

Paga. Quando pode. Ele é bancário. Em certos dias 10 alega que as coisas não andaram bem. Não sei como as coisas podem andar ruins para os bancários. Eles ganham salário, não vivem de comissões como os vendedores e corretores, nem de honorários como os advogados. Mas com o meu ex o papo é diferente: num mês as coisas andam bem, noutros meses andam mal. Acho que ele faz mutretas no banco. E quando a propina é boa, paga a pensão do filho. Quando é ruim, não paga.

Entre com uma ação contra ele, sugeriu Paula. Lá na vara de Guarulhos onde eu trabalho tem mais ação de alimentos que elásticos e clipes pelo chão. Você é advogada, deve saber dessas coisas.

Sim, eu sei, mas entrar com ação contra o Geraldo no momento não dá; se desse eu já tinha movido... pra isso, pra defender os direitos do meu filho, eu sou uma leoa. O problema é o quantum. Pedir um terço do salário oficial dele é mancada... vocês entendem? É mancada. Por enquanto tenho que continuar na manha, só nos argumentos, na discussão mesmo. Apesar de o trabalho ser maior, quando a pensão sai, sai melhor, mais gorda. Eu queria dizer ao juiz que o meu ex-marido ganha por fora, recebe propina, mas aí surge o problema das provas, fica complicado. Além de perder a causa, ainda me arrisco a ser processada.

As duas mulheres fizeram silêncio por um momento. Achei que estávamos perdendo tempo, dado que nunca iríamos conseguir ajudar Florentina.

Gente, é o seguinte, eu tenho plantão à noite, e o meu turno começa daqui a pouco, às oito. Eu queria acompanhar a Paula até o fim nisto, afinal de contas fui eu que procurei a Irene, e assim, se vocês concordarem, podemos adiantar as negociações. Ficar aqui falando no ex-marido da doutora não vai nos levar a lugar algum.

Paula entendeu que a minha intervenção era boa:

Podia nos mostrar o apartamento?

Florentina levantou e nos convidou a acompanhá-la. Na verdade, pouco mais havia para ver. Ao lado da sala havia um banheiro, pequeno e abafado, conforme podíamos notar (embora a cidade estivesse fria e úmida), e depois da sala, no sentido da entrada para os fundos, ficavam os quartos, um pequeno e outro menor ainda. Entramos no maiorzinho. André estava deitado na cama, muito à vontade, as perninhas cruzadas, assistindo televisão. A janela dava para outros prédios, carros estacionados, bancos de cimento, guaritas de onde seguranças observavam o conjunto. Feito guardas de presídio vigiando os pavilhões.

Fomos ver o outro quarto, olhamos, voltamos à sala, sentamos nos mesmos lugares de antes. Paula e Florentina passaram a falar de preços, aluguel e condomínio, dos móveis que seriam deixados no apartamento, classe social dos moradores, número e espécie de condução que passava na avenida em frente. No decorrer da conversa, a doutora falou na mãe, dizendo que ficava envergonhada, depois de tantos anos de independência e luta, de voltar à casa dela pedindo *arreglo*. Paula tentou contemporizar, não fale assim, doutora, é só que...

Dei um toque no ombro de Paula. Significava mais ou menos o seguinte: Vamos logo, minha.

Ela implicou com o valor do aluguel. Bem que a doutora podia maneirar.

Florentina explicou que era um preço bom, mais baixo que a média na região, o melhor que ela podia pedir, sabia disso por ter feito uma pesquisa com os imóveis para locação naquele condomínio. Não podendo avançar por aquele terreno, Paula se reportou às taxas de administração. Florentina se mostrou muito prática e generosa:

Se o problema é esse, eu faço o seguinte: corto o condomínio pela metade. O resto eu pago. Que tal?

Paula virou o rosto para o meu lado, me consultando. Isso me convenceu que eu podia acabar com aquela tortura de uma vez por todas:

Aceite... por favor.

No cartório já estavam Mauricy, atrás do computador, e Roney, em seu canto favorito, a poltrona debaixo da janela — rasgada e queimada com pontas de cigarro e com várias camadas de sujeira, ainda assim era seu canto favorito. Aguinaldo e Tanaka não estavam lá. Em compensação, Laércio estava, e usando uma roupa incrível, calça de veludo e paletó xadrez, o qual fazia um contraste esquisito com a camiseta azul-clara. E de tênis. Dei a mão a todos. Mauricy foi o primeiro a questionar a minha vida.

E aí, meu Sherlock favorito? Por onde tem andado? O que tem investigado?

Sentei ao lado de Laércio no banco de madeira destinado às vítimas e testemunhas e passei a contar aos três o que eu tinha feito o dia todo, como tinha andado pela cidade, como tinha falhado em meu objetivo de achar o homem desaparecido e identificar os caras que haviam atirado em mim. Roney disse que eu estava na profissão errada, que talento é um troço, ou a gente tem ou não tem. E na carreira policial, concluiu, pior ainda;

investigadores sem dom natural são tão inúteis quanto motoristas de caminhão cegos.

Achei a metáfora um tanto exagerada, mas quem era eu para contestar?

Quando as palhaçadas chegaram ao fim, Laércio me tocou na manga:

O Caicó já está aqui.

É mesmo? Vamos falar com ele.

Roney parou de balançar as pernas:

Quem é esse?

Coube a mim a tarefa de esclarecer. Contei o que sabia de Caicó, inclusive que era suspeito de ter matado o falso Anatole, mas que a tiragem do 45 não podia interrogar, caso contrário o outro preso, aquele que estivera no seguro com Caicó, poderia ser desmascarado e morto. Isso seria duplamente ruim. Além de mais um crime para administrar, haveria a perda do alcagüeta do Adaílton. Roney meteu bronca:

Taí uma coisa que eu acho errada. Se a polícia sabe que um mala cometeu um crime, tem que ir pra cima. O resto que se foda.

Laércio contemporizou, talvez pensando em Adaílton:

Não é bem assim. A polícia tem suas fontes, seus dedos-duros, seus informantes. Sempre trabalhou desse jeito. Na verdade, esse negócio de investigação científica é besteira, o tal de interrogatório psicológico é história pra boi dormir. Se os informantes são nosso melhor instrumento de trabalho, temos que proteger eles. Temos que dar cobertura.

Roney não contestou.

Perguntei a Mauricy sobre as pessoas no corredor: queriam apresentar queixa ou queriam outra coisa? Sempre que ouvia falar em trabalho, o irascível escrivão ficava de péssimo humor:

Não sei. Ainda não perguntei. Estou esperando eu chegar primeiro.

Roney não tinha ouvido direito:

Quem chegar primeiro?

Eu, porra. *Eu* chegar primeiro. Sacou?

Roney sorriu e continuou balançando as pernas. Ouvimos um som forte do lado de fora e eu até pensei que duas viaturas tivessem batido no pátio. Apuramos o ouvido, sempre pensando no pior. Entretanto, para alívio geral, logo ouvimos risos, concluindo que o ruído se devia provavelmente a molecagens de soldados.

Aguinaldo veio vindo lá de trás, da carceragem — naturalmente já havia contado os presos e pago a bóia. Ficou encostado na porta. Nos cumprimentamos com a cabeça. Depois ele achou que nosso gesto era insuficiente, entrou na sala e me deu a mão. Gostava muito de mim, o carcereiro. Eu também gostava dele. Todos na equipe gostávamos de Aguinaldo. Às vezes ficávamos aborrecidos porque ele chegava à delegacia meio troncho das pingas que tomava antes do expediente, razão por que errava na contagem dos presos e no cumprimento dos alvarás de soltura. A equipe receava que um dia ele soltasse um preso por outro. Por isso a gente lascava umas broncas nele, prometia vigiar estreitamente seu trabalho, mas depois esquecia e tudo ficava por isso mesmo. Lembrei do delegado:

E o Tanaka?

Na sala dele, disseram duas vozes ao mesmo tempo.

* * *

Estava sentado atrás de sua mesa, a postos, despachando inquéritos — sempre despachava à mão, com uma letra miúda e atrapalhada, que aborrecia Mauricy. O delegado costumava dizer que embora fosse um grande datilógrafo (não se pejava em usar o adjetivo *grande* em proveito próprio), pois tinha sido escrivão antes de virar delegado, preferia despachar à mão para que ninguém no Judiciário desconfiasse que outra pessoa era a autora das decisões. Joguei-lhe um cumprimento e continuei de pé diante de sua mesa.

Ele me acusou de haver chegado atrasado — ouvira e reconhecera meus passos no corredor — e eu usei Paula e o aluguel do apartamento como desculpa. Depois pedi autorização para interrogar um preso. Ele deu, contanto que eu não pisasse no tomate e atirasse merda em sua carreira imaculada — era outro adjetivo que usava sem critério nem pejo. Além de fazer as promessas devidas, perguntei se ele queria presenciar o interrogatório, talvez fazer perguntas também.

Não, disse ele. Bom proveito.

A sala no primeiro andar era melhor que as salas do térreo, onde funcionava o plantão. Afinal, era destinada à chefia da investigação, e os chefes tinham suas regalias, daí que a janela não tinha vidros quebrados e o sofazinho recoberto de napa estava inteiro. E nas paredes viam-se ainda organogramas com nomes de equipes e a função de cada uma — que ninguém cumpria, achava eu. Aguinaldo ficou parado na porta, como um guarda, e Laércio escorado numa parede, como se fosse um mero observador.

Caicó estava sentado numa cadeira ao lado da escrivaninha. Tentei ser convincente:

Ozires, é o seguinte: a gente aqui no 38 precisa de algumas informações, tá sabendo? A respeito daquele preso que foi morto a navalha no último domingo de tarde na carceragem do 45. O que você pode dizer a respeito?

Eu não sei nada disso, não, meu.

Não me chame de meu, porque nós não somos amigos. E nunca vamos ser. Meu nome é Venício. Aquele ali é o Laércio. E o carcereiro Aguinaldo você conhece. Chegou aqui durante o dia e já deve ter se informado à vontade. Agora vamos começar de novo. O que você sabe sobre a morte do falso Anatole?

Caicó virou o rosto para o lado, com desdém. Insisti: Como é? Vai abrir o jogo ou não?

Que abrir o jogo? Eu não tenho nada pra contar, não. Sou um cara maneiro. Maneiro, tá? Fico na minha. Não converso com os colegas de cela, não peço nada pra ninguém... nem fumo, porque não quero depender nem de cigarro... não faço inimizades com os companheiros. Meu negócio é puxar minha cana numa boa, sair logo, voltar pra casa e cuidar da minha vida.

Legal, reconheceu Laércio. Você é um cara legal. O preso ideal. Não mexe com nada, não se mete na vida dos outros, só fica na sua etc. e tal. Agora diga: e sobre Anatole? Conheceu ele? Tinha que conhecer, já que estavam puxando cadeia juntos.

Talvez conheci, talvez não. Na cadeia todo mundo tem apelido. O apelido dele era Anatole? Qual o nome verdadeiro *mermo*?

311

Levantou os olhos para Aguinaldo, escorado no batente da porta.

Tem um cigarro aí?

Bati com o sapato na perna dele.

Você acabou de dizer que não fuma, que não gosta de pedir nada pra ninguém...

Agora me deu vontade. Queria saber como é. Não tem nada de errado nisso, tem?

O que tem de errado, sentenciou Laércio, é você ficar mentindo cinicamente sobre as coisas que a gente pergunta. Olha aqui, seu veadinho de merda, a gente já sabe que você apagou o preso Anatole. A gente sabe que você pegou uma navalha e cortou o pescoço dele. E mais uma coisa, porra: nós sabemos até que foi mediante pagamento. Que alguém pagou você pra cortar o mala. Agora, presta atenção: quem foi que te pagou? Gente do presídio? De fora? A mesma pessoa que botou a navalha dentro da cela? Ou você recebeu o pagamento antes de cometer o crime e com o dinheiro comprou a navalha?

Caicó mexeu o traseiro na cadeira. Para ganhar tempo. Laércio pegou em seus cabelos e balançou a cabeça do preso de um lado para outro.

Fala logo, porra, antes que eu perca a paciência!

Aguinaldo tentou apressar o resultado:

É melhor você falar, Ozires. Aqui ninguém vai fazer nada com você. Esse interrogatório não vai ser posto no papel. A informação que a gente precisa é só pra nós. Só queremos saber quem pagou você. Você abre o jogo, a gente vai procurar a pessoa, você volta pra carceragem, tá tudo bem. Na segunda-feira, se for do teu agrado, volta pro 45º DP. Se não, fica aqui mesmo. Você é um preso boa-gente, sangue-bom, quieto, deixa rolar, respeita todo mundo, de dentro e de fora do presídio, é até legal que fique aqui mesmo.

Ozires recebeu o discurso de Aguinaldo com a maior indiferença. Talvez imaginasse que não voltaria à carceragem do 45, já que viera de lá. Arriscou uma pergunta:

Qual é a de vocês, querendo saber quem me pagou... se eu tivesse *mermo* recebido algum pagamento?

O carcereiro continuou olhando Ozires por um longo momento, depois olhou para mim e para Laércio e nos fez um sinal para que fôssemos conversar fora da sala. Deixamos o preso com sua teimosia e seu instinto de conservação, saímos da sala, encostamos a porta e paramos no corredor. Era por volta de onze da noite. Lá embaixo, do plantão, vinha o som de vozes. Da rua chegava o barulho de carros passando. Do pátio ao lado, onde ficavam os soldados da meganha, onde advogados conversavam com seus clientes e onde constantemente batiam-se portas de viaturas da civil e da militar, não subia, estranhamente, nenhum ruído. A luz fraca do corredor, junto com a luz mais fraca que vinha da rua, deixava o rosto de Aguinaldo amarelado e macilento.

Olha aqui, turma, é o seguinte: vocês são investigadores, eu sou só um carcereiro, mas vou dizer uma coisa. Desse mala aí a gente não arranca nada. O cara conhece os direitos dele, sabe que a gente não pode mais pendurar, e ainda tira sarro da nossa cara.

Nesse momento ouvimos som de passos na escada. Logo o vulto negro e avantajado de Mauricy surgiu no corredor. Caminhou em direção a nosso pequeno grupo. Imaginei que alguma coisa não ia bem no cartório. Na verdade, para Mauricy, nada ia bem em lugar nenhum. Perguntei como ia o plantão. Uma bosta, disse. Havia chegado uma ocorrência de trânsito, Mauricy interrogara os motoristas e as testemunhas, decidira meter um dos motoristas em flagrante, pois fora ele a causar o acidente, e já estava começando as peças — boletim de ocorrência, qualificação e vida pregressa — quando o delegado chegou e mandou deletar tudo.

É um filho-da-puta, sentenciou Mauricy. Não sabe dar força pros subordinados. Eu tomei a decisão do flagrante, ele tinha que segurar a minha palavra.

Não fizemos nenhum comentário.

E o preso?, perguntou ele. Como vai o interrogatório?

Esclareci que não estávamos interrogando, pelo menos tecnicamente falando, só estávamos conversando, mas que a coisa não avançava.

Vamos lá, convidou Mauricy. Deixa eu dar uma olhada na cara dele.

Entramos todos na sala da investigação. Caicó continuava na mesma posição, displicente, as pernas esticadas em direção a uma das paredes, o olhar desafiador. Mauricy parou perto dele. Se voltou para o meu lado, perguntando se Ozires não queria colaborar. Caicó parecia estar muito sensível aquela noite. Não gostou nem mesmo da palavra *colaborar*. Encarou o escrivão com todo o seu desprezo, virou a cabeça para o lado, cuspiu, depois encarou de novo. Era como se dissesse: "Aqui eu posso fazer qualquer coisa, estou no meu direito, fodam-se".

Mauricy deu um tempo, como se esperando que o preso se retratasse, pedisse desculpas ou algo parecido. Como nada disso aconteceu, ele tornou a me olhar:

Além do mais, o cara é mal-educado. Cospe no chão.

Caicó partiu para o ataque. Dirigindo-se exclusivamente a mim, como se eu fosse o chefe da pequena comissão, lascou uma ofensa:

E esse crioulo aí? Veio engraxar meus sapatos? Eu não preciso de graxa hoje. Tô usando sandálias.

Mauricy permaneceu quieto, na dele, nenhum músculo dando sinal de vida — o silêncio e a imobilidade do corpo enorme pareciam acentuar a tristeza da sala e da noite. De repente, pumba!, sentou um tapa no rosto do preso, uma porrada tão certeira e violenta que ele voou com cadeira e tudo, caindo no chão. Mauricy juntou Caicó com as duas mãos — fácil, fácil, como se estivesse apanhando uma embalagem vazia —, colocou ele e a cadeira na posição original. Deu-lhe outra porrada com a mão aberta, do lado contrário do rosto, de modo que o preso, não tendo para onde cair, por causa da escrivaninha, ficou ali mesmo. Então ele começou a amolecer:

Não precisa fazer isso.

O escrivão levantou o pé e abaixou — por coincidência, claro, bem em cima do pé de Caicó, calçado só com havaianas. Não foi uma porrada simples. Foi uma patada. Caicó sentiu. Era natural e óbvio. A dor e o pânico chegaram ao mesmo tempo à sua cabeça de nordestino.

Eu não tinha nada contra o Anatole, confessou ele, choroso. Até gostava dele. A gente sabia que era *estrupador*, a gente não gosta desses caras, mas ele ficava na dele, não mexia com ninguém, não dava bandeira, e ninguém zoava ele... Nós demos uns cascudos assim que ele chegou na cadeia, mas depois deixamos rolar.

Dei um passo na direção dele:

Isso aqui não é um inquérito. Nós não vamos botar nada no papel. Além disso, se botar, você chega em juízo e nega, diz que confessou o crime sob tortura. Vocês cadeeiros sabem como a coisa funciona. Por mais burro e chapado que você seja, conhece esse mínimo, esse feijão-com-arroz. Então fica tranqüilo, porra. Com você não vai acontecer nada, se nos der a informação que queremos.

Mauricy talvez não quisesse dar ao preso tempo de pensar. Sentou outra porrada no rosto dele, com menos força dessa vez.

A casa caiu, seu merda. A casa caiu, idiota. Racha logo essa porra, senão eu começo a bater em você de verdade. E quando eu começo, não paro mais. Se eu pegar você de jeito, nem tua mulher vai te reconhecer depois. Falou?

O que vocês querem saber?, perguntou o preso.

Aquilo que já perguntamos, esclareceu Laércio, aproveitando o vento a favor. Aquilo que já estamos ficando de saco cheio de perguntar. Quem pagou pra você matar o tal de Anatole?

Eu não assino nada.

Ninguém quer que você assine coisa alguma, droga.

A minha mina, a Bete, vai me visitar toda quinta-feira. Não é minha mulher de verdade. A minha esposa, a minha verdadeira, ela ficou no Ceará, em Fortaleza. Eu sou de Fortaleza. A turma me chama de Caicó pra me encher o saco. Ela não quer me ver. Nem me escreve mais. Essa mina eu arranjei aqui *mermo* em São Paulo. É irmã de outro cadeeiro. Ia visitar ele junto com a cunhada. A gente se simpatizou e depois ficamos namorados. Faz uns dez dias, uns quinze dias, ela me fez uma proposta, ia me dar uma grana pra eu detonar o Anatole. Também ia me dar a navalha. Navalha é melhor porque é mais fácil de entrar no presídio e mais fácil de esconder. Eu topei. Precisava do dinheiro e topei.

Quem deu o dinheiro à Bete?, perguntou Mauricy. Quem botou a navalha na mão dela?

Eu não conheço diretamente. Mas o nome dele é Belo. Tem loja de material de construção.

Aguinaldo conhecia, mas queria ter certeza:

Na Franklyn do Amaral? O Belo que tem negócio na Franklyn do Amaral?

Se é na Franklyn do Amaral eu não sei. Não conheço essa rua... eu quase não conheço ruas em São Paulo. Se fosse em Fortaleza, podia conhecer.

Laércio levantou a voz:

Por que o Belo mandou apagar o Anatole?

Aí vocês já querem saber demais. Eu recebi a cantada, topei, fiz o serviço, ele pagou a Bete, e a Bete deu a minha parte. Por que ele fez isso, eu não sei.

Considerando o caso encerrado, Aguinaldo pegou o preso pela gola e intimou para voltar. Mauricy não podia simplesmente dar as costas e sair. Contou a Ozires uma mentira deslavada: por enquanto não tinha feito nada, não tinha batido nele para valer, não tinha sido violento, e só dera aqueles sopapos porque tinha recebido ofensas, fora chamado de crioulo. Caicó não demonstrava crer ou descrer. Seu rosto só mostrava derrota. O escrivão continuou:

Presta atenção, veado. Se bater com a língua nos dentes contando às pessoas erradas o que aconteceu aqui, vou pegar um pedaço de ripa que tem no pátio da delegacia e enfiar todinha no teu cu. Falei?

Falou, seu escrivão. Falou.

Parei a barca, desliguei o motor, por um momento continuamos sentados olhando o prédio grande e novo, com recuo na frente para o estacionamento, lendo os dizeres pintados na porta de aço, BELO MATERIAL DE CONSTRUÇAO — TUDO PARA O SEU LAR. Do lado direito da loja havia uma porta de vidro e ferro, que devia dar para uma escada, e, em cima, uma sacada e duas janelas deixavam claro que havia gente morando ali. As informações de Aguinaldo tinham sido claras e precisas.

Laércio virou o rosto na minha direção:

O cara tem dinheiro. Se quis mesmo pagar alguém pra detonar o falso Anatole, tinha recursos.

Continuei de boca fechada, observando o grande sobrado e pensando. Um guarda noturno veio vindo pelo asfalto rente à calçada, acompanhado por um cachorro vira-lata que lhe devia servir de reforço. Pararam ao lado da viatura, o homem nos sorriu, perguntou se tínhamos algum problema, como se pudesse nos ajudar, caso nossa resposta fosse afirmativa. Negamos, claro, problema nenhum. Eles seguiram seu caminho. Tinham se afastado só alguns metros quando o guarda lascou um apitada alta e estridente, quase estoura meus tímpanos.

Fiquei me perguntando como os moradores e comerciantes da área suportavam aquele barulho horroroso. Talvez simpatizassem com o cão.

Laércio se fez ouvir de novo:

E agora? O que vamos fazer?

Aquilo que nos trouxe aqui. Chamar o Belo, interrogar, e conforme forem as respostas dele, dar voz de prisão, levar ao 45 e apresentar pro delegado de plantão. Amanhã o plantonista fala com a delegada titular, ou com o chefe dos tiras, Adaílton, eles que resolvam. Nós temos que fazer a nossa parte, porque fomos nós que recebemos a denúncia.

Tem um problema. Amanhã é sábado. Nem a delegada titular nem o delegado assistente nem o Adaílton vão estar na delegacia. Depois de amanhã é domingo. Eles também vão estar em suas casas. Além de recusarem ir ao distrito resolver zica de preso que matou preso, ainda vão nos xingar.

Isso não é conosco, Laércio. Vamos pegar o tal de Belo e levar pro 45. Falar nisso, tem algemas aí?

Não. Cadê as suas?

Perdi hoje à tarde, depois que algemei um cara na maçaneta de um táxi e saí numa diligência. Ele deu um soco na algema, quebrou a maçaneta, se arrancou, eu fiquei sem.

Grandes detetives!, Laércio sentenciou com escárnio.

Descendo da viatura, toquei a campainha ao lado da porta de vidro e ferro. A princípio nada se moveu em lugar nenhum, de modo que toquei de novo. E de novo. Finalmente uma luz se acendeu lá em cima, a porta se abriu e um vulto surgiu na sacada — dava para ver que era um sujeito baixo e atarracado, de short e camiseta, daquelas antigas, sem mangas. Viu a viatura, mas ficou na dele. Muito tranqüilo... ou fingindo tranqüilidade.

O que vocês querem?

Achei que a obrigação de botar as cartas na mesa era minha:

Falar com você, Belo.

Sobre o quê?

Um negócio que aconteceu no 45º DP no domingo de tarde. Um preso chamado Ozires, vulgo Caicó, matou a navalha outro preso, um que se fazia passar por Anatole Não Interessa o Resto. A gente queria falar com você sobre isso.

Bem, é o seguinte, não conheço nenhum preso do 45, nem sei onde fica essa delegacia, não conheço presos de lugar nenhum, não tenho nada com presos que matam companheiros e não vou descer pra falar com vocês. Eu tenho meus direitos. É de noite e eu estou na minha casa. A Constituição me protege, todo mundo sabe disso. Vocês deviam saber também.

Laércio tentou manter a fleuma:

A gente não veio prender você, Belo. Só queríamos conversar. Nem trabalhamos na delegacia da Vila Santa Maria, onde o preso foi morto.

Se não vieram me prender, então não sei o que estão fazendo aqui.

Desça, venha falar com a gente. Não precisa abrir a porta da rua se estiver com medo de alguma coisa.

Belo ficou um tempo em silêncio, a cabeça abaixada para a rua, naturalmente sentindo o frio da noite nos braços nus. Ouvimos uma voz de mulher no interior da casa. Devia ser a esposa do interrogando. Não entendemos as palavras. Belo virou a cabeça para trás e disse qualquer coisa, que não entendemos também. Com o passar do tempo, de tanto eu manter a cabeça para cima, minha coluna cervical começou a reclamar. Uma viatura da polícia militar veio vindo das bandas do Cemitério Cachoeirinha, parou ao lado da nossa, um dos guardas meteu a cabeça pela janela:

E aí, turma? Tudo bem?

Laércio levantou o polegar direito fazendo sinal de que estava tudo bem. O guarda procurou ser simpático:

Falou.

O motorista pisou no acelerador, eles foram até a esquina, viraram à esquerda, no sentido da avenida Parada Pinto, desapareceram. Quando levantei de novo os olhos para o andar superior da casa, Belo já tinha deixado a sacada. Em seguida uma luz se acendeu junto à parede lateral, uma porta se abriu, ele desceu as escadas, sempre seguido pela voz da mulher, cujas palavras continuavam impossíveis de se entender. Ele abriu o postigo da porta e ficou do lado de dentro, protegido pela grade de ferro.

Eu tenho que entrar logo. Trabalhei o dia todo na loja, essa loja aí do lado, e amanhã, ou hoje, já deve passar da meia-noite, vou trabalhar o dia todo de novo. E minha mulher tá preocupada com vocês.

Dei um passo na direção da porta:

Nós somos do 38º DP... que você conhece, porque fica quase aqui do lado, na área do Horto Florestal. Hoje por volta das onze da noite interrogamos um preso chamado Ozires, que veio da carceragem do 45, e que atende pelo apelido de Caicó. Falamos com ele a respeito da morte de outro preso na carceragem do 45.

321

Um cara que usava um nome falso, Anatole. Era estuprador. No interrogatório, Caicó disse que recebeu dinheiro da amásia dele, uma tal de Bete, que lhe passou também uma navalha. Tudo isso com o objetivo de matar o colega de presídio. Aí nós apertamos, e ele disse que o mandante foi você. Por isso estamos aqui.

Belo continuou nos olhando fundo, os braços cabeludos apoiados no postigo, descansando nas barras de ferro. A mulher lá em cima falou de novo. Ele nem deu resposta.

É a minha esposa, disse. Eu tenho que subir logo.

Diga o que aconteceu, aí nós vamos embora — a voz de Laércio era grave e súplice como a voz dos aposentados se apresentando em hospital público.

Vocês não podem me prender.

Não viemos prender, esclareci, só queremos a informação, precisamos fechar a investigação que estamos fazendo. A gente vem procurando descobrir onde está um tal de Anatole... outro cara, não esse que foi assassinado no presídio. Queremos ouvir você, saber da tua versão, depois vamos embora. O crime não se deu na nossa delegacia, nós não temos inquérito e não vamos registrar nada no papel.

Tem gravadores aí?

Gravadores? — tentei fazer com que minha voz saísse o mais surpresa possível. Que gravadores, meu? A gente não tem dinheiro nem para comprar cigarros...

Laércio tocou meu cotovelo com o seu cotovelo:

Vamos mostrar pra ele.

Levantou o paletó, para que Belo constatasse que entre o tecido e o corpo não havia nada. Seguindo seu exemplo, também levantei minha jaqueta, e até girei o

322

corpo numa curva completa, 180 graus, para que ele visse meus artefatos — arma, celular — e se convencesse que eu também não tinha gravador. Belo suspirou:

Eu mandei matar o filho-da-puta... por um motivo bom e justo. Ele era um estuprador, vocês já sabiam, acabaram de me falar, estuprou a minha filha também, uma menina inocente, pura... fazia faculdade à noite. Vinha chegando em casa, ele pegou ela, meteu arma, levou prum terreno abandonado — Belo olhou para o lado direito, como se tencionasse mostrar onde ficava o terreno. Talvez fosse ali perto, já que havia lotes sem construção ao lado da loja. — Levou e estuprou. Foi preso na hora porque uma viatura estava passando. Mas a menina ficou traumatizada. E está traumatizada até hoje. Se vocês tiverem dúvida, vão no hospital. É o Vasco da Gama, que fica no Belenzinho.

Sei onde fica o Vasco da Gama, eu disse. Já levei feridos pra lá, no pronto-socorro. Agora continua.

A minha filha não pode depor. Não tem condições de contar o que aconteceu nem para os parentes. Nem pra mim e pra mãe dela. Nosso advogado disse que se ela continuar assim o estuprador vai sair da prisão. Ou melhor, *ia* sair da prisão. Quer dizer: sair pra estuprar mais estudantes por aí.

A gente compreende, concordou Laércio, pesaroso e sentimental. A gente compreende. Eu tenho duas filhas. Também faria a mesma coisa que você fez... E aí? Já conhecia a amásia do Caicó, a tal de Bete?

Sabia que o preso estava no 45 porque o flagrante foi feito lá. Num dia de visitas, uma quinta-feira de tarde, estacionei do lado da delegacia e fiquei esperando. Olhei na cara das mulheres que saíam da cadeia. Quando bati os olhos em Bete, quando vi aquele jeito dela, me espiando, tirando os olhos e tornando a espiar, aquela atitude de quem está sempre a fim, tive uma certeza. É essa aí, eu disse pra mim mesmo. Desci do carro e falei com ela. Tinha outra mulher junto, parece que era a cunhada dela, o marido está preso também no 45. Espera um pouquinho aí do lado, eu disse pra mulher. Deixa eu falar uma coisa aqui com a tua amiga. Quando ela disse que ia ao bar comprar cigarros, eu falei pra Bete: "Olha, quero te propor uma coisa, um negócio com dinheiro junto. Quero te falar uma idéia. Se você topar, vai ser bom pra você. Pode ganhar uma grana fácil, fácil".

E foi fácil mesmo, concordei, querendo incentivá-lo a continuar falando e confessando.

Cinco mil reais. Nunca pensei que fosse tão barato apagar um cara. E isso é tudo. Não vou falar mais. Minha mulher está doente, ficou doente depois que a Laura sofreu o estupro, todos nós estamos doentes, se eu demorar mais aqui fico nervoso, com dor de cabeça. Minha mulher pode gritar ou quebrar coisas. Vou parar por aqui. Não pensem em levar essa confissão pro pessoal do 45. Se me chamarem, eu nego tudo. Não assino nada... e ainda digo que vocês vieram aqui em casa de madrugada e me ameaçaram, ofenderam eu e a minha mulher.

Laércio levantou os braços em sinal de desistência e concordância:

Fica frio, cara, fica frio. A gente só queria saber se uma pessoa que nós conhecemos tinha planejado e pago o assassinato do preso. Agora sabemos que não foi ela, porque foi você, então vamos embora, o problema não é mais nosso. Falou?

Belo deu um ligeiro sorriso cansado e cético, bateu o postigo e subiu a escada, nos deixando com o som desagradável dos seus passos duros nos degraus. Ouvimos também a porta fechando lá em cima. De novo o som de vozes. E depois percebemos a luz se apagando. O vigilante e seu cachorro vieram vindo pela rua, retornando do lugar aonde tinham ido, pararam na calçada, protegidos pela cobertura do ponto de ônibus, ficaram nos olhando. Voltando à viatura, liguei o motor e saímos, fomos percorrendo a Franklyn do Amaral na direção do cemitério da Cachoeirinha.

Já no bairro do Imirim, encostei na calçada e botei o motor em ponto morto.

Vamos dar a cana depois das seis horas. A Constituição protege as pessoas das seis da manhã às seis da tarde, não é mesmo? Voltamos à delegacia, eu arrumo umas algemas emprestadas, de manhã a gente volta aqui, encanamos o Belo e levamos pro 45, apresentamos ao delegado do plantão. Explicamos do que se trata, ele que tome as providências que achar necessárias. A nossa parte vai estar feita.

O cara é gente boa, disse Laércio. Veio do Nordeste (a gente percebe pelo sotaque) sabe-se lá em que circunstâncias, com que sacrifícios, lutou em São Paulo, conseguiu construir esse negócio aí. Agora vê a filha ser estuprada por um filho-da-puta qualquer... um cara que não valia nada, um piolho de um cadeeiro, que pode muito bem ter matado esse tal de Anatole, porque usava os documentos dele... vamos deixar barato.

Deixar barato, meu? O cara matou um homem. Tá certo que a filha foi estuprada (eu acredito que o Belo falou a verdade), o estuprador era um canalha, se saísse da cadeia provavelmente iria estuprar de novo... mas, bicho, o cara não tinha o direito. Ninguém tem o direito de sair por aí matando as pessoas porque teve a filha estuprada.

Dei um tempo. Não gosto de fazer discursos, deitar falação, me dá nos nervos, fico pensando quantas vezes aquilo já foi dito — talvez até por mim mesmo. Laércio tirou um cigarro do maço. No escuro eu nem sabia que marca era, impossível saber se tinha alguma qualidade ou era quebra-peito. Me ofereceu um. Recusei, por cautela. Expeliu a primeira baforada. A fumaça circulou vagarosamente, devido ao ar quase parado dentro do carro, fez um círculo no alto, perto do pára-brisa. Ele tentou abaixar a janela para facilitar a circulação da fumaça.

O mecanismo estava emperrado e ele precisou empurrar o vidro para baixo com a ajuda do antebraço.

Vamos voltar à delegacia, eu disse.

Quero ir pra casa. Tô cansado, com sono, meio mole... Me sentindo esquisito, uma dorzinha estranha nas costas e no peito. Eu tomo remédio à noite, se não tomar não durmo, e hoje já passei da minha hora, talvez esteja me sentindo esquisito por falta das pílulas. Pode ser que o corpo esteja estranhando, pedindo o tranqüilizante. Quer me levar até em casa?

Bem...

Vamos indo, comandou ele, incisivo.

Acelerei o motor, engatei a marcha, pegamos a Imirim na direção da Emílio Carlos, de onde rumamos para a Vila Santa Maria. Pouco falamos durante o percurso. Comentamos o interrogatório de Caicó, o comportamento de Mauricy e de Aguinaldo, a indiferença de Roney e o bom-mocismo de Tanaka, permitindo o interrogatório do preso longe das suas vistas. Também falamos sobre Belo. Laércio me fez um monte de perguntas sobre a prisão que eu tinha em mente, sobre as conseqüências da prisão, mas pouco pude informar, até porque já havíamos tocado no assunto quando íamos do 38 para a loja de material de construção.

Tratei de estabelecer um horário para a diligência:

Seis da manhã em ponto, assim que estiverem satisfeitas as exigências constitucionais.

Vamos marcar seis e meia. A gente se encontra na porta da casa dele. Não precisa filar algemas no distrito. Eu tenho em casa. Levo comigo. Dois pares.

Embora eu achasse um exagero duas algemas para encanar um otário como Belo, não disse nada. Com Laércio era inútil pretender coerência o tempo todo.

A viatura parada diante da casa dele, pequena e pobre. Mas o terreno era grande, por isso a construção fora levantada nos fundos e no lado, de modo que havia muito espaço na frente e do outro lado. O teto da casa era baixo e a fachada estava coalhada de manchas. Trocamos um aperto de mão. Ele recomendou que eu ficasse calmo, na minha, tranqüilo, quem trabalha na investigação passa mesmo por aquelas invertidas. Ainda frisei que não era um investigador na acepção total do termo e que, portanto, não tinha o costume de passar por invertidas. De mais a mais, a diligência até ali tinha dado resultados. Fora o que poderia ser, nos limites da lei.

Ofereci carona para a diligência das seis e meia.

Obrigado, disse ele. Não vou precisar. Meu cunhado mora perto, tem carro, ele pode me levar... é até bom que leve mesmo, talvez nos ajude em alguma coisa.

Por volta de seis e meia da manhã, um pouco mais um pouco menos, parei de novo a barca no endereço de Belo. Tanto a loja como a residência, em cima, estavam fechadas, escuras e silenciosas. Tive a impressão de que todos dormiam. Se eu estivesse na situação dele, pensei, se tivesse patrocinado a morte de um homem e a polícia descobrisse, não conseguiria adormecer nem com meia caixa de Valium.

Nada de Laércio. Esperei uns quinze minutos, olhando a rua pelo pára-brisa e pelo retrovisor, checando os raros carros que passavam num sentido e noutro, em direção ao centro ou em direção ao bairro. Vendo que ele não chegava mesmo, resolvi tocar a campainha. A princípio ninguém se mexeu dentro da casa. Nenhuma luz foi acesa e nenhuma janela se abriu. Toquei de novo, esperei, toquei outra vez. Gente passava pela calçada indo para a padaria ou para o açougue, virava o rosto na minha direção, algumas pessoas até me cumprimentavam. Apurando o olhar para a porta lá em cima, ao lado da construção, no final da escada, vi que estava aberta, sinal de que havia algo de errado na casa. Dei um berro:

Ei de casa!

Às vezes funciona melhor que a campainha.

Ouvi passos arrastados no andar superior, onde alguém se movia maciamente, com delicadeza, me dando a certeza de que não era o macho da família, o nordestino atarracado e pesado. Comecei a me sentir idiota. Asno, para ficar menos ruim.

* * *

Embora fossem quase oito horas, ninguém da equipe que rendia a nossa tinha chegado. Eu, Mauricy e Roney ficamos no cartório conversando. As nuvens começaram a baixar e escurecer — via-se pela janela —, Roney previu que iria esfriar ainda mais, Mauricy discordou, a temperatura continuaria como vinha sendo, amena. E ótima para dormir.

Vou chegar em casa, disse ele, tomar banho, café, cair na cama e dormir até as duas da tarde.

De novo?, perguntou Roney. Já não basta ter dormido a noite toda?

Por um momento os dois se puseram a cacarejar, um acusando o outro de ter dormido a noite inteira, o acusado alegando que embora tivesse tentado não conseguira pegar no sono. Culpa dos sofás velhos e duros da delegacia. Roney chegou à conclusão que o governo do Estado devia tomar vergonha na cara e comprar uns sofás novos para que os membros da equipe pudessem dormir mais e melhor nas madrugadas. Mauricy foi mais longe. Se a finalidade era essa, o governo não tinha de comprar sofás, e sim camas.

Era realmente uma conversa de alto nível.

Nesse momento ouvimos passos no corredor, ficamos alertas, prevendo uma nova ocorrência. Nada mais desagradável nos plantões do que as queixas que chegam naquela hora incômoda, perto das oito da manhã ou da noite, quando as equipes estão se revezando — a turma que entra tende a achar que estão largando ocorrências que podiam ter sido registradas no plantão anterior. As partes também se chateiam com a demora. Algumas se revoltam e chiam, outras resmungam pelos cantos. Entretanto, para a felicidade geral, não se tratava de ocorrência, era apenas Tanaka que chegava ao cartório, vindo de sua sala. Tinha lavado o rosto e arrumado o cabelo, que ainda estava úmido. O nó da gravata fora dado cuidadosamente — o japa não abria mão de suas obrigações.

Parando na porta, olhou direto na minha cara.

Depois do interrogatório lá em cima, não vi mais você.

O preso confessou o crime e entregou o mandante. Achei melhor sair correndo pra dar a cana. Peguei a viatura, botei o Laércio dentro e corri pra casa do mala. Desculpe, se fiz alguma coisa errada.

Quem é Laércio?

Um tira da 45. Trabalhou um mês aqui, cobrindo as férias do Roney. Vinha me ajudando na investigação, por isso deixei que participasse do interrogatório e da diligência. Agora, quanto à cana, falhamos.

Por quê?

Contei o lance, a saída com a viatura no começo da madrugada, a loja e a casa de Belo, o diálogo na porta e a tentativa de prisão.

O filho-da-puta é esperto, eu disse ressentido. É comerciante e tem advogado, sabe das coisas, garantias constitucionais... enfim. Confessou o crime, mas não se deixou prender. Eu e Laércio resolvemos que a cana seria dada hoje de manhã. Às seis e meia. Fui pro local com a viatura. O colega não apareceu.

Eu já havia contado aqueles fatos a Mauricy e Roney, de modo que eles não prestavam atenção — o escrivão mexia ruidosamente em seus papéis e livros, preocu-

330

pado em deixar tudo em ordem, enquanto Roney continuava silencioso e pacato em sua cadeira preferida, sem fazer coisa alguma.

E daí?, quis saber o delegado.

Vendo que o Laércio não chegava, chamei pelo morador, chamei de novo, a mulher dele acabou saindo pela porta lá de cima, no andar superior. É uma dona simples e humilde. Está um tanto abalada, porque a filha foi estuprada e está meio xarope no hospital Vasco da Gama — foi o que o pai disse. A mãe não quis entrar em detalhes. Acho que ficou com medo de mim e quis acabar logo com o papo. Contou que o marido tinha saído. De madrugada tocaram a campainha da casa, Belo foi atender, houve uma conversa com um homem, depois Belo se trocou, jogou coisas numa mala, desceu, pegou o carro e se mandou.

Esse cara que chegou lá de madrugada... será que não era o advogado?, perguntou Tanaka. Chegou, aconselhou a fuga, o comerciante pegou suas coisas e se evadiu.

Roney pronunciou uma sentença. Definitiva e inapelável:

Foi o Laércio, doutor. Tá na cara que foi o Laércio. Combinou a cana pras seis e meia da manhã, fingiu que ia ficar em casa, quando o Venício virou as costas ele voltou à casa do mala, tomou uma grana e ajudou a fugir.

Tanaka era muito cauteloso quando se tratava de acusações de corrupção:

Isso é muito arriscado. Falar esse tipo de coisa sobre policiais é muito arriscado. Eu não conheço esse Laércio direito, nem me lembrava dele, apesar de ter trabalhado um mês aqui, mas acho desagradável e perigoso alguém ficar levantando esse tipo de hipótese. O Venício que fale com ele e procure esclarecer os fatos.

Eu fui na casa dele depois de me convencer que o comerciante tinha se mandado. Peguei a viatura de novo e fui na casa do Laércio. Toquei a campainha, toquei, e ninguém atendeu. Então vim pra cá.

Tanaka voltou a cabeça, se dirigindo a Mauricy:

Tudo pronto aí?

O escrivão empurrou sobre a mesa o livro negro e pesado de registros com os boletins de ocorrência dentro, levantou e ofereceu sua cadeira ao delegado. Tanaka assinou o livro, os bos, as solturas de preso e mais dois ou três memorandos para o chefe do distrito — eu não sabia do que se tratava, mas eram endereçados ao titular, vi o nome dele em cima, com toda aquela formalidade inútil, Sr. Dr. Hélder... Talvez o delegado estivesse reclamando das más condições da viatura e da carceragem ou dos telefones e da sala do telex.

Sempre apresentava reclamações e dava sugestões. Iam todas parar no cesto de lixo.

Aos poucos o pessoal da equipe posterior foi chegando, nos cumprimentando e perguntando como o plantão tinha decorrido. A gente ia dando informações, desejando que eles tivessem uma boa jornada; à medida que as rendições iam tomando posse do ofício — de investigador para investigador, de carcereiro para carcereiro —, íamos levantando e caindo fora. Por coincidência, saí ao mesmo tempo que Roney. No momento em que paramos diante do prédio, ele perguntou onde estava meu carro. Expliquei que havia deixado no estacionamento por causa dos problemas com o vidro e o motor.

332

Legal, ele disse de forma inexpressiva. Vamos. Eu te dou uma carona.

No pátio, pegamos seu novo e confortável carro. Ao descer para a avenida, vi Teresa parada na calçada oposta à do distrito.

Dá um tempo aí, Roney. Preciso falar com uma pessoa.

Ele olhou o relógio de pulso:

Tente ser rápido, meu, ainda tenho que bater ponto no bico. Se chego tarde, seu Niles me corta o saco.

Como ele já havia atravessado a rua, estacionou diante da oficina mecânica. Desci e caminhei pela calçada até onde estava Teresa. Estava vestida de um jeito moderninho, uma saia preta, curta, a barra acima dos joelhos, blusa de malha, de listras, curta também, deixando aparecer uma faixa do ventre, o umbigo inclusive. Pendurada no ombro, uma bolsa grande, quadrada, formal, que não parecia combinar com nada mais que ela estava usando. Quanto às deformações sob os olhos, pareceram-me maiores, mais escuras e tristes.

E aí, Teresa?... Tudo bem?

Telefonei pra sua delegacia, me informaram que seu plantão terminava às oito, eu vim aqui, cheguei faz uns dez minutos, não tive coragem de entrar.

Por quê?

Ah, não sei. Delegacia de polícia é chato, né?

Levei-a até o carro, apresentei a Roney, ambos trocaram um olhar e um curto sorriso, não disseram nada. Instalei Teresa no banco traseiro, enquanto eu próprio me instalava onde já estivera antes, no banco do passageiro. Roney ligou o motor, engatou a marcha e nós

333

seguimos na direção do meu condomínio. Virei a cabeça para trás:

Ontem recebi uma deduragem a respeito do Anatole. Me disseram que ele costumava zanzar pelo Parque da Luz. Eu fui lá, mas não encontrei ele.

Teresa virou o rosto na direção das matas do Horto Florestal. Achei que estava a fim de passar batido por aquele assunto. Imaginei que fosse por causa de Roney, já que eram estranhos. Ao chegarmos à praça dos Bancários, ela declarou que ficava ali, queria saltar. Continuei sentado em meu banco.

Pensei que íamos descer até o meu prédio, eu disse. Lá perto tem uma padaria legal, a gente podia tomar café juntos. E conversar. Foi pra isso que veio me procurar, não foi? Conversar?

Eu queria falar com você aqui mesmo, na praça, inclusive aqui é melhor pra eu tomar condução.

Roney tornou a olhar seu relógio de pulso:

Os pombinhos fiquem aí papeando e arrulhando. Eu vou me mandar.

Desci, abri a porta para Teresa, naquele estilo tão antigo que parece que só eu ainda mantenho, ela desceu também. Ambos agradecemos a Roney, que nem respondeu. Simplesmente pisou no acelerador e voou em direção da ladeira que levava para a Voluntários da Pátria. Ficamos de pé na calçada, o vento batendo forte, aquela corrente que vinha lá de baixo, onde ficavam os prédios do meu conjunto, subindo a ladeira na qual estava instalado o colégio Franco Montoro.

Venício, é o seguinte: eu passei a noite toda acordada, sabe? Me virando na cama, ouvindo os sons que vinham do quarto do meu filho, ligando e desligando a televisão, ouvindo entrevistas no rádio... aquelas entrevistas que eles fazem de dia e repassam à noite. E pensando. Pensei muito. Em mim, no Anatole, no meu filho, em você, no passado e no futuro. Quando foi de madrugada, eu sabia que tinha de te procurar para dizer uma porção de coisas. Se você tiver paciência de me escutar...

Eu tenho paciência. Pode falar.

Já te disse que eu trabalho numa franquia dos correios que fica na Inajar de Souza. Agora, não sou sócia, quem me dera, sou só uma obscura e humilde empregada... Humilde e obscura mesmo, não é força de expressão. O tempo todo eu fico atrás de um guichê recebendo cartas e pacotes, pesando, cobrando taxas e batendo carimbos. Estou dizendo essas coisas só porque quero desabafar. E porque entendo que devo satisfações a você, você foi legal comigo, o tempo todo. Agora, eu já tive empresa. Fui sócia majoritária de uma firma que fornecia alimentação a preso. Era uma boa empresa. Dava um lucro legal. Eu andava bem vestida, tinha carro. Novo, importado, bom e econômico. Agora pergunte como eu perdi tudo isso.

Arrisquei:

Algo me diz que o Anatole está envolvido.

Com certeza. Eu tinha ganho uma concorrência fraudulenta e caí na besteira de dizer a ele. Porque estava apaixonada, porque achava que o cara era o máximo, porque achava que éramos almas gêmeas, essas coisas puras e ingênuas e tolas em que gente pura e ingênua e tola acredita. Bem, retiro a palavra *pura*. Fico só com *ingênua* e *tola*. Era o que ele queria. O que parecia estar esperando o tempo todo. Me procurou

335

com um amigo da polícia e os dois me ameaçaram, iam me levar pra Secretaria da Segurança e me entregar.

Por acaso esse amiguinho do Anatole se chama Sílvio?

Nunca pronunciaram o nome dele na minha presença. Eu sabia que estava fodida... desculpe. Sabia que estava perdida e tive que entregar os anéis, a fim de conservar os dedos. Fiz um empréstimo grande, hipotecando minha parte na firma, dei o dinheiro a eles. Não pude pagar a dívida, claro, e perdi tudo. Anatole desapareceu. Isso foi o pior, Venício. Perder o dinheiro tudo bem, a gente perde aqui e ganha acolá, mas o amor da gente... Jesus, como eu sofri.

Está explicado como ele conseguiu capital pra montar o motel.

Um dos motivos que me levaram a mentir dizendo que era sócia da franquia era esse. Que você desconfiasse do meu passado e descobrisse a fraude contra a secretaria e me encanasse.

Eu ainda posso fazer isso, se quiser.

Ela firmou mais os olhos nos meus, de modo que pude examiná-los com toda acuidade, estavam tristes, mais, muito mais que antes, com aquelas poças de lágrima em volta dos glóbulos. Todo seu rosto estava tenso, a pele vincada, as faces ruborizadas — se eu lhe desse voz de prisão, a sério, Teresa poderia cair bem ali, na sarjeta, e ser atropelada por ônibus, ou táxi, ou lotação, ou carro particular rodando no sentido do Horto e do 38. Sua voz veio lá de baixo, soturna e grave como a voz de um moribundo:

Você quer me prender?

Não, respondi.

Depois de respirar com alívio, ela deu um passo à frente, ficando quase colada ao meu corpo, seu hálito com aquela mistura de batom e café batendo no meu rosto. Declarou que eu era um cara legal, um policial diferente, compreensivo, meigo, amigo dos amigos. Metade do que estava dizendo não fazia o menor sentido — nunca me vi como um policial diferente, meigo e amigo dos amigos. Entretanto, deixei rolar, quem era eu para dizer que ela estava errada? Senti que minha mão nervosa tateava o bolso da jaqueta à procura de cigarros. Era puro desconforto, aí deixei a vontade passar.

Queria te pedir uma coisa, disse ela.

Peça.

Não me fale mais do Anatole. Eu não quero mais saber, entende? Não quero saber se está vivo ou morto, se anda pelo Parque da Luz pedindo esmola ou pela praia com uma vedete a tiracolo. Não me dê mais notícias dele. Eu quero esquecer. No meu coração ele morreu, desapareceu, findou, já era... Eu quero me libertar. Sei que você compreende. É um cara vivido, experiente, sabe o que estou dizendo e vai me ajudar. Eu quero partir para outra. Vou ganhar dinheiro de novo e montar outra firma, comprar outro carro e arrumar outro namorado, mais jovem e mais bonito que ele. E sabe o que eu vou fazer agora?

Nem posso imaginar.

Vou sair a pé. Vou andar até Santana, entrar nos bares e beber, comprar cigarro e fumar. E andar de novo. Caminhar até o Shopping Center Norte, olhar os homens na cara, entrar naquelas lanchonetes e beber de novo. Quando estiver bem cansada e bem de fogo, volto a caminhar... na direção da minha casa. Ou de um hotel. Ou de um motel. É isso que eu vou fazer. Que é que você acha?

Pô, Teresa, que é que eu posso achar?

Então ela fez uma coisa inusitada, além de todas as outras que já fizera aquela manhã: alçando-se na ponta dos pés, colou-se no meu corpo e me sentou um beijo na face — doce, infantil, romântico e assexuado.

No apartamento, estava ansioso para tomar um banho e vestir roupas limpas. E foi o que fiz. Além da barba. Enquanto olhava o guarda-roupa aberto, pensando no que vestir, achei que era ruim continuar de tênis, eu não agüentava mais olhar para os pés e ver aquele branco manchado de terra e lama. Calcei um sapato social. O salto estava gasto e o bico esfolado de bater num lugar e noutro, mas ainda assim me dava uma sensação de bem-estar, como se eu tivesse acabado de receber um convite para a festa de um amigo que julgava perdido.

Deixei de carregar o celular, por falta de tempo.

Embaixo, na rua, parei na calçada e esperei um táxi. Aí meu telefone tocou. Antes de ouvir a voz do outro lado eu sabia de quem se tratava. Atendi magoado. Mais: atendi rancoroso.

Porra, Laércio, você me fodeu.

Eu, cara? Como assim?

Sabe muito bem, seu cretino. Primeiro, me convenceu a deixar a prisão do tal de Belo pra hoje de manhã. Segundo, me pediu uma carona até em casa, como se tivesse mesmo a intenção de ir dormir. Assim que voltei à delegacia, foi à casa do réu, tomou uma grana e convenceu ele a fugir. Canalha!

338

Puta merda, Venício. Pára com isso. Não voltei à casa do Belo e não sei do que você tá falando. Depois que a gente se despediu na porta da minha casa, tomei dois comprimidos e fui pra cama. Agora eu só durmo com remédio. Antes, quando era alcoólatra, dormia com o efeito da bebida. Eu era movido a álcool, como você sabe. Agora tenho que tomar remédio, se quiser dormir de noite. Quando me sinto calmo e relaxado, tomo um comprimido só, mas quando o bicho pega, como ontem de noite, preciso de dois. Acontece que tomo o remédio mais cedo. Lá pelas dez horas. Ontem tomei mais tarde, de madrugada, por isso perdi a hora. No momento em que abri os olhos hoje, me dei conta que tinha mancado com você.

Eu estive aí na sua casa no começo da manhã. Mais precisamente, depois de sair da loja de material de construção. Lá pelas sete e pouco. Toquei a campainha, toquei, e ninguém atendeu. Você não estava em casa, Laércio.

Suponha que eu tivesse mesmo ajudado Belo a se mandar. Não seria mais lógico que eu fosse à casa dele na hora que tinha marcado com você e fizesse um agá, fingindo que não sabia de nada, que estava tão surpreso com a fuga quanto você?

Fiquei em silêncio, pensando nas palavras dele e na bateria do telefone, cuja carga devia estar perto do fim. Laércio se aproveitou daquela fraqueza momentânea:

Eu não traio os amigos.

Pode até ser, concordei. Vamos fazer de conta que eu acredito nisso — *ad argumentandum*, como eles dizem na faculdade de direito e nas audiências. Vamos acreditar, só como argumentação, que você não trai os amigos.

Acontece que eu não sei como você me considera. Se entende que nós somos apenas colegas, pode muito bem me sacanear... numa boa, sem remorso.

Pelo amor de Deus!... Já te falei, eu estava em casa, dormindo. E se não atendi você de manhã foi porque não acordei. Vê se consegue pensar nisso.

Já pensei um bocado, porra, você nem sabe quanto. De madrugada, depois de eu te deixar em casa, você esperou que eu virasse a esquina com a viatura, saiu, acordou teu cunhado, filou uma carona, voltou à casa do mandante do assassinato e convenceu ele a fugir. A esposa me atendeu de manhã. Ela me disse que percebeu um homem chegando em casa, conversando com o marido, depois ele fez as malas correndo e se mandou. Por isso você não insistiu na cana antes.

Na pausa que se seguiu, eu ouvia a respiração dele do outro lado e ele ouvia a minha do lado de cá.

Que horas eram, Laércio?

Como assim?

Que horas eram quando você voltou à loja, fez um acordo com o comerciante, tomou uma grana e ajudou a fugir? Falando nisso, quanto você cobrou? Ele tem posses. Empresários do ramo de material de construção sempre têm. Você e eu vimos a loja e a casa onde ele mora.

Assim não dá, colega. Ficar no telefone discutindo com você — foi lá, não foi, pegou dinheiro, não pegou, quanto foi, essa merda toda. Me diga onde você está. Eu vou aí e a gente conversa pessoalmente.

Estou na rua. Saindo pra trabalhar.

Trabalhar onde? Me diga *onde* você vai, que eu me encontro com você lá.

Não sei. E se soubesse não ia dizer. Também não quero continuar com esse lero. De noite, na delegacia, não pude carregar a bateria do celular: ela tá descarregando. Tchau. Faça bom proveito da grana.

Desliguei. Se fosse telefone fixo, teria batido o fone no gancho.

Na Estação da Luz, pedi ao taxista que me deixasse diante do portão, aquele que dá para o quartel da PM. Paguei a corrida com o dinheiro de Vera, o saldo minguando perigosamente. Desci, fiquei um momento na calçada, espiando, avaliando, um caçador tentando acertar a localização da caça. Dentro do parque tudo parecia como antes, como sempre, as mesmas pessoas sentadas pelos bancos, e no centro, onde havia uma clareira mais ou menos grande, o mesmo grupo fazendo ioga ou coisa parecida. Uma prostituta perto de uma estátua — algumas começam a trabalhar cedo, mesmo aos sábados — me piscou o olho.

Era ainda jovem, mais ou menos bonita, durinha... passava a impressão de ser durinha.

Continuei andando, os olhos atentos. Estava me aproximando da avenida Prestes Maia quando vi um círculo de pessoas. Não muito grande nem muito coeso, mas triste e preocupado o bastante para chamar a minha atenção. Enfiando o corpo no grupo, vi manchas de sangue no chão, sangue recente, vermelho-forte, vivo. Perto de mim havia um homem de agasalho amarelo com listras pretas. Não parecia atleta nem o agasalho parecia ser dele. Arrisquei uma pergunta:

O que aconteceu, amigo?

Mataram um cara aqui de manhã cedo.

É mesmo? Quem?

Aí já são outros quinhentos. Eu não conhecia ele. Aliás não conheço quase ninguém por aqui... Freqüento o parque há mais de dez anos e não conheço ninguém. Você é da polícia?

Fiscal da prefeitura, eu disse. Pode pelo menos descrever a vítima?

O indivíduo continuou me olhando, desconfiado, acabou dizendo que era impossível, não tinha certeza de nada e poderia cometer injustiças. Deixando o grupo, se aproximou de um banco e botou o pé em cima, ficou olhando para a rua, longe, tentando deixar claro que nada tinha a ver com o crime, era inocente. Apelei para meu vizinho à direita, um cara com calça de brim, muito velha, camiseta negra, com manchas no peito. Indiferente ao frio, parecia tão à vontade no parque naquela manhã gelada como se estivesse numa praia, no Rio. Perguntei:

E aí, amigo? O que aconteceu?

Mataram um cara que andava por aí pedindo dinheiro e cigarro, comida. Um que era meio louco.

Sabe o nome dele?

Fico devendo.

Pode descrever?

Bem, é difícil dizer como ele era, porque usava barba. E os cabelos estavam sempre sujos e grandes e despenteados. Mas era moreno, tinha uns trinta anos. Ou trinta e cinco. Ou quarenta. É difícil dizer, com esses moradores de rua.

Como sabe que era morador de rua?

Eu não sei. Só imagino.

Como é que ele foi morto? Pela quantidade de sangue na calçada, foi cortado. Que tipo de arma?

O homem estava indeciso quanto àquele ponto, ora calculando que o morador de rua tinha sido morto a faca, talvez até mesmo a facão, ora dizendo que podia ter sido usada uma espada, pela maneira rápida como a vítima tinha passado desta para pior. E sobre o autor do crime? Meu informante ignorava. Quando chegou ali no começo da manhã o corpo já estava sendo removido. Ainda tentei contato com outras pessoas do grupo, mas ninguém sabia de nada — alguns suspeitavam de mim, me olhavam da cabeça aos pés, iam saindo de fininho.

Uma mulher gorda e máscula como um ajudante de caminhão arriscou um palpite.

Só pode ter sido morto por um homem. Uma mulher não ia estraçalhar o estômago dele assim.

Parecia entender de estômagos estraçalhados.

Cerca de meia hora depois eu estava no IML.

Tive que me identificar para alguns funcionários, nenhum dos quais duvidou da minha palavra — era eu dizer "Sou da casa", eles acreditavam, como se estivesse mesmo estampado na minha cara. Cheguei ao local onde ficam os corpos. O homem que havia atendido a mim e a Suzy na segunda de tarde não estava lá. Talvez não trabalhasse aos sábados. Em seu lugar havia um jovem negro e gordinho que, tal como os demais funcionários, não pediu minha credencial. Apenas perguntou se eu trabalhava na Homicídios.

Trabalho no plantão do 38º DP, informei.

Quer ver algum corpo?

Hoje de manhã no Parque da Luz mataram um cara, um que andava pelas ruas, perdido, pedindo dinheiro, filando comida e cigarro, essas coisas. Estou supondo que seja o mesmo que eu venho procurando desde o começo da semana, um pequeno empresário chamado Anatole France Castanheira. Por isso eu queria ver o cadáver. Checar se é mesmo o cara desaparecido. Se for, minha busca e meu trabalho terminam.

Aí vale a pena ver o corpo, reconheceu ele.

Puxou uma gaveta.

O cadáver ainda não fora periciado, de modo que estava mais ou menos em ordem, como fora encontrado, as roupas, do abdômen para baixo, encharcadas de sangue, os sapatos sujos de lama e esterco. Estava claro que se tratava do homem que eu vira no motel Deneuve. Os mesmos cabelos bastos, negros e brilhantes, o mesmo nariz e o mesmo queixo, o mesmo tudo. A barba me era estranha. E também aquele ferimento do lado da cabeça, grande, sobre o qual havia uma mistura de sangue coagulado e cabelos. Imaginei que a porrada tinha sido responsável por Anatole ter ficado meio louco (xarope, groselha, lelé da cuca, como diria Renato), razão por que havia deixado que lhe roubassem os documentos e o carro. Explicava também o fato de ele não ter apresentado queixa na polícia nem ter voltado a seu apartamento ou ao motel.

Habeas corpus, falei só para mim mesmo.

O funcionário ouviu. Ouviu e rebateu:

A expressão habeas corpus aqui não tem lógica.

A vida também não tem muita lógica, né mesmo?

344

Ele ignorou minha sofisticada e originalíssima tirada filosófica.

Essas duas palavras são o nome de uma ação judicial, explicou ele, quando um cara tá preso sem culpa formada e um advogado entra com um pedido de soltura.

Na verdade, não é tão simples assim. Como é seu nome mesmo?

Reis. Eu sou o Reis.

Falava com uma certa empostação, como se fosse um cara importante, como se toda hora alguém entrasse no IML procurando por ele, surgissem dúvidas, e aí ele tivesse que dizer eu sou o Reis.

Contei a ele o que significava a expressão habeas corpus, como tinha surgido na Inglaterra no ano de 1215, quando o rei João Sem Terra, cedendo a pressões dos manda-chuvas da época, fora obrigado a assinar uma coisa chamada Magna Carta, concedendo regalias ao povo, uma das quais dizia respeito aos presos em situação irregular. Eles passavam a ter o direito de ser apresentados ao juiz para um julgamento legal e formal. Reis não deu muita importância àquela xaropada toda:

Ainda acho que essa frasezinha não tem cabimento aqui.

Concordo. Falei *habeas corpus* só porque um colega seu, o homem que na segunda-feira de tarde atendeu a mim e a uma amiga minha, disse essas duas palavrinhas quando mostrou o corpo do falso Anatole.

Como é que é? Falso Anatole?

Deixa pra lá. Vocês estão sabendo quem cometeu o crime?

Esse tipo de informação não chega aqui, não interessa pra gente. Agora, uma coisa parece certa: foi um homem. Forte e hábil. A faca pegou de baixo pra cima, estourou o abdômen, beliscou o coração. A turma do instituto acha que pode ter sido outro morador de rua, um louco, tarado, sei lá o quê, mas tenho minhas dúvidas. Acho que o assassino estava calmo e determinado, sabia o que estava fazendo. Queria mesmo era tirar a vítima da sua vida.

Como assim, tirar da vida?

Bem, às vezes acontece, não é mesmo? Um cara se mete no caminho do outro, atrapalha interesses, se torna chato e inoportuno, perigoso, aí vem o prejudicado e catapimba!, mata ele.

É. Talvez você tenha razão. Agora, pode ter sido engano também. Ou vingança. Quem vai saber ao certo, antes do fim da investigação?

Enquanto Reis se afastava, andando em direção a uma escrivaninha no canto da sala, eu continuava olhando o morto. Não me sentia triste. Tinha gostado de Anatole quando o conhecera, me parecera um cara legal, simpático e sorridente, tentando administrar seu negócio conforme lhe parecia melhor. Depois descobri umas duas ou três coisas do caráter dele. Era o tipo que parecia topar qualquer parada para conseguir subir na vida, manter amizade com ex-policiais assaltantes, por exemplo, ser homossexual, vigarista e chantagista. Também não me sentia revoltado. O mundo não ficaria pior sem a presença dele.

Vá em paz, foi o máximo que consegui dizer.

Forneci alguns dados do morto, nome completo, endereço do Deneuve, a cidade onde havia nascido, nome da noiva e o hotel onde estava hospedada.

O resto é com vocês, completei.

Agradeci pela atenção, depois do que Reis empurrou a gaveta de volta. Nos despedimos. Saí, parei diante do prédio, na rua. O frio começava a se dissipar. Calculei que fossem umas nove e meia. Até um solzinho mixo começava a brincar na capota dos carros e na copa das árvores.

Passei no hotel Domus. Encontrei o porteiro que eu já conhecia. Cheguei-me ao balcão:

Queria falar com a Vera.

Sabe o quarto?

Dei-lhe o número que eu me lembrava ser o correto. Nesse momento ele se lembrou da hóspede. Bateu com a mão na testa.

A dona Vera... A que veio de Maringá. Não adianta, meu senhor. Ela deixou o hotel.

É mesmo? Quando?

Hoje. Não faz nem uma hora. Bem — ele olhou seu relógio de pulso —, talvez faça. Trabalhando aqui dentro, atendendo um monte de pessoas e resolvendo um monte de problemas, a gente perde a noção do tempo. Talvez faça mais de uma hora. Ela desceu, pagou a conta e foi embora.

Sozinha ou com alguém?

Estava com um homem, um que já tinha vindo aqui visitar ela.

Me fale mais sobre ele.

Tinha vindo várias vezes. Subia, falava com a hóspede, descia, ia embora... não ficava nem mesmo pra dormir. Hoje chegou cedo, disse que precisava falar com ela, eu autorizei, ele subiu. Não deu vinte minutos os dois

347

desceram, ela fez o check-out, ele pegou as malas e os dois saíram. Acho que ouvi eles falarem em avião. Que precisavam se apressar para não perderem o vôo. Ou para ela não atrasar a viagem... Mais alguma coisa, senhor?

Como se chama? O cara?

Isso eu não sei. Já disse que não era nosso hóspede.

Pode descrever?

Posso... mais ou menos. Um homem branco, aí pelos trinta anos, forte... O senhor é o quê? Polícia?

Isso mesmo. Quer ver meus documentos?

Se puder mostrar, eu agradeço.

Tirei a credencial e exibi. Ele parecia um funcionário esperto e competente. Foi botar os olhos no brasão do Estado e entender, nem precisou ler os demais termos, meu nome inclusive. Concordou em continuar dando as informações.

O companheiro da dona Vera era um homem branco, de altura mediana, musculoso, os ombros largos, os cabelos pretos e os olhos castanhos, salvo engano. Tudo aquilo era necessário?, perguntou. Respondi que ele não precisava continuar. Aquela descrição correspondia mais ou menos à metade da população da cidade.

Como é que estava vestido?

Com uma capa, um sobretudo, acho que é assim que se chama.

Daqueles de detetive que a gente vê no cinema?

Isso eu não sei, porque não vou ao cinema. E se fosse não iria ver filmes de detetive. Agora, pelo que o senhor diz, pode até ser mesmo. Era uma capa bege, grossa, nova e bonita.

O nome do cara é Norberto. Me diga: como eles estavam? Normais, calmos, tranqüilos, como se saíssem pruma viagem de rotina, ou nervosos, inquietos, olhando na cara das pessoas, com medo?

Olhando no rosto das pessoas, não. Com medo, pode até ser. O certo é que estavam com pressa, era uma coisa que tava na cara. Falando a toda hora em perder o vôo. Quando iam saindo, perto da porta, uma das malas bateu no joelho de uma mulher que vinha entrando, a dona Vera nem pediu desculpas. Inclusive eu tinha perguntado se queriam um táxi, eles nem responderam. Acho que um carro estava esperando aí fora. Eu não vi, mas bem que podia ter... Eles fizeram alguma coisa errada, seu policial?

Nada muito grave. Apenas mataram um cara agora de manhã cedo no Parque da Luz.

Os dois?

Um pagou, o outro executou. Valeu, amigo. Suas dicas foram muito úteis.

Eu já ia saindo, dei meia-volta e encostei de novo no balcão.

Preciso fazer uma chamada para a polícia. Pode me emprestar o aparelho do hotel?

O senhor não tem celular?

Tenho, mas a bateria está fraca. Pode me emprestar o *seu* aparelho?

Chamei primeiro o número geral da civil, consegui o número da Homicídios, telefonei à equipe de plantão, que infelizmente não era a B Centro. Em todo caso, falei com um colega, chamado Alípio, que eu não conhecia: nem ele a mim. Apesar disso, confiou na minha conversa, fornecendo o celular do Jaime. Liguei. Ele não demonstrou nenhuma satisfação em me atender. Estava estudando e naturalmente lamentava a perda de tempo. Tentei ser educado:

Você estuda muito.

Gente meio burra como eu tem que estudar mais que os outros.

Está sendo modesto.

Tá bem, colega, disse ele. Já puxou o meu saco. Agora diga o que quer.

Perguntei da investigação sobre o assassinato de Suzana. Explicou que sua equipe estava na pista do autor, tinham encontrado impressões digitais dele no apartamento da morta. Lembrei que impressões nem sempre dizem muita coisa, já que não levam data, e o criminoso sempre pode alegar ter estado no local em outro dia, outro horário. Jaime foi mais longe. Além da impressão digital tinha o motivo. Elevei a voz:

É mesmo? Como chegaram a essa brilhante conclusão?

Localizamos uma coleguinha da vítima, uma garota de programa chamada Margarete. Vulgo Míti. Está homiziada no interior, em Birigüi, na casa dos pais, com medo de aparecer em São Paulo.

Medo por quê?

Por nada... bobeira. Porque sua amiguinha foi morta e talvez ela pense que pode ser morta também. De qualquer maneira, problema dela. O fato é que o meu delegado mandou um tira em Birigüi, ele deu uma prensa em Míti, ela abriu o jogo. Sílvio e o sócio dele, o tal de Anatole, donos do Deneuve Hotel, em Santana, estavam economizando grana a fim de montar um *resort* no Guarujá. Como não podiam ter conta em banco, Sílvio porque era procurado pela Justiça, Anatole porque tinha ação de penhora no fórum, deixaram o dinheiro com Suzy. Que abriu uma conta em banco no nome dela. Sílvio ficou preocupado.

Se meu dinheiro estivesse na mão da amante do meu sócio, eu disse, e ele desaparecesse, eu também ficaria. E daí? Ele queria que Suzy devolvesse?

Exatamente. Mas Suzy era uma menina tolinha, direita, honesta...

Mesmo sendo puta?

Tem puta por aí que é mais direita que senador da República.

Isso não quer dizer nada. Mais honesto que senador qualquer um pode ser. O que Sílvio fez? Pressionou Suzy, ela negaceou, tirou o corpo, eles marcaram um encontro na General Jardim e então, pumba, ele lhe enfiou uma bala nos peitos?

É o que nós supomos. Falta encontrar o cara, espremer, obter a confissão. Por aí. Você sabe como as coisas funcionam.

Eu não sabia muito bem, já que havia trabalhado na Homicídios em tempos imemoriais, de modo que só podia dar a conversa por encerrada. Agradeci as informações e desejei ao colega um bom dia de estudo, devolvi o fone ao porteiro e agradeci a ele também. Ele disse "Não foi nada" e me sorriu. Estávamos ficando amigos. Se aparecesse no hotel outra dona alegando estar procurando o noivo e pedindo minha colaboração, eu e ele íamos acabar saindo para um chopinho no Brahma.

Caminhei dois quarteirões até encontrar uma lotérica que vendia cartões telefônicos — havia um aparelho público grudado na parede. Comprei um cartão, consultei a memória do meu celular, liguei para a dele-

351

gacia de Maringá, fui atendido por uma mulher. Cheguei a perguntar se era escrivã, mas ela se recusou a responder. Simplesmente mandou que eu prosseguisse.

O Itamar está aí?, perguntei.

Hoje é a folga dele. Quer deixar recado?

Escute, eu sou polícia também, sacou? De São Paulo. Meu nome é Venício e eu sou conhecido do Itamar... conhecido por termos falado no telefone. Me faz um favor?

Posso até fazer... depende... se estiver ao meu alcance...

Diga ao Itamar que volte à casa da professora primária. A mãe do Anatole. Pergunte sobre uma mulher morena de olhos verdes que chegou em São Paulo dizendo ser noiva dele. Do Anatole. Ela disse que se chama Vera, mas pode ser mentira. Também há um cara envolvido, Norberto. Se o colega não conseguir informações consistentes na casa da professora, ele deve procurar outros parentes, amigos do Anatole, gente assim. Você não precisa me perguntar nada. O Itamar sabe da história toda. Só lhe passe esses dados. Por favor, não erre.

Eu não tenho o costume de errar em coisas tão simples. Só naquilo que é mais complicado. O que mais?

Eu não posso pagar pelas diligências. Pelo menos não posso pagar de imediato. No futuro talvez, quando sobrar uma grana, eu me acerte com o Itamar.

O que mais?, perguntou ela.

Vera e Norberto. Por favor, anote numa folha de papel... não vá esquecer. Obrigado. Valeu. Tchau.

De novo na calçada, pensei em várias opções sobre condução, ônibus, táxi, metrô. Decidi ir a pé. O lugar

352

aonde eu precisava chegar ficava relativamente perto e andar sempre faz bem à saúde. Pelo menos é o que dizem. Além disso, nos fins de semana as ruas ficam menos congestionadas e perigosas, atravessar do centro novo para o centro velho não dói tanto assim. E também sempre se vai passando por bares onde tem café expresso. Fui andando. Quando cheguei à rua Rodrigues Alves, meu telefone tocou.

O homem do outro lado foi claro e direto:

Oi, chefe. Como é que é?

Como é que é o quê, Laércio?

Está mais calmo? Podemos conversar?

Olha, seguinte, estou mais calmo, até dava pra gente conversar, só que vai ser inútil. Perda de tempo. Você diz que não fez nada do que eu penso que fez, diz que não esteve na casa do tal de Belo de madrugada, dando uma força pra ele fugir, eu vou continuar na minha, achando e dizendo que é tudo mentira. Aí vamos ficar nisso, foi não foi, fez não fez, e pá e tum e pá. Além do mais, a bateria do telefone está no fim. Arriando. É um milagre que ele ainda esteja funcionando.

Milagres acontecem. Escute, diga onde você está. Eu vou aí e nós conversamos.

No centro velho. Na rua Rodrigues Alves, perto da praça João Mendes.

Eu conheço a rua. Qual o prédio?

Não sei o número, esqueci. Mas é um prédio igual aos outros, estreito, alto, com pastilhas na frente. Agora... Não venha, Laércio. Por favor, não venha. Nós dois vamos perder tempo.

Tomando o elevador, saltei no sexto andar. A porta do escritório 62 estava fechada e diante dela, encostado na parede, tinha um homem jovem, um rapaz, quase adolescente, para ser exato. Apontei a porta com o polegar:

Tem alguém aí dentro?

Não. Já toquei a campainha várias vezes e ninguém atendeu.

Veio procurar quem?, perguntei. Um cara chamado Renato?

Vim procurar o seu Marco Antônio. O senhor conhece?

Gostaria de conhecer... mas ainda não tive o prazer. Você é cliente do escritório? Tem recebido cheques pré-datados e vem descontar aqui?

Eu sou empregado da mulher dele, a dona Maria Luísa. Trabalho na casa dela, como motorista, telefonista, boy... uma porção de coisas. Quando falta dinheiro em casa, quando ela esquece de pegar com seu Marco antes *dele* sair pro trabalho, ela manda eu vir buscar. Como hoje. Vim pegar duzentos reais, mas ele não tá aqui... O senhor desconta cheques com eles? Veio aqui pra descontar um cheque?...

Ninguém me paga nada... fora o Estado no fim do mês. Vai esperar muito tempo? Ou vai embora?

Vou esperar mais um pouco, se o seu Marco não chegar dou um pulo na loja dele.

Ah, ele tem uma loja? Onde é?

Em Moema. Mas não sei o endereço. Só sei ir lá. Aprendi a ir na papelaria, com esse negócio de pegar dinheiro por ordem da dona Maria Luísa.

Não fiz nenhum comentário quanto àquilo. Nem quanto a nenhum outro assunto. A coisa toda era estra-

354

nha. Mulheres hoje em dia têm conta em banco, talão de cheques, cartão magnético, cartão de crédito — ainda mais certas donas da alta, que têm até terreno em avenidas, e tão grande que nele o marido pode até construir um shopping. Por outro lado, por que cargas d'água ela não falava direto com o marido? Ele não tinha celular? Andei um pouco pelo corredor, pensando. Portas dos escritórios mais próximos se abriam, faxineiras saíam, me olhavam, andavam com seus baldes e vassouras pelo corredor, entravam em outras tocas. Tornei ao assunto com o quase-garoto:

Moema é um pouco longe daqui. Não será melhor você telefonar antes de ir?

Eu não sei os telefones... nem da papelaria nem do seu Marco. Sou novo no emprego e ainda não decorei os números.

Se você quiser, a gente pode ir junto a Moema. Podemos tomar um táxi.

Tirei o dinheiro do bolso. Só tinha trinta e cinco mangos. Maldisse Vera. Aquela assassina. Devia ter pegado os mil reais que ela havia me oferecido. Mostrei o dinheiro ao cara:

Deve pagar um táxi até Moema. Se não der, eu resolvo, faço acordo com o motorista, pago depois. Vamos?

Se o senhor quiser mesmo, *vambora*.

Descemos, paramos na calçada, a rua estava lavada pelo sol da manhã, alegre, as poucas pessoas que passavam por ali pareciam, se não felizes, pelos menos conformadas, em paz, achando o fardo da vida menos pesado. Lembrei de Laércio. Talvez estivesse nas imediações, me vigiando, esperando, já que eu tinha dado a localização e a descrição do prédio. Logo em seguida mudei de idéia: se ele tinha me telefonado do seu bairro, o que me parecia mais provável, se tinha precisado tomar ônibus, não teria tido tempo de chegar ao centro da cidade.

Fiz sinal para um táxi, que parou uns vinte metros depois de nós. Achei que devia recusar. Não me agradava dar aqueles míseros passos. Logo surgiu outro carro. Entramos. Ofereci o banco do passageiro ao meu acompanhante, mas ele recusou. Preferiu sentar no banco traseiro. Botou as mãos sobre as pernas e se pôs a olhar a rua, seus olhos miúdos e atentos piscando acelerados, a cabeça girando para um lado e outro. Era visível que estava nervoso, o lábio superior úmido, a testa também. O motorista esperando instruções.

Moema, por favor, informei.

Que rua?

Eu não sei, estou me fiando no garoto aí atrás. Ele conhece. Vamos indo, quando o táxi entrar no bairro nós resolvemos.

O carro seguiu em frente, pela Vergueiro, lá em cima pegou uma ponte e desceu para a 23 de Maio. Logo chegamos a Moema. Virei a cabeça para trás.

Agora é com você.

Aqui já é Moema?

O motorista não resistiu:

Se não for Moema é Miami.

Ninguém riu. Eu e meu acompanhante estávamos muito tensos com a natureza daquela diligência inusitada, não iríamos rir de uma piada tão ordinária. Ele mandou que o taxista virasse na primeira esquina à direita, seguisse em frente, mandou virar em outra esquina, à esquerda. E assim ficamos nós, rodando, rodando, os olhos do rapaz conferindo a fachada dos prédios, eu vigiando o taxímetro. Mais o tempo passava, mais eu duvidava do meu guia. Agora, tinha que seguir em frente, não era momento de recuar. Ainda bem que logo ele levantou o braço e apontou:

É ali.

Paguei a corrida — fiquei com um saldo fantástico: seis reais e trinta centavos — e descemos para a calçada. Tinha mesmo uma papelaria ali. Com livraria junto. O nome prometia: PARATODOS. Guardava uma certa conformidade com o bairro elegante, pois era grande e organizada, pintada de cores vivas. Além disso, tinha estacionamento ao lado, num corredor a céu aberto.

Entramos. Na primeira sala não havia ninguém. Só aqueles cavaletes com jornais e revistas, o balcão comprido e monótono, as prateleiras com livros, cadernos, canetas, colas e grampeadores, enfim, a miscelânea normal. Virando-se na minha direção, o rapaz disse o que pensava, achava que "seu Marco" estava nos fundos. Tomei posição atrás dele. Saquei a arma e o acompanhei.

Estar com a arma na mão foi uma inutilidade. Uma tolice. Ao virar a primeira esquina, entrando numa pequena sala, percebi que alguém me empurrava pela direita. Enquanto tentava recuperar o equilíbrio, senti a pancada forte na cabeça, por trás. Meu corpo foi atirado para a frente e meu revólver voou da mão, indo bater no piso cerâmico, longe. Era uma cerâmica de cores fortes, amarelo e preto, que se tornaram mais fortes à medida que se aproximavam dos meus olhos. Instintivamente botei os braços diante do rosto.

Não sei quanto tempo fiquei no chão, desmaiado. Alguns minutos, talvez. Aos poucos fui recobrando a consciência, olhando o piso diante de mim — embaixo de mim, seria mais preciso —, reconhecendo a sala. Sentei no chão, apoiando as costas em um canto. Dentro da cabeça tinha um punhal cravado. Passei a mão por trás, na nuca, olhei a palma e os dedos, não havia sangue. Menos mal, pensei. Talvez os caras fossem profissionais. Mas não vi profissional nenhum por ali: só vi Bruno, o carcereiro, Renato, meu velho conhecido, ambos armados, mais um homem moreno e gorducho, a barba cerrada, uma calva larga e comprida no meio da cabeça, como um caminho de terra batida entre arbustos.

Achei que devia começar por Bruno, já que afinal éramos colegas de profissão, num certo sentido:

Como vão as coisas?

Vão bem, respondeu. E com você?

Queria que estivesse tudo legal comigo, mas as coisas vão péssimas. Eu andava procurando um homem chamado Anatole, encontrei hoje de manhã — pra ser mais preciso, encontrei o que restava dele. Por um lado fiquei triste, já que estava morto, por outro até senti uma certa satisfação, já que meu trabalho tinha chegado ao fim. Sempre fico satisfeito quando consigo realizar alguma coisa. Agora, como sou meio burro, achei que devia procurar os caras que tentaram me matar uma noite dessas. Por conta disso, cheguei a um escritório na rua Rodrigues Alves... Falar nisso, cadê o carinha que me serviu de guia até aqui?

Foi embora. A missão dele era só trazer você. Cumpriu o trato e foi dispensado.

Como sabiam que eu iria aparecer no prédio da Rodrigues Alves agora de manhã? Não me lembro de ter dito a ninguém.

A gente não sabia, mas conhecendo você, sabendo como é cabeçudo, imaginamos que iria voltar àquele prédio, daí deixamos o garoto de plantão.

Ele se comportou muito bem. Já merece um papel mais importante dentro da quadrilha. Falar em quadrilha, e o teu chefe Almada? Não tô vendo ele por aqui.

Não veio. Manda pedir desculpas. Disse que gostaria de estar junto com a gente participando da reunião.

Isso é uma reunião, é? Da diretoria?

O homem moreno de barba cerrada com aquela avenida no couro cabeludo deu um sorriso abafado:

Isso mesmo, reunião da diretoria. A gente tava aqui de portas fechadas, aproveitando o sábado para examinar balanços e balancetes, comentar lucros e perdas (mais perdas que lucros, nesses tempos globalizados), aí você chegou, invadiu, nós pensamos que fosse assaltante, isso nos obrigou a agir.

E me mataram. Ótimo. Bem bolado. A velha história de sempre. Já foi contada tantas vezes que pode até dar certo. Pode até ser que a polícia engula. Principalmente se a ocorrência for apresentada ao doutor Almada.

Renato balançou minha arma na mão. Era o único que estava de pé. O homem moreno e Bruno estavam sentados. A sala era um pequeno escritório, tinha uma escrivaninha minúscula, algumas cadeiras, máquina de escrever e de calcular — computador não havia, talvez devido ao fato de a empresa ter tido mais perda que lucro, "nesses tempos globalizados". Bruno enfiou sua máquina no cós da calça. Pareceu ficar insatisfeito e inseguro, tirou, continuou com ela na mão, apontando para baixo, ao lado da coxa. Uma arma muito nova e muito bonita. Devia ser potente também. Levantando-se, deu um passo na minha direção:

A gente não pode direcionar a ocorrência para o Almada, informou. Para o doutor Almada. O bairro aqui não pertence à delegacia dele, e além do mais ele já tem muito trabalho. Acho que deve ter agora uns quinhentos inquéritos sob a sua presidência. É duro ser delegado de polícia, meu. Né mesmo?

Concordei com ele:

Você tem razão, é difícil mesmo. Ficar lendo aqueles inquéritos todo dia, tentando identificar gente de quem possa tomar uma grana, mandando seu assecla procurar o acusado e dar uma prensa, recebendo parte do dinheiro e gastando... É muito trabalho.

Bruno se aproximou de mim, e eu pensei que ia me dar um chute na cara. Mas não. Chutes eram desnecessários. Naquela manhã luminosa de sábado em que tudo vinha dando certo, ele francamente não precisava de tal expediente. Ficou ali de pé, os sapatos perto dos meus sapatos, seu corpo parecendo na verdade maior do que era — o poder é tão importante, mexe até com a estrutura física, corporal —, me encarando. Esclareceu que não era assecla, era um assessor, assessor privilegiado, pois orientava o doutor delegado nas diligências mais delicadas e perigosas. Procurei continuar na minha:

É porque o trabalho sujo que você faz mudou de nome. Antigamente, sabujos de baixo coturno assim como você eram chamados de asseclas.

360

O homem moreno movimentou os ombros como se eles até ali estivessem entorpecidos:

Essa conversa tá comprida demais. A papelaria não pode ficar fechada muito tempo, acaba chamando a atenção, dando pano pras mangas. Temos que agir logo.

Você deve ser o Marco Antônio, arrisquei.

Sou.

O cara que matou o vereador Laurente.

Não matei vereador nenhum, disse ele. Sei quem matou, e por que motivo, e por quanto, mas não fui eu. Se tivesse sido eu, podia confessar tranqüilamente aqui e agora, porque não ia mesmo fazer diferença.

Apesar da grave ameaça implícita nessa frase, procurei continuar calmo, frio e objetivo:

O que Laurente estava fazendo de errado? A quem estava prejudicando?

Bruno se fez ouvir de novo:

A nós, claro. Ao nosso grupo. A gente tinha um esquema, construir um shopping na zona leste, num terreno da esposa do seu Marco, já tínhamos até o financiamento, até órgão internacional ia botar grana no projeto. Mas naquele trecho da José de Alencar a lei proíbe o tipo de construção que a gente queria fazer. Daí era necessário que a Câmara fizesse e aprovasse um projeto de modificação. A gente falou com um grupo de vereadores, fizemos propostas, eles entraram na nossa, ficou tudo certo... só que precisava do voto do Laurente. E foi aí que ele ficou muito espertinho, o olho cresceu. O resto você imagina. Nós não tínhamos mais grana pra dar a ele. E sem grana ele não assinava. E sem o voto dele, babau.

Parece claro e convincente, reconheci. Tiraram o renitente vereador do caminho, matando, não houve prisão em flagrante, o inquérito foi parar na mão de Almada, que simplesmente engavetou. Ótimo. E quanto a mim? Por que meter bala no meu carro?

Você tava enchendo o saco, fazendo perguntas, mandando policiais licenciados bater em portas na Sete de Abril. A gente não queria te matar. Se quisesse, teria conseguido. Simulava uma colisão com o teu carro, você descia para averiguar os estragos e pedir indenização, nosso pessoal sacava as armas e você já era. Mas não. As ordens só tinham um objetivo: assustar. O problema é que você parou o carro naquela clareira nos fundos do prédio, encarou nossos homens, aí eles tiveram que atirar.

De modo que a culpa foi minha mesmo.

Ainda bem que você reconhece.

Eu sou um cara muito simples e humilde, amigo dos amigos. E da Justiça. Se a culpa foi minha, eu reconheço. Como também reconheço neste momento, solenemente, que nós estamos quites. Eu enchi o saco de vocês e vocês encheram meu carro de bala. Devolvam minha arma e me deixem ir embora.

Todos riram. Minha sugestão era mesmo muito engraçada. Eu também dei uma risada — um pouco tímida, é verdade, um pouco canhestra, pelo fato de eu não estar muito inspirado aquela manhã. Marco Antônio parecia estar ficando nervoso. Visou direto o carcereiro. Talvez dos três ali, fosse aquele que tivesse uma melhor noção do crime e do perigo que rondavam o pequeno grupo. Insistiu com Bruno que deviam "adiantar o expediente", e aquela expressão me deixou arrepiado, talvez porque me desse a consciência de que os fatos caminhavam para seu final — dramático e trágico, tendo a mim como vítima.

Senti vontade de fumar. Como aqueles condenados que diante do pelotão de fuzilamento sentem a inarredável necessidade de uma refeição — e quanto mais suculenta, melhor. Enfiei a mão no bolso da jaqueta à procura do maço, mas não cheguei a pegar nenhum. Ouviram-se passos no corredor ao lado da papelaria, e Marco Antônio arregalou os olhos:

O que foi isso?

Sacou do bolso da calça uma pistola negra e pequena como um telefone celular.

Bruno não precisou sacar nada: já estava com sua arma na mão. Precipitou-se para os fundos, onde havia uma porta que comunicava com o corredor externo, houve gritos e palavrões, e, como se não bastassem, tiros.

Renato bobeou na atenção, eu voei em cima dele como um aríete, um foguete, um torpedo, nem sei onde minha cabeça bateu, só sei que ele caiu e minha arma voou longe. Pulei em cima dela. Segurei direto na coronha — estava tão lúcido que naquele momento teria conseguido segurar até um fio de cabelo. Correndo em direção à loja, Marco Antônio tropeçou em mim e caiu. Do chão me apontou sua arma, mas era tarde, eu fui mais rápido, meti bala nele. Renato atirou-se sobre a pistola negra. Atirei nele também.

Apanhei a arma de Marco Antônio, corri com ela e com meu próprio revólver, uma arma em cada mão, no rumo da porta de entrada. Estava fechada, mas a chave estava na fechadura. Abri, dei a volta pelo prédio, tomei

363

o corredor entre os carros e, quando estava na altura da sala em que tinha estado, vi dois corpos no chão. Um era o de Bruno. O outro era de Laércio. Ainda segurando um revólver. Havia sangue em seu paletó — o mesmo que ele tinha usado na noite anterior, quando interrogamos Caicó na delegacia e tentamos prender Belo — e mais sangue no lado esquerdo da cabeça.

Abaixando ao lado de Bruno, coloquei o indicador em sua garganta, tentando sentir a passagem do sangue. Nada estava passando. Ele estava morto. Me voltei para Laércio, ajoelhando junto dele:

Puta que pariu, cara. Que diabo você veio fazer aqui?

Vim te ajudar, porra, falou ele com esforço. Quando telefonei pela segunda vez e você disse que estava na rua Rodrigues Alves, eu já estava no centro. Na Rio Branco, onde tem o ponto de ônibus que faz o meu bairro. Eu liguei do telefone público. Tentei pegar você ainda no prédio, mas quando cheguei lá — essa mania filha-da-puta de andar a pé — você não estava mais. Vi o táxi se afastando. Consegui a placa. Telefonei para o centro de comunicações da polícia e pedi que levantassem o ponto do motorista. O resto foi fácil. Ele informou onde tinha deixado vocês. Eu só tive que pegar outro carro e me mandar até aqui... Isso é o de menos. Tem coisa mais importante que nós devemos esclarecer. Olha...

Cala a boca, Laércio. Dá um tempo. Procura economizar energia...

Voltei à livraria e, tal como havia feito com relação a Bruno, procurei checar se Renato e Marco Antônio ainda estavam com vida. Bem, não estavam. Garanto que não lamentei. Peguei o telefone sobre a escrivaninha e falei antes com a Polícia Militar. São eles que costumam chegar primeiro aos locais do crime, por isso têm mais prática, mais know-how, e sempre se locomovem mais rápido. Esclareci o que havia acontecido e dei a localização da papelaria. Falei depois com a Polícia Civil. Fui atendido por uma mulher, que ouviu só as primeiras palavras, pois em seguida largou o fone e saiu procurando um delegado — ouvi de longe a palavra "doutor" pronunciada em tom angustiado. Como eu já tinha dado o endereço da loja, achei que o resto a civil descobriria sozinha.

Devolvi o fone ao gancho e voltei ao corredor-estacionamento. Ajoelhei de novo ao lado de Laércio. Ele tentou falar, engasgou, botei sua cabeça na minha perna, ele tentou de novo. Sua voz saiu rouca e sufocada:

Você pensou que eu era ladrão, Venício... achava que eu tinha te dado chapéu... pensou que eu estava ajudando na investigação por interesse, querendo ganhar dinheiro.

Foi, Laércio, pensei mesmo.

Nessa massa falida que é a polícia... todo tipo de polícia... a gente vai ficando assim, desconfiado de todo mundo, até dos amigos.

Na verdade nós nem éramos amigos. A gente nem se conhecia direito. Só tínhamos trabalhado juntos um mês no 38º DP. Eu não sabia qual era a tua. Desculpe.

Ele pegou no meu braço e tentou apertar, mas seus músculos já estavam sem força.

Eu te desculpo, porra. Eu te...

Aí não falou mais. Sua cabeça virou para o lado, enquanto a perna, num último movimento, tocou o revólver na calçada, colado a um pneu de automóvel que alguém deixara ali, talvez a mulher de Marco Antônio, a fim de que seu carro não ralasse na parede. Laércio tinha morrido.

Empurrei devagarinho sua cabeça da minha perna e depositei no pavimento. Uma dor imensa, aguda, cruel, infame e intransigente começou a invadir meu peito, parecia uma tocha inflamada, queimando fundo.

Tive ódio. Pensei em pegar todas aquelas armas, entrar na papelaria e detonar tudo, máquinas, livros, cadernos, mesas, cadeiras, telefone, a puta que pariu. Com algum esforço, resisti à tentação. Apoiei as costas no muro e chorei. Olhava o corpo exangue do companheiro, suas roupas pobres, sujas, inadequadas, olhava seu rosto com aquele misto de tolice e severidade — todo morto me parece bobo e solene. Como se a morte desse a cada um a certeza de que havia feito algo de errado e já não havia tempo para corrigir. Eu enxugava as lágrimas com a manga da jaqueta e tornava a chorar.

Ouvi primeiro a sirene de um carro da polícia, depois o guinchar de pneus, depois vozes de homens. Nem virei a cabeça na direção da rua. Os passos foram se aproximando, uma voz grossa e cavernosa me atingiu como uma lufada de vento:

Ei, você! Parado!

Tirei minha credencial do bolso e mostrei. O homem devia ser um oficial da PM, tinha aquela pose glacial dos oficiais. Pegou a carteira e levou à altura dos olhos a fim de ler. Depois passou aos subordinados para que lessem também. Até ali tinham estado com armas na mão, mas aos poucos foram enfiando nos coldres.

Outros policiais vieram vindo da rua, tentaram entrar no corredor, não entraram porque o espaço era

366

insuficiente, pequeno demais para as pessoas e os carros. As perguntas foram as de praxe. Aquelas que eu mesmo faria se estivesse no lugar deles. Queriam saber o motivo da carnificina, quem eram os mortos, onde trabalhavam e o que faziam, quem dera o primeiro tiro e quem revidara, onde eu trabalhava e qual a minha função, se estava cumprindo ordens superiores ou se tinha agido por conta própria. Respondi com simplicidade e humildade até onde era possível responder. Sabia que tinha agido dentro da lei e, portanto, não tinha nada a temer. No momento em que as perguntas se tornaram mais difíceis, mergulhando na minha vida particular, ouvi de novo o som de sirene policial. Era a civil.

Pra vocês não respondo mais nada, eu disse. Vou falar com o delegado da área.

Por volta de duas da tarde, a ocorrência chegou ao fim. Todas as perguntas tinham sido feitas e todas as respostas fornecidas. Minha arma fora apreendida, a fim de ser periciada, e recebi requisição de exame de corpo de delito. O oficial da PM que me havia interrogado na PARATODOS perguntou ao delegado se ele iria me autuar em flagrante. A autoridade respondeu de má vontade. O caso era de legítima defesa... em princípio. Quando o processo judicial começasse, eu teria que comparecer diante do juiz para novas explicações. Isso era tudo.

No telefone do cartório, fiz uma ligação. Para a casa de Márcia. Pedro atendeu. Nos cumprimentamos friamente, ele entrou direto na informação, avisando que Márcia não estava em casa. Eu disse então que queria falar com a Paula. Também não estava. Segundo Pedro, ela havia alugado um apartamento "pros lados da Cachoeirinha" e já havia se mudado. Corrigi a informação, o apartamento ficava "pros lados do Horto Florestal", agradeci a atenção e desliguei.

3

No começo da noite eu caminhava por uma rua chamada Salvador Tarantino, sentido cidade — bairro. Sentia falta do cano, andar desarmado era como andar nu, de modo que de vez em quando eu levava a mão ao cós da calça, tentando instintivamente suprir uma lacuna. Chovia e fazia frio. Antes de sair do meu apartamento, eu havia apanhado meu casaco de frio e meu velho chapéu de náilon, e mesmo assim andava de cabeça abaixada, para evitar que os pingos me caíssem no rosto.

Por dentro eu estava ruim. Tinha tomado um banho logo que voltara do bar, cheguei a deitar e fechar os olhos, me esforçando para afastar os pensamentos mais daninhos, entretanto o esforço fora em vão. Eu não conseguia pegar no sono. O tempo todo fiquei na cama, deitado de costas — em decúbito dorsal, como os repórteres policiais diziam antigamente —, os olhos abertos como se olhasse o teto, quando, na verdade, olhava o passado — aqueles homens reunidos na sala, com armas na mão, os tiros lá fora, os tiros dentro. E os corpos caindo. E Laércio com a cabeça sobre a minha perna falando em honestidade e corrupção, amizade e desconfiança.

Por volta de sete horas, cansado, confuso, com uma ligeira dor de cabeça, decidi que tinha de sair. Foi então que me vesti, desci as escadas e me mandei. Parei no corredor, esperei, olhando a porta do apartamento de Mitiko, que estava fechada. E assim continuou. Caminhei para a escada.

O celular estava bom, pois eu tinha posto no carregador quando cheguei em casa. A carga era apenas parcial, mas o uso que eu pretendia fazer dele seria parcial também. Quando eu contornava a pequena paróquia do bairro, o telefone tocou. Pensei em Laércio, até me dar conta de que jamais voltaria a receber uma chamada dele. Colei o aparelho no ouvido. Era Itamar. O esforçado e camarada Itamar. Depois que nos cumprimentamos, ele entrou no assunto:

É o seguinte: a Laura me deu seu recado de manhã, você queria saber a respeito de uma tal de Vera e um tal de Norberto, eu trabalhei na hora do almoço e no começo da tarde... foi sorte descobrir alguma coisa.

Senti a adrenalina subindo:

É mesmo? O quê?

Parece que Vera não existe... Não com esse nome, claro. E Norberto também. Agora, consta que Anatole, além de ser filho de mãe solteira, é filho de um magnata da cidade, do cara mais rico daqui, um fazendeiro da pesada, o doutor Helmut. Agá, e, ele, eme, u, tê. Helmut. Particularmente, acho que ele não é doutor porra nenhuma, mas isso também não vem ao caso. O cara é rico pacas, viúvo, e só tem um filho. Legítimo, registrado. Talvez tenha outro filho, ilegítimo, de contrabando... Anatole. No fórum da cidade tem uma ação de reconhecimento de paternidade proposta pela professora. A sentença vai sair estes dias. E o tal de Helmut logo, logo bate as botas. Se o juiz der ganho de causa à

370

autora, o filho dela pega nada mais nada menos que metade da herança. Vai ser muita grana, meu amigo.

O filho do ricaço aí, perguntei, como é que ele é? Fisicamente, eu quero dizer.

Moreno, alto e robusto, cabelos negros e olhos... bem, os olhos eu não sei. Tem uns quarenta anos. Casado, advogado, orgulhoso...

Chega, Itamar. Nem vale a pena gastar impulsos com este assunto. O filho do magnata aí não é Norberto. Mas podia muito bem contratar uma dona e um cara para virem a São Paulo com identidade falsa a fim de apagar o irmão. Muito bem. Agora... Bom, acho que podemos encerrar o caso por aqui.

Quer que eu faça mais alguma diligência? Na segunda-feira eu tenho expediente normal, mas é sempre possível descolar uma folga e fazer uma pequena investigação. Posso checar mais algumas informações.

Acho que não preciso de mais nada. Na verdade, só telefonei a você movido pela curiosidade, queria checar uns dados exclusivamente para meu arquivo pessoal. Você me entende. De mais a mais, o crime praticado por Vera e Norberto... tenho certeza que foram eles... vai ser investigado por uma delegacia competente, uma delegacia do Departamento de Homicídios. Eles que se virem. Agora só me resta agradecer o que você fez. Valeu. Quanto ao pagamento das diligências... bem, eu não tenho como te reembolsar. Não no momento, pelo menos. No futuro, quando me sobrar uma grana, eu me acerto com você.

Esqueça, Venício. O trabalho foi pouco. Os custos, muito menos, Maringá não é São Paulo, se locomover por aqui fica menos pesado. Não mande nada. No dia que eu for à sua cidade, eu telefono, a gente dá uma saída, você me paga uns drinques, me leva nuns lugares quentes, aí fica tudo certo. Estamos acertados?

Acertadíssimos, colega. Até mais, então.

Desliguei o telefone, enfiei no cinto e continuei caminhando. Subi a ladeira curta mas íngreme que levava a uma praça. Dava numa avenida, a mesma que passava diante do 38.

A tarde inóspita de sábado deixava tudo triste, úmido, doentio. No ponto de táxis só havia um carro, cujo motorista, sentado num banco de madeira debaixo de uma marquise, me olhava com interesse, tentando descobrir se eu seria um eventual passageiro. O açougue ainda estava aberto, sem ninguém dentro, a padaria estava aberta, com muita gente dentro — comprando pãozinho, fumando, tomando cerveja. O empregado da farmácia estava na porta, de pé, olhando a chuva cair obliquamente, talvez calculando quanto tempo faltava para ele cerrar as portas e encerrar o expediente.

Pensei nas pessoas com quem tinha me envolvido nos últimos dias, Anatole, Suzana, Vera, Norberto, os caras que me deram tiro e que, em contrapartida, tomaram tiro. Houvera uma sucessão de erros e mal-entendidos. Eu havia chamado a mim uma investigação que não me dizia respeito, levara para a empreitada um investigador que o tempo todo provocava suspeitas, mas que no fim, tentando me ajudar, acabou tomando tiro e morrendo. Anatole era uma fraude como amigo e amante, Suzana era mais que uma garota de programa, Sávio era Sílvio, ex-policial e assaltante, Vera não existia — não como Vera, pelo menos —, Norberto era um detetive tão autêntico quanto uma nota de quinhentos reais.

Pensei também, ilogicamente, no funcionário do IML que atendera a mim e a Suzana na segunda-feira. Ao mostrar o cadáver, dissera *habeas corpus*. Talvez não estivesse brincando, mas pensasse que a expressão significava "eis o corpo", quando, na verdade, ela significa "tome a pessoa". Habeas corpus diz respeito aos vivos, não a gente morta. Numa semana de trabalho pejada de fatos e pessoas falsas, era compreensível que o burocrata do instituto fizesse uma falsa declaração.

Contornei a praça, peguei a avenida, andei meio quarteirão, cheguei à portaria do condomínio. Mostrei minha credencial ao funcionário, de cara, a fim de evitar perguntas, tomei a rua que levava ao interior do conjunto de prédios, passando por duas lombadas, uma das quais com aqueles dizeres que eu já conhecia, BRASIL PENTACAMPEÃO. Entrei no prédio. A portaria estava deserta. Talvez o empregado estivesse no banheiro ou reparando a tomada de alguma moradora.

Peguei um elevador e subi para o apartamento de Paula.

ESTA OBRA FOI COMPOSTA EM BASKERVILLE PELA SPRESS
E IMPRESSA PELA GEOGRÁFICA EM OFSETE SOBRE PAPEL ALTA
ALVURA DA COMPANHIA SUZANO PARA A EDITORA SCHWARCZ
EM NOVEMBRO DE 2003